政协委员文库

Zhengxie Weiyuan Wenku

政协委员文库

风吹来

刘诚龙 / 著

feng
chui
lai

中国文史出版社

目　　录

第一辑　坐看云起

第二辑　一方乡愁

第三辑　山居闲读

第一辑　坐看云起

一棵树与一些人的相遇

在莽莽苍苍的井冈山，有一座山峰叫黄洋界；在巍巍峨峨的黄洋界，有一棵古木叫荷树。七月如火，酷暑如荼。我千里奔赴井冈山，不经意地与这棵荷树猝然相遇，一道亮光在我脑中一闪，五百里的井冈山里，这一棵树便兀然定格于灵魂的取景框里，放眼望去，随处皆是形胜山川，定格于我相册上的有很多，有黄洋界的哨所，有仙女潭的瀑布，有百竹园的茂竹，有第四套人民币一百元背面的井冈主峰，这些都以景色的形态壮我井冈之旅的行色，而这一棵荷树，却以思想的姿势入我生命之旅的深处。

于我，这是一次不期然的相遇。在逶迤盘旋的公路上，我坐在车上兜着井冈山的习习山风，一路风顺，而突然之间，堵车了。堵车了，我走下车来，我徒步走，走了几级石梯台阶，抬头望，这棵荷树就静静地与我两相对视，我仰视，它俯视。它满身是斑驳的疤痕与疮孔，枝头承向东方，接摸阳光，繁密的枝叶遮风避雨，在地上铺满偌大的一片树影。它是一棵古树了，一棵古树，它可以傲然于群林的，是其经历，是它经历的风，经历的雨，经历的霜雪雷电。然而，这棵荷树，虽然高大，却未必雄壮，虽然刻绘了春秋的印痕，却未必可以沧桑相居。与之相遇之初，我对这棵身上挂着“全国重点文物保护单位”牌子的荷树心存疑惑。井冈山茫茫林海，青青翠竹，苍苍群松，千千珍稀，森森古木，为何这棵荷树先得风气与独得殊荣？

黄洋界上的这棵荷树，它全部的荣光来自与一些人的相遇啊！它以它站立的位置，它以它如伞的枝叶，迎接过一些伟人，荫庇过一些伟人，毛泽东、朱德、陈毅……这些搅动历史风雷的名字与之紧密地连在一起，一遇而成永恒。当年，往返一百余里，毛泽东、朱德、陈毅等中青年汉子从井冈山下去，到宁冈，到大陇去挑红米饭，去挑老南瓜，上得山来，就在这棵荷树下小憩乘凉。荷树，以它的一片片叶子遮过毛泽东他们热气蒸腾的头顶，它以叶荫中蕴蓄的习习山风吹过毛泽东他们脸庞上与脊背上的硕大汗珠，它以叶与风互动的旋律为毛泽东他们吟唱过悦耳动人的山歌山调。也许，这棵荷树没有想过，这些人会给历史结出什么结果。它更不会想，它无私地献出一叶之荫，会给自己带来什么运气，它百年如一日地站在黄洋界上，静静地张开繁茂的枝叶，如同一只正在孵蛋的母鸡，张开蓬松的翅膀。它以一种极平和的心态荫庇这些衣衫不整、面露菜色的汉子，荷树不曾想到，它压根儿也想不到，它不经意地荫庇着这些人物，其实是在荫庇中国革命，它荫庇的是一个历史上从没有过的新型国家的诞生。

荷树与这些人的相遇，是一种风云际会的缘分冥合，当毛泽东将秋收起义的队伍开进井冈山，就为树与人的相遇创造了契机，对，只是契机，因为，这还只是一种或然。井冈山有的是树，而唯独荷树独享机缘，是因为荷树的得天独厚的位置吗？荷树站在黄洋界的顶端，纵目驰骋，群峰争峙，众莽腾跃，五百里江山都奔眼底，江西湖南两省尽来胸次，一览众山小，这里，确实宜于志士游目骋怀，确实宜于伟人高瞻远瞩。当年，主席坐在荷树叶丛荫中，他对他的战友说："我们不但要从这里看到江西湖南两省，更要从这里看到全中国全世界。"站在荷树下，可以激扬文字，更可以指点江山，是的，荷树居于可以瞭望中国乃至世界的位置上，为它与伟人的相遇提供了地理上的机缘。然而，它的位置以及它积攒百年而撑开的绿荫，也只是这种相遇机缘的表面之因。坐在荷树下，我独自冥想，如果毛泽东他们不去宁冈不去大陇挑粮食，这种机缘还存在吗？民以食为天，任何人的生命都无法避开粮食的喂养；兵马未动，粮草先行，任何一支部队也须臾离不开粮食的哺育。粮食不可缺，而挑粮的人却可缺席，一九二八年的井冈山上，毛泽东也是几千上万人的首长，一九三几年的井冈山，毛泽东更是几十万人的头领，他们可以发号施令，他们可以免去挑粮的劳累与辛苦，一百多里，来回都是要用草鞋一步一步丈量的山路，一副沉甸甸的担子压在肩上，这是我们现在难以想象的事情，这在当时，也可能是让一些人难以置信的事情啊！你若去问当时的蒋介石，他就可能没法相信，当毛泽东肩挑一担红米饭在江西这边的井冈山上一步一步走时，蒋介石的肩上空空如也，毛泽东赤脚踏在土地上，蒋介石全身悬在半空中。几年以前，我到过庐山，我听说在一九二几年到一九三几年，蒋介石多次上庐山，他不是走上去的，更没有挑任何担子，他是四人抬的大轿抬上去的。他哪里会想到，他的对手毛泽东会亲自挑粮食呢？

在井冈山历史博物馆里，我看到了朱德的扁担，修长、坚硬，两头尖削，苍黑的扁担已写满了历史的沧桑，上面“朱德扁担，不准乱拿”的字迹发出触目的亮光，“不准乱拿”，挑了一次，还要再挑呀，朱德挑粮，已然不是一种姿态，已然不是作秀式的一次性带头做表率，而是实实在在的同甘共苦，是一种毫无特权与特殊化的同甘共苦。在井冈山历史博物馆里，我看到了一只挑水的木桶，其底部已多处残缺，这是一只在我老家家家都有的木桶啊，它现在以信史的姿势站在博物馆里，这是毛泽东为一个叫陈香姬的房东老板挑水的木桶。当初，它沉甸甸地压在主席的肩头上，现在却耀目地印在中国革命的史册上，闪着文物的光芒。在这个博物馆里，我还看到了一枚称为伙食尾子的硬币，币值二毫。当初，上至毛泽东与朱德，下至司务长战士，每月都是五角钱的伙食，没有差别。一样的伙食，一样的浆布衣裳，一样地百里挑粮上井冈。正是因为这些“一样”，才使这棵荷树不仅仅与平凡的战士相遇，才使这棵荷树与这些伟人结下深厚的因缘。

“一样”，并不是一件容易做到的事情啊。孟子说：劳心者治人，劳力者治于人。千百年来，人与人何曾“一样”过？千百年后，人与人能否继续一样？也在井冈山历史博物馆里，我看到了一幅有关“三湾改编”的画面。三湾改编，从某种意义上讲，就是确定了一种“一样”的思想，就是让这种“一样”的思想改造与武装了共和国最初的部队，从而使这支部队蓬勃壮大。毛委员与老百姓一样挑水，朱军长与战士一样挑粮，这就使井冈山形成了强大的磁场。毛泽东和他的队伍没有酒与肉来召集天下人，他靠的是创立了并真心实践着的思想与信念来凝聚民心。红军在井冈山，由几千人壮大到北上长征时的三十万大军，并不是因为大碗酒大碗肉的诱惑，而是新型的人际思想人本思想富有无穷的感召力。此后，在延安窑洞，在中南海，在天安门广场，主席多次对身边人咕哝：“你们不要把我与群众隔开。”也许，此时的主席，有点身不由己，但他肯定忘不了，他与陈香姬拉家常的幸福时光，他与红军战士一同挑粮的峥嵘岁月。在三年困难时期，主席常常几个月不曾吃肉，他说：“全国人民都在挨饿，我怎么能够独个儿吃肉？”主席在井冈山形成的思想已根植心底。

过了黄洋界，险处不须看。我坐在黄洋界上的荷树之下，我看到一条黄红色羊肠小道劈开起伏苍莽的绿色，自居于狭谷的远处村庄里攀缘着爬上来，这条细长陡峭的山路，就是当年毛泽东他们百里挑粮的路径。我久久凝望，我之面前，仿佛出现了一支长长的挑粮队伍，他们衣衫褴褛，他们气喘吁吁，他们频频换肩，他们步步生汗，他们唱着号子往黄洋界而来，他们中谁是毛泽东？谁是朱德？谁是陈毅？也许荷树认得，荷树认得书生模样的毛委员，荷树认得虎背熊腰一脸憨厚的朱军长，荷树认得满口四川土话的陈参谋长。荷树与他们有缘，它张开千万只手，扇动井冈山五百里的浩浩山风，为其接洗风尘，为其消除劳顿，为其蓄养精神以起程长征。

杨家岭的一块菜地

我见到这块菜地的时候，茄子已成秋茄子相，大小如小笼包，不曾垂展如臂，色褐如淡墨痕，不曾老红似黑。秋天已来了好些时候了，我想延安将是：碧云天，黄叶地，秋色连坡，坡上黄土堆。不是。而是：宿雨朝来歇，空山秋气清。杨家岭的山上，一片黄叶也无，坡上山色翠，不见晴空一鹤排云上，也觉得秋日胜春朝。

确乎宿雨朝来歇，昨日一席雨，今晨一口新，深呼吸，空气清新且清甜，我到杨家岭的这个早晨，雨停了。雨不在，雨意在，干燥的陕北因此有了湿润气息，让我这个来自江南的游子感受淡淡的水意，入口的空气也因此带了甜味。来到这块菜地，望菜地而细嚼，菜们漫逸的菜香和着水意蒸煮于唇吻与舌尖，若非盛宴，却是清供。不只是茄子，还有豆角，豆角吊瓔珞也似，直排诗句也似；不只豆角，还有芋头，芋叶不大，远非如伞盖，那如什么呢？只似一纸书页，芋页连连，合起来也是一本书的规模；不只芋头，还有韭菜，革命恰如韭菜，更割更多还生；也不只有韭菜，还有北方叫山药蛋我们南方叫马铃薯的，延安的马铃薯味道绝美，我吃过的一道是，马铃薯剁碎如泥，一把青菜切成丝丝复丝丝，合煮——也许是合蒸吧，吃上去十分入口，甚是清香，马铃薯是饭，青菜是菜，一碗薯泥，便是一顿，便是一餐，菜都不用炒了，恰如红米饭南瓜汤，养育了先辈，养育了革命。

茄子一格，豆角一格，土豆一格，西红柿一格，红萝卜白萝卜各一格，一菜一品，一菜一格，这一亩菜地里，是农家菜大荟萃，也怕是袖珍版的农业地图吧。对，是一亩地。这里有个小故事，天连此岭银锄落，地动延河铁臂摇，铁锄落石头，飞溅银花无数，一路挖，一路垦，垦到山脚，停锄相借问，主席说，一亩差不多了吧，警卫便扯开尺子来量，不多不少，恰是一亩。主席农民出身，所以，对土地是那么专业，把握那么精准。

茄子或是秋日景象，辣椒依然盛夏情景，辣椒郁郁葱葱，苍苍翠翠，叶片还如韶山冲，杨家岭这块菜地的辣椒长势生猛，繁茂，丰收，一根根，一条条，一索索，一簇簇，一丛丛，一蓬蓬，北方土地也似江南丰饶肥沃？我见到这块菜地上的秋日辣椒，青青翠翠，翠翠绿绿，水水灵灵，灵灵秀秀。在杨家岭的那些早晨，主席扛着篮子，和露去摘这些辣椒，一定会有农民大哥收获蔬菜的喜悦心情。想象中，那些带露的早晨与披霞的黄昏，主席不是领袖，而是一个农民，晨兴理荒秽，带月荷锄归，与周恩来，与朱老总，与任弼时，与徐特立，与史沫特莱及埃德加·斯诺，相见无杂言，但道桑麻长，每个人心中都有一个中国梦，都期待桑麻日子长又长。

我不知道，如陕北，如延安，此前有无种植辣椒，但我想象，有了这块菜地，这里的辣椒从此红彤彤火辣辣了。不吃辣椒不革命，吃了辣椒大革命。主席是那么热爱辣椒，一生都不曾改食辣心性。主席有时是执着喜欢他所喜欢的，很多事情，他一生都改不了，都不曾改。我参观了主席在延安的几个故居，比如寂寂寥寥主席居，岁岁年年一床书，比如其书一床，其床是木板床，主席那张木板床，搁在韶山冲，一点儿也不让人惊讶，而搁在延安，却让人觉得有点怪了。北方都是炕吧，主席旧居也是炕，阔大的炕上，可以直接睡去，梦入芙蓉浦，而主席的炕上，叠床不架屋，叠床架床，又安了一张木板床。从韶山冲到井冈山，从井冈山到杨家岭，从杨家岭到北京城，主席睡的都是木板床。万紫千红看遍，本色还是依然。

这块菜地，是在中国革命一个大背景里开垦的。国民党正面战场已是难以组织，日寇掉转枪头，对准了敌后战场大扫荡，虽是国共合作，到底多有国共摩擦，老蒋最恐惧的，不是“外寇”，而是“内匪”，国共防范多于国共合作，到了抗日后期，国民党不再进行物资供应，这里的生活陷入困顿，延安便开始了大生产运动，每个人都分配了生产任务。人人都有责任田，毛泽东却没给分配，理由是，主席日理万机，戎马倥偬，不能让领袖去当农民。主席心生不满，你们都在种麦种南瓜，自食其力，我岂能剥削劳动人民的劳动？

主席便自备锄头，自购畚箕，来到这块地上，披荆斩棘，筚路蓝缕，以启山林。杨家岭今日已是胜境，当年还是榛莽地荒凉土，荒草萋萋，藤蔓丛生，沙砾遍野，乱石杂陈，银锄落，火花溅，主席一双握笔的手，握起了锄头把。历代皇帝也曾干过农活，美其名曰演耕礼：“皇帝诣耤田，南向立，从者均各就本位，由户部尚书执耒耜，顺天府尹执鞭。”皇帝下田，手执犁铧，吆喝几声“哦起铧”，便告农活结束，演耕礼者，不在耕，在表演。主席开垦这块菜地，却是实实在在挥锄如飞，挥袂如农，挥汗如雨，耕读传家国。旁边警卫说，主席，您歇着去，我来挖土。主席扒开警卫：你搞你的生产去，这里是我的自留地，我的事情我来干。主席不曾借他人一手，不曾劳他人一力，从开地到播种，从浇水到摘菜，都是吃自己饭，流自己汗，自己事情自己干。自己动手，丰衣足食。

丰衣足食？丰衣恐怕是没有的，我看到过主席一张照片，一身军装，倒是整洁，膝盖处却有两个大补丁，补丁甚大，足足有一平方尺吧，触目惊心，惊人眼目，而主席不怯场不在意，延安城或皆自己人，可是来延安的，也有外国人啊，穿着一身补丁衣，也不觉得难为情？主席对这个好像满不在乎，你自宝气如彼，我自清贫如许。衣确不丰，食当足食，有茄子炒辣子，有西红柿煮土豆，或更奢侈的，有韭菜拌鸡蛋。杨家岭的这块菜地长出的蔬菜，也算是特供吧。这才是真正的特供。

这块特供的土地，它供养一个有史以来的伟人，供应主席一家菜有五味。主席一家有吃，还可送人，菜地出菜时节，主席一家吃不完，送人呢，这菜送过隔壁的刘少奇，送过隔壁的隔壁的彭德怀，丁玲、周扬、萧军、冼星海、贺敬之、刘白羽等人，也许都接到主席送来的豆角与萝卜、茄子与辣子吧。杨家岭这块菜地长出来的蔬菜，送过人，更请过客，主席在这里，把辣椒话桑麻，话革命，请过很多贵客，有黄炎培，有陈嘉庚，有斯特朗，有马海德……自家种植的蔬菜，很安全，很环保，很绿色，筷子搛来，送入口中，很清新，很醇正，很甜美，客人们吃起来，感觉特美妙吧，那是甚样的感觉？那感觉是：中国前途在这里。

杨家岭是一个山沟沟，三面环山，山色苍翠，山色间，一道平展地，往延河使劲延伸。是的，这里蛮像江南一处山冲冲，就如我老家常见的山里人家景色，谁知道，叱咤中国的风云人物，都曾聚集这里。这块土地，因此十分神圣，而十分神圣的土地，却是十分平常，因十分神圣而十分平常，因十分平常而格外神圣。比如这块菜地，是再家常不过，正因其如此家常，才显得格外伟大，格外让人遐想，让人怀想。

百年涛声刘公岛

刘公岛上的百年涛声是咸涩的，不是甜美的。

旅游船劈开海面，一眨眼工夫，就登上了刘公岛。岛上林木荫翳，郁郁葱葱，对面是高楼耸云的威海市，望过去是汪洋辽阔的苍茫大海。刘公岛很小，就只有两三平方公里，撇开历史，只看风景，刘公岛确实谈得上秀美，可是谁知道，最让中国人憋气的甲午水战就发生在这一片弹丸之地呢？北洋水师的“司令部”更小，是那么三五弄的四合院子，李鸿章手书的招牌镏金字有点灰暗了，但在导游眼中似乎可算“灿烂”发亮。我们对名人哪怕是盖棺难定的名人甚至有点遗臭的“名人”也总是有着莫名的兴奋。牌匾上写着“李鸿章”三字呢，用不着介绍，我们也看得到，导游却特意在门槛下停了下来，郑重其事地告诉我们：这是李鸿章亲自书写的。好像李鸿章在这里书写了辉煌的一页。刘公岛，近代历史的刘公岛，李鸿章在此书写过，但，是一种辉煌吗？

北洋军舰的一些残骸摆在纪念馆的后面，导游向我们如数家珍：北洋水师是当时世界在亚洲最强大的海军，其中定远舰称得上海上堡垒，它的装备最精良，武器也是最先进，即使被打沉了，打捞上来的残舰依然是完整的，被导游称为“镇馆之宝”的大炮就曾是装在定远舰上的。是的，我知道，鸦片战争打开了中国的大门之后，这只睡狮不再酣睡千年，最少也算得上半醒半寐了吧。魏源振聋发聩地喊了一声“师夷长技以制夷”，洋务运动从此大兴，从此也知道坚船利舰不是“淫器惑众”，而是强国之“神器”了，所以花了举国之力组建了北洋水师，花了举国之财购买了各种军舰。百年之后的定远舰大炮依然雄风不减，硕大的炮管呈四十五度角斜指向天，黑洞洞的炮眼显得幽深而威严，遥想当年，要是装满了炮弹的这门大炮呼啸着冲出一腔怒火，那么一座山也会震塌半边，可是，它是哑的。整个北洋水师只有两发炮弹，其他的都是哑炮，正如四大发明之一的火药人家拿去做武器，我们拿来做炮仗，北洋水师的炮弹可以噼噼啪啪作响的都化作了鞭炮，去庆祝慈禧太后六十大寿去了。我轻轻地拍了一下大炮，訇訇地响，那响声是那么遥远，是那么沉闷，锈迹斑斑的大炮发出的是锈迹斑斑的慢板涛声。

导游领着我们来到邓世昌的办公室，在阴暗得甚至感觉有点发潮的屋室里，丁汝昌的神形说不清是悲壮还是落寞。光绪二十一年（1895）正月初五，日军进攻威海南帮炮台，丁汝昌率舰队从海上用火力支援炮台守军，发射排炮，击毙日军旅团长大寺安纯。一点小胜改变不了大败，由于众寡悬殊，威海陆路南北帮炮台相继失守，刘公岛遭海陆合围，成为孤岛。此后，日本海陆两军配合，并利用占领的陆路炮台，连日攻击北洋舰队，正月十一日，日本鱼雷艇夜间偷袭，定远舰遭重创，丁汝昌移督旗于镇远舰。正月十三日，鱼雷艇管带王平策划鱼雷艇队集体逃亡，刘公岛形势进一步恶化。正月十五，日军舰艇四十余艘排列威海南口外，势将冲入，日本陆军也用陆路炮台的火炮向港内猛轰。丁汝昌登“靖远”舰迎战，击伤两艘日本军舰，“靖远”中陆路炮台发射的炮弹受伤，丁汝昌欲与船同沉，被部下誓死救上小船。十七日，丁汝昌获悉陆路援军彻底无望，北洋舰队已被国家抛弃，当晚，服鸦片自杀，延至十八日晨七时辞世。

此后，清政府内的清流、顽固党人交相攻击，光绪下旨对丁汝昌“籍没家产”，不许下葬。丁汝昌的子孙辈被迫流落异乡。直至宣统二年（1910），经载洵及萨镇冰等人力争，清廷为丁汝昌平反昭雪。民国元年（1912），丁汝昌灵柩始归葬于安徽无为县西乡小鸡山梅花地。

丁汝昌为国捐躯，不但不能得到国之哀荣，反而备受屈辱，想来，真是可哀。

我们还看了一个三分钟的幻灯片，它以现代科技手段展示甲午海战的一次名为摩天岭的战斗：日军上千人带着先进的武器冲向摩天岭，岭上驻扎着三百来名清军，摩天岭上枪声大作，战火纷飞。一旁有配音解释道：英勇的清朝战士打退了日军一次又一次进攻，使日军尸体遍布山岭，最后因寡不敌众，三百来名清兵为国捐躯，而当日军占领摩天岭，丁汝昌指挥海军轰隆隆发炮，把岭上的日军全部炸死了。幻灯片到此为止。短短三分钟，把一段历史演绎完毕了，而似乎最后的胜利属于我们？幻灯片的“制作理念”使我想起了在旅顺口炮台那导游的介绍，导游说：旅顺口的这个炮台地理特别优越，前是悬崖绝壁，后是沟壑凹地，日军的炮弹怎么也打不到这个炮台，要么打到悬崖上落了下去，要么打到沟壑里乱炸一气，日军哇哇大叫，也没有让他占半点便宜。这是打日本鬼子的最佳位置啊，导游这样自豪地说。

随着导游，我们重温了影响中国至深的一段近代史。但是出了北洋水师纪念馆的大门，我却感到十分茫然，这段历史到底是一首赞歌，还是一曲哀乐？到底是我们的自豪史，还是我们的一段屈辱史？从导游的解说词里，我知道我们有着最为先进的武器，有着最为忠贞的领导，有着最为英勇的士兵。胜利是完全能够属于我们的，可是，为什么我们失败了？

如果说，鸦片战争的失败是天注定的，那么在甲午水战的失败却是人弄成的。在鸦片战争中，一个古老的天朝皇国昏昏沉沉地酣睡着，不知道世界山有多高水有多深，锄头梭镖终究敌不过坚船利炮，这是无可奈何的事，但是甲午战争是在鸦片战争过去了半个世纪以后，军事装备已经今非昔比，为什么还是逃不过失败的命运？北洋海军称为亚洲最强，那是从其军事上，不，单从其装备上说的，这样的装备吓不倒人。早在海战之前，日本抱定了必胜的信心，为什么？因为他们看到了可窥一豹的一斑：日本吴镇守府参谋长东乡平八郎，他曾见到停泊在宫岛的清军军舰，非常威武，但是上面挂着的不是旗帜，而是短裤！他就放言：其海军实不足畏！这是一支什么样的海军呢？“左右翼总兵以下，争挈眷陆居，军士去船以嬉。每北洋封冻，海军例岁巡南洋，率淫赌于香港上海，盖海军之废弛久矣。”没有战斗力的军队武器再好怕也只能拱手送人。也许我们可把北洋的败绩归咎于慈禧挪用海军军费，其实这也是皮毛之论，如果慈禧不挪用，这笔钱会不会用到海军建设上去？只有鬼才知道！北洋舰队实行的是以“管带负责”的“经费包干的承包制”，平时训练以及维修新购费用是“多支不补，节余归己”，谁会真训练？谁会拿钱去购买炮弹？军队废弛的根部是制度的腐败。若干年前，魏源喊出了“师夷长技以制夷”，在长技上也许正在努力地“赶英超美”，最少在海军上是超了亚洲各国的，可是有了“长技”也依然不能制夷，问题在哪儿？民主与科学超越于技术之上，建立长效的防腐机制，也许更比技术要紧。为什么不能“师夷长制以制夷”？历史一再证明，“长制”胜比“长技”。

丁汝昌英勇捐国，可垂丹青，可是他知不知道自己当了权力斗争的祭品？北洋水师是李鸿章一手组建起来的，它是国家的一张王牌，其实也是李鸿章私人手中的王牌。自曾国藩组建湘军以来，清军很多部队已经成为私人性质的部队，北洋军是李鸿章的“家丁”，当战争尚没开始，为了保存这支“家丁”的实力，李鸿章命令海军全线退缩到狭窄的威海卫，给日军长驱直入留下空间；在前线如此，在朝庙之上呢？朝庙里战斗正酣！掌管财政“户部”的是被称“帝王师”的翁同龢，他与李鸿章的矛盾非常深，他想，如果把财政拨给北洋水师，那无异于给对手李鸿章加上砝码，使其在朝廷上一言九鼎，自己往哪里摆？古有所谓“战胜于朝廷”者，而于甲午海战而言，可谓是“战败于朝廷”了。

如果容许我们继续往下看丁汝昌，我们对他除了并脚敬礼之外，还可能是一声叹息，丁汝昌是值得我们景仰的民族英雄，却未必是我们应该称颂的海军将领。梁启超说：甲午海战“至其所以失败之故，由于群议之掣肘者半，由于鸿章自取者半，其自取也，由于用人不当者半，由于见识不明者亦半”。梁启超说的用人不当者，说的就是丁汝昌。丁汝昌是陆军之将，海务并非其所长，其所以当上北洋海军的最高长官，乃是因为他是李鸿章的淮系下属，北洋军是李的私家军，他不用自己的人难道还用他人的人？而丁不懂海务，自然不让人服：“凡丁汝昌欲左者，若辈共右之，欲右之，共左之。视军令如儿戏，终无如之何。”在战争开始，丁就指挥不当，其作战队形既不利又混乱，其半月形横列阵势，处处处于被动挨打状况。用人不唯才而非我族类不用，在和平时候也许混得过，非常时期只能“歇菜”了。以家国安危为注做个人权力的算盘与棋子，历来没有不败的。

我深深地景仰摩天岭上三百余名将士的英魂，然而，我尤其痛恨那些民族败类。在甲午海战中，一些贪生怕死、丧失民族气节的无耻将领，鼓动一些士兵、水勇叛国投敌，他们挟持护军统领张文宣至镇远舰上，威胁丁汝昌投降。丁汝昌宁死不降，并于二月十日命令各舰冒死突围，或者沉船、毁炮。但除定远舰管带（船长）下令沉船并于当晚自杀殉国外，其余将领贪生怕死，拒绝听令，甚至准备带船投降。二月十一日，日军对威海卫及北洋舰队进行水陆夹攻，炮火更加猛烈，清军日夜苦战，疲惫不堪，弹药也将用尽。丁汝昌最后沉痛地下令炸舰沉船，但遭到一些将领的反对。丁汝昌决不投降，无奈将令不行，无法统率，他在绝望中自杀殉国。十二日晨，马格禄、浩威等人盗用丁汝昌的名义起草了投降书，缴出了残余舰艇十一艘和刘公岛炮台以及军资器械，向日军投降。在这里，我明白了，为什么日兵在南京一个人可杀一百个人，为什么日本鬼子一个人可以管理一个乡的中国人。摩天岭上的三百英魂啊，你们是不是死不瞑目？

甲午海战，去今不远，也许只有威海的码头到刘公岛上的距离吧。汪洋海水淡化了百年前的血腥，血色海水复归蔚蓝，蔚蓝下的海水血腥虽已经不在，但海水仍是腥的啊。我们看到海水表面的蔚蓝，我们为什么不去咀舔海水的咸涩？乘船离开刘公岛，我看到一船又一船的人乘船而来，我真的不敢亵渎他们的爱国热情，可是我很担心，他们能否真正探到爱国的底蕴。或许导游是无可指摘的，他的解说词只是一种“背书”，他们解说的“基调”不是他们定的，那么是谁定的？最少，在刘公岛上，爱国主义的基调不是光荣，而是耻辱；不是自豪，而是忧患。我看到一船又一船的游人，他们踏上这方曾经流血的土地，他们是旅游者，还是沉思者？也许他们也是无可指摘的，作为游人，他们本来是寻找快乐而来，他们应该高兴。是的，熨平了创伤的山水都是好山好水，面对多娇的江山，我多么希望他们永远挂着灿烂的笑容，但是我也多么希望，最少，在刘公岛上，我们应该蹙眉沉吟。

渤海一晌钓鱼客

李白递人名片，得念半小时。李白名片素来密麻麻，头衔胪列，一版排不下，得“转下一页”。不过这回名片很素净，就一行字：海上钓鳌客李白。哪个海上？渤海啊。渤海以东传闻有五座山，山不生根，随波逐流。岂可国无安所，让民过流浪生活？玉帝下旨命十五只大鳌顶起，才安妥江山。“而龙伯之国有一大人，举足不盈数步而暨五山之所，一钓而连六鳌。”李白说他就是龙伯国里的那大人，“以风浪逸其情，乾坤纵其志；以虹霓为丝，明月为钩”，一钓钓上来六只大鳌。

李白的话，素来信不得，吹牛皮不打草稿的，他能一次钓上六只足球场大的巨鳌？君若信李白的话，家里鸡婆都会杀尽（敝地方言，专送大言炎炎人的）。去渤海，一次钓六只巨鳌，那是假的，但说一次钓上六只黑鱼、黄鱼，那不是骗你。

此次，我飞四五千里，去大连獐子岛，钓了一晌午鱼，也曾一次钓上来两只。一次提竿上来，钓六条十条，都不在话下，只要你的钓竿下了六只十只钩。听说，海上垂钓，谈笑间，钓百把斤鱼，不是事，好像我们去小溪坑里捡鹅卵石似的，挑一担卵石，烂容易。可惜船老板给我的钓竿只是双钩，不能一揽连六鳌，只能一竿双丰收。

还是小时候在老家小溪里钓过鱼，小溪一臂宽，一脚深，钓半天，顶多钓上一只一指宽的小鲫鱼。大海茫茫，如何甩竿？李白吹牛，“以虹霓为丝，明月为钩”。那是哄你耍的，船老板给我们的钓线，细，长，非“以虹霓为丝”，抛天上去，却可以丝绾虹霓。一丝系两钩，钩中还系了一个秤砣。我先是乱抛钓竿，不得要领。那头船老板瓮声瓮气，传来话：把线尽情放，放到感觉抵达了海底，就行了。如何感觉到了海底？凭手感啊。

海上垂钓，并无鱼标，那凭什么晓得鱼咬了饵？还是凭手感。鱼线沉了海底，隔一二三秒，要手提鱼线，往上提提，船老板说：海鱼见了饵，好像猫戏老鼠，要玩一玩，待你往上提线，海鱼以为饵要跑了，赶紧来一口逮住，往肚子里吞，此时提竿，你就有手感了嘛。孙悟空坐宫殿外，一根红丝线绾贵妃娘娘玉腕，便知有喜无喜，也是这样凭手感？

手感，确乎是一种特好的感觉，难描述，可意会。好像没一根烟工夫，小舟欢腾一片，男女声叫嚷起来了，船头哥们钓了鱼，一炮双响。咦，有手感了，哥哥我提线出海来，呀呀呀，一条黑鱼甩水出海，一掌宽，一掌长，活蹦乱跳。围着我身边替我鼓掌的，一是吉林美女卢海娟，带海字的美女，跟海结了佳缘；一是福建美女张珠容，笔名睿雪。有两美女在旁，大呼小叫，欢乐跳起来，便将船都抬升了一尺五；跳下去，将船压下一尺五。船儿晃晃荡荡，跳海上芭蕾与小舟迪斯科了。

在河塘与湖泊钓鱼，须独钓寒江雪，是不能闹的；渤海里钓鱼，却是可以开派对的。此次，哥哥我是因笔聚会，到大连，见了多年想见的人，看了多次看过的景，而垂钓江海，却是第一次。第一次，未必都可记，而这第一次，却是日子过了很久，还想记一下，想必，我心底处，也有钓徒情结吧。一蓑一笠一扁舟，一丈丝纶一寸钩。一曲高歌一樽酒，一人独钓一江秋。心里一直想过一人独钓一江秋的日子，只是无钱买钓竿，上班无余闲。“欲济无舟楫，端居耻圣明。坐观垂钓者，徒有羡鱼情。”这回，不再是酸溜溜的“羡鱼情”，而是实在享受了“钓鱼意”。

黑鱼在钓竿上乱蹦，看到那白钩钩住鱼嘴里那猩红的一片肉，鱼愈是蹦得动作大，钩愈是钩得深，怎么取也取不下来。旁有美女卢海娟，先前是灿烂脸，渐渐是脸不灿，是一张烂脸了：放了吧，放了吧，看鱼好痛苦的。卢美女佛缘心性，说得我心里也慌了起来。而我佛缘终究浅，俗缘或太深，怯怯地说：没事没事，人到底是要生活的。

美女卢海娟那话，还是在我心里投了些影，虽淡淡的，但到底有。我把钓竿给了美女张珠容，待一边去，“未夸观涛作，空郁钓鳌心。举手谢东海，虚行归故林”。佛性还是没胜钓徒心性，又拿起钓竿，独自去船头，垂纶渤海。未几，手感十分强烈，怕是一头巨鳌上钩？慢慢提线，鱼我拔河，拔得厉害，一忽儿，没手感了。那巨鳌，或者那大鱼，挣脱了鱼钩，不再在这里漫游，乘龙去了。我竟不遗憾，还庆幸鱼跑了——这是佛缘开始在我心头显影了？

“举手谢渤海，虚行归故林。”名家雪小禅在喊：算了，莫钓了，我们还要回家。我也要赶飞机回家的，只能在渤海做一晌钓徒了。苏轼夸话“小舟从此逝，江海寄余生”，究竟没兑现，他最后也还是回了人间。小舟从此回，我等佛缘浅汉子，还是只能街巷过余生。渤海贪钓一晌，还是回了办公室，过朝九晚五的无聊日子。只是偶尔想起，小舟上煮自己钓的黑鱼，单放些紫苏，清水煮，那鱼汤奇鲜无比。

荷塘柳色

微信蛮好玩，这回玩的是本月运势，我将手机使劲一摇，瑟瑟瑟瑟响，响如佛堂里的竹签，嗯，其模拟的，就是抽签。本人流月不利，所抽之签居然是：孤独。举目所望，人比麻雀多，摩肩所触，人比树叶稠；叽叽喳喳者，吼吼号号者，呵呵哈哈者，嘈嘈切切者，遍布人间，涌集尘世，人之同类组合于世界，如蚁排兵，如鱼贯队，孤独何来？

这回我去清华，名义是学什么玩意儿，究竟呢不过是花钱去玩一把。突然之间，感觉到了真孤独。人，此地是几何倍数增了，京都街头人山人海，地铁里尤是接踵摩肩。可是热闹是人家的，孤独是自己的——孤独是以周边人数多寡论的吗？不是，孤独是以内里心灵感应论的。人数再多，没有你，便是孤独的；人数再少，有了你，便是热烈的。

京都的白天极像白天，京都的夜色却不像夜色。哪个城市也都一样，夜还是夜吗？不是月色白如昼，而是灯光夜也昼，只是其他城市没那么白亮罢了。孤独如潮袭来，我找谁玩去？偌大城市，坐落万千楼房；偌多楼房，生息万千人类，我找谁玩去？扳着指头数，在清华，我与谁比较熟呢？今人我是没有半个熟悉的，古人倒有一位，便是朱自清。

同行人，呼啦啦地，找清华西门；哇呜呜地，转清华东门；嘻哈哈地，寻清华北门。门楣上或书翰墨清华园，或贴金匾清华大学，这三字，这四字，都夺目得紧，可以摄入玉照背景——玉照从此有背景的了。我素来不太找背景，我想去找的是水木风景。清华夜色残存着夜影，灯光晕染，不如昼。七拐八拐，拐到一条河边，潺潺流水轻如呓语，细如喃喃，那是一种魂音吧，一魂轻呼另魄，魂魄相呼。听得水潺潺，正逢有来者，殷殷与问：水木清华在哪儿？那儿，那儿，就那儿，拐个弯就是。

“沿着荷塘，是一条曲折的小煤屑路。这是一条幽僻的路；白天也少人走，夜晚更加寂寞。”这不是一条小煤屑路了吧？定然是一条小文艺路了；白天不少人走，夜晚呢，有一些文青出没。荷塘之路，不算幽僻，稍嫌寂寞。夜灯稀疏，高高低低的树，罗列荷塘四周，白少黑多，光轻影重。谁处传来琴音？不晓得是在排练节目，还是在预演婚庆。但见几位男女学生，架起琴，拉起吉他。中有一男，着西装，中有一女，拖长裙，在昏暗之荷塘夜色里，对口型，对眼色。对口型对得蛮好，口型没被口声遮掩，挺文艺腔的；眼色对得如何？我不晓得，眼色被夜色雾化，谁量得其中情之含量指数？

沿着荷塘小路游走，我总是感觉魅影重重。时间是春月中旬吧，非月初，月非钩；非月半，月非盘；花开半朵，月挂半边，半轮月透过树梢，漏进荷塘中，喧闹的现代化城市，也便漫溢出古时月的时光余韵。这是今时月，这是古时月，这是正照着朱自清清夜踱步之近时代月？我不晓得，夜色下的清华荷塘，居然还有人甩竿垂钓，鱼竿上绕着些荧光棒，闪啊闪的。他们是在钓小鲫鱼，还是在钓古时月？

荷塘四周，魅影是一团一团的，隔那么七八九十步，但见一团魅影，顶得老高，撒得老宽，在荷塘周围飘拂。那是什么呢？走近瞧，那是柳树。柳树枝叶稠且密，密且长，长且细，一棵柳树架起一个顶天大棚，撑开如伞，再垂下来。柳，本来影儿一般，入得夜来，月光又来晕染烘托，那细密的枝叶，更如画家枯笔写意，影影绰绰，绰绰影影，如仙境之仙女轻摆云鬓，还是如鬼域之女鬼漫卷长发？朱自清独自走在这片荷塘，他也是有点怕的。

转到一处石柱，我也吓了一跳。这石柱土生土长，还是他地移植？石是海石模样，中间是海水掏空也似，空得可以藏人。我转到石头边，石头空洞里，但听得呜咂有声，这回真如朱自清所形容的，“仿佛远处高楼上渺茫的歌声似的”。

什么歌？情歌。但见一位穿长裙的妹子，玉腕绕一位伢子腰，踮起脚尖对口型。白天走在清华校园，同去的兄弟发现美洲大陆也似，深发感慨：清华，到底是清华，只见读书人，不见谈爱者。知否知否？读书人也是人呢，青年更是青年呢。清华园啊，给青春一张书桌，给理想一个落脚，也给年轻一处荷塘，给情感一个去处。在这夜色里，在这荷塘边，在这柳影里：“妖童媛女，荡舟心许，鷁首徐回，兼传羽杯。棹将移而藻挂，船欲动而萍开。尔其纤腰束素，迁延顾步。夏始春余，叶嫩花初。恐沾裳而浅笑，畏倾船而敛裾……”呵呵，与古同慨，与朱公同叹：“这真是有趣的事情，可惜我们无福享受了。”

荷塘是柔情的，这种柔情或来自月色，夜风吹拂月色，月色轻漾夜色，云破月来柳弄影，纵或是莽汉猛汉与恶汉，情自酥软起来。唐朝诗人崔橹诗名不著，却懂柳，他晓得柳树可以瘦损男人骨：“风慢日迟迟，拖烟拂水时。惹将千万恨，系在短长枝。骨软张郎瘦，腰轻楚女饥。”酒浅没鞭名马，情多未累美人，我来到水木清华之荷塘，也是身子绵软了。

月色与夜色下，未见柳荫直，烟里丝丝弄碧。次日找不到他人聊，我独去圆明园。曾是皇家园林，王谢燕飞来飞去，满园春色，野花兀自蔓延，登临望故国，谁识京华那历史的阴影？圆明园的荷塘比之水木清华阔多了，湖堤上，曾见几番，拂水飘绵送行色。北方柳树哪，竟是那般高耸，柳枝高耸如髻，核弹炸起蘑菇云，杨柳扎起翠云鬓？杨柳高耸而舒展，舒展而飘垂，铺陈大面积的风影，鬓云耸翠，有如南方榕树，枝条密密，枝叶青青，长长条条如美女长发飘飘，垂至水面，风过处，秀发轻扬。突然想，北方有佳人，高大而威猛，想之而生畏，如今见了，也是杨柳一般，柔情照水。

我没见到清华园里柳树之清容，想必也是圆明园这般高大而浓密吧。朱自清入夜独行荷塘，光与影漾动着和谐的旋律，"这令我到底惦着江南了。——这样想着，猛一抬头，不觉已是自己的门前；轻轻地推门进去，什么声息也没有，妻已睡熟好久了"。最先读《荷塘月色》，师道解惑，谓文中淡淡的哀愁与丝丝的苦闷，源自时代风云。是吗？据说朱公"这几天心里颇不宁静"，是与爱人吵了小架。我们心绪多起伏，是时代风云，还是情绪烟云？

荷塘边走一遭，心境平复了，夜色与月色，固然软化情思，更兼那柳色，有如观世音持杨柳枝，当愿众生，其心调净男人心。想起了晏几道咏柳之句："渡头杨柳青青，枝枝叶叶离情。"我无情可关，而见了柳，也是心情绵柔，一个人走在北方之夜色里，照周邦彦说，"应折柔条过千尺"，折千尺还是剪千枝？一寸柔条也没折，一枝柳叶也没采撷，心情也是好的，纵使北去京都无故人，也一个人日跑马路夜游园，自顾自更尽一杯茶——心情那么好，也是因为：京都夜雨浥轻尘，客舍青青柳色新。

且放白鹿青崖间

墙上的挂历已薄若一片。猎猎之风似北方之狼，其足已越秦岭，临于粤关，其声隐隐而大，渐渐至于嚎唳。在白衬衫上加上一件浅色毛线衣之后，我关门离家上班而去。仰望天空，一夜之间四方云色已动，而北方之友，似乎更敏于时，一副贺岁的挂历，缩成卷轴，自古都西安乘御北风，至于我之案头。展轴而视。一座青山，不知是秦岭，还是粤关，不知是蜀道，还是天姥，“噫吁嚱，危乎高哉”。石向天横，峰拔五岳，其崔嵬陡峭，若倾天，若陷地。山上清竹亭亭，芳草鲜美，在青崖之间，一头白鹿趴伏，尾似摆非摆，目似瞑非瞑，头角峥嵘，意态超然，有鞍一副，有铃一对，而不见主人，不见骑者。鹿无人骑，山无人攀，空余良辰美景，幽谷无赏。青山莫非是李白之青山，白鹿莫非是李白之白鹿？下班铃响，我提轴归于家居，于书堆中觅得《李太白诗选》。诗云：且放白鹿青崖间，须行即骑访名山。终于知道山是李白之青山，鹿是李白之白鹿。

青山叠叠，唐朝归于何处？白鹿悠悠，李白醉卧谁家？

铁马冰河入梦来。此刻，那一双傲慢的靴子，正橐橐然走在长安街上，李白提着自十五岁开始磨砺的长剑，仰天大笑出门去，在秦砖汉瓦的古都街坊间飞扬跋扈。曾几何时，剑于青莲被封二十六年，寻了二十余年功名岁月，四十不惑，鬓已微星矣，到了长安，当然值得高歌“天生我材必有用”，我辈岂是蓬蒿人！长安已不是蓬蒿，在李白的眼中，如人到深圳，到处都有黄金可捡，人到了长安，随地都有乌纱可得，四十岁的李白一入长安即意气风发，高歌踏舞。长安街上市列珠玑，户盈罗绮，峨冠博带者流如鲫过江，鼓乐喧天，歌舞升平，笙歌舞霓裳，玄宗把率土之滨垂拱治成开元盛世，仓廪无数，珠宝如恒河沙数，丰功何以歌，盛德何以颂，更兼宫里芙蓉如面柳如眉，贵妃天生丽质，怎能没有风雅颂？怎能没有天才诗人来摹形摄态？道士吴筠殿前一荐，座中天子开颜相唤。有不得伸腰开眉、淹留于穷乡僻壤二十余年者，而今天子相呼，怎不扬眉吐气，激昂青云？仰天长笑，高歌取醉。青山遮不住，蜀地留不住，桃花潭水挽不住，名山古刹与山川形胜怎敌得此时天子相唤，天子呼来即上船，山野之鹿不想骑，要骑就骑长安之马，于是李白把笔掷于山间，直奔长安玉殿高阶，踢踢踏踏的靴声就响在金铺玉砌的长安街头。

灯红与酒绿，温泉与暖帐，笙歌与曼舞，绫罗与霓裳，一腔豪情与壮志从蒿莱间拔出，即刻间又陷进了温柔乡里，蒿莱中，剑无用处，温柔乡里，剑又有什么用处？红云非血，锦绣非铁，“云想衣裳花想容”的绮丽诗句也不是“男儿本自重横行”的功名所在，而剑，终是用不着，用得着的，是玄宗想用而你以为不须用的笔。七宝床赐食，亲手调美羹，一如贵妃之宠，李白终究不是高力士，妇人似的宠爱终究不慰平生，沉香侧畔，牡丹盛放，玄宗宠你是笔，宠贵妃是色，均是皇家院落，皆为皇家调心遣情而已。贵妃舞低杨柳，歌尽桃花，其颜若仙，其态若神，此情此景，天子急呼，而你正在长安街头，醉卧酒家。幸亏酒助诗兴，天子开颜，贵妃开眉。不然，天子一怒，伏尸流血。千载而下，后人为你侍侧君王捏一把汗，而你狂态不敛，依然耿耿于剑，佯醉不休。唐朝天子都开明，而开明的天子又何曾把你放在眼中，不过视为一个书生而已，“笔妃”而已。写诗不是写材料，是件细瓷烫釉的活计，是一件媚他娱人的事业，绣花功夫当是绣花人做，你佯狂佯醉，你无媚无谀，如此性情如何适应得了？殿前许你脱靴，这是对你的最高礼遇，而你又岂能把脚一伸，高呼高力士“脱靴”？高力士虽然武不能安邦，文不能治世，但高力士上奉天子满意，下媚贵妃开心，会处理各种关系，会调和各种人际，人又能说会道，会跑会媚，殿前殿后如鱼得水，早被天子重用，职位在你之上，怎能让他为你脱靴？天子不喜欢你了，是天子呼你来的，又当如何？贵妃不欢迎你了，你为贵妃写过诗，又怎么样呢？由宠而冷落，李白，那滋味若何？曳裾王门虽不称情，虽不能展你抱负，用你所长，然有锦衣玉食、荣华富贵，怎么说也是领导身边的人，宰相府里都一品官呢，好走不如赖着，别走，李白，住在长安街上，就是一种荣耀啊。不知有没有谁这么做你的工作，余光中先生溯千年之流而入长安之际，你早已走了，早已白发弄扁舟去了，只让余先生看见：那双傲慢的靴子至今还留在高力士羞愧的手中，人却不见了……

把满地的秋叶与落红，留给杜甫去苦吟，而你却骑着白鹿过江陵，游三峡，登华山，上天姥，把大半个锦绣河山归于眼底，酿于心间，泻于笔端。弃名利之长安，去繁华之长安，抛锦绣前途之长安。此间脱靴一去，人谓旷古之豪迈，绝世之潇洒。视功名富贵如浮云，古代今朝能有几人？而李白可当之否？否也，李白视富贵如浮云是实，视功名如浮云则不然也；敢脱靴而弃富贵，果然无双，而汲汲于功名者，亦李白也；花甲之年壮心未已，佩剑至于永王幕下，不践夙愿誓不乘化归去，人谓李白率真洒脱，谁知李白壮志未酬；人重李白之笔，世代赞不绝口，而李白自重李白之剑，一生不得如意。谁说李白心无挂碍？谁说李白视功名如浮云？玄宗如此看李白，世人如此看李白，谁是李白之知己？而李白以文人之才，以狂士之性，而欲于仕场建功立业，亦是不自知，不自知而兀兀求之，是谓不自量，李白之心，苦也。人知飘逸之李白，知酒中之李白。卷入一场帝位之争中，李白天真地将其看作为国立功的爱国之举，天真地将其看作舒展平生夙志之举，遭至流放夜郎，安史之乱，此心犹未死，廉颇老矣，一厢情愿负剑请缨，欲将老命与天赐之才货与帝王家，帝王不买矣。此心无有寄所，拔剑回顾，心与眼俱是茫然，月色茫茫，水天一色，跳水捉月，捉月而亡，谁知沉郁之李白，知水中之李白？

李白心中有道，李白心中亦有魔，道与魔集于一身，在心中一生都无休无止地开战，将李白弄得遍“心”鳞伤，长风破浪会有时，直挂云帆济沧海，是魔；且放白鹿青崖间，须行即骑访名山，是道。放是且放，行是须行，干吗是且放不长放？什么是须行？什么是不须行？游青山只是无奈独善，也许长风破浪会有时，所以是“且游”。得志时可济天下不须行，失意时才漫游海内而须行，所以是须行即骑。得即高歌失即休，李白的率真无忌在于时来情即来，运至颜亦开，当歌即歌，从不忸怩作态，掩饰心情，而李白的洒脱飘逸亦在于抓不住即放，虽贵如天子，富比皇宫，亦弃之如敝屣；无优柔寡断，无乞尾求怜，弃长安于不顾。他心中始终有一剑，心中始终也有一鹿；有剑使他豪情万丈，有鹿使他心如野鹤；进则有剑，退则有鹿；有鹿有剑，是李白之幸亦是李白之悲，使李白一生之灵魂永不安宁。

朝辞白帝，两岸猿声，渔阳鼙鼓犹响在耳，乘帆仍思挂海，以鉴自照，明镜里却处处皆是秋霜。举杯邀明月，月在水中沉浮，仿佛剑光跳荡。五花马，千金裘，呼儿将出换美酒。在七六二年的某个皓月当空之夜，后生如我，正在千年之后的床上做梦，而李白乘舟水月之中，嘱人把鹿置于青崖之间，如托付后事。李白醉态醺醺，人已踉跄，而月徘徊，水中的剑气与月光交错又交织，散发诱惑人心的光芒，我听见扑通一声，月光四溅，剑气如霜。孤帆远影碧空尽，唯见长江天际流。我悚然惊醒，举目而望铝合金之窗，梧桐之叶影姗姗，而月光如白酒倾泻一地。只觉心中如磐，堵得发慌，后生如我饮月光如饮由唐至今酿酵之酒，不胜酒力，醉矣，自倒一壶水，一口灌喉，而胸堵如故。一杯淡水，怎能浇胸中块垒？回想梦中，咳嗽不止，辗转反侧，一夜无眠。不知东方之既白，抬头望，正见我北方之友自西安寄来的贺年挂历，挂于墙上，一座青山，一头白鹿，巍峨静立，茫然趴伏，青山正待人访，白鹿意待人骑。

谁来访？谁来骑？定睛一看，眼前山既非山，鹿亦非鹿，一画而已。

天池之绿

曾经沧海难为水，除却天池不是绿。

天池的绿有一种高贵的气质。凡人与名山的相遇，大都结着钱缘，千里万里，到此一游购着门票，无论怎么遥远的山水，都可一亲芳泽。但长白山的天池不一定是，它不但要有钱缘，而且要有情缘，导游小姐对我们说：大哥大姐运气真好噢，来一回就与天池碰了面，曾有“真龙天子”来三次，天池都不肯露脸的。这话我们后来信了。离开长白山，我们到达千里之外的沈阳，沈阳的导游小姐也是这般说。所以，我觉得有一种山水比高贵还高贵。

汽车穿越东北森林翠绿的腹地，沿着一条飘带似的公路盘旋向上，一盘一景，一旋一境，莽莽苍苍的森林无限铺展，而与常山常水不同，长白山愈是往上，愈是树木渐稀，到得半山腰上，除了偶尔一丝绿草，便是碌碌尘沙，而在山顶上寸草不生，满山的灰烬，满目的苍褐，若不是一片片一堵堵陡立高耸的石壁石面，让人恍然进入了沙漠地带。这不是沙漠，这里是一座安详地沉睡着的火山。每隔两三百年，在地壳深处运动着的岩浆，经过力量的累积、奔突、酝酿与长久的沉默，奋然喷发，那是一种怎样壮烈的红与磅礴的红啊！这让人无缘幸会，只能供人遥想了，我们现在见着的只是火山爆发的余烬与暂且蛰伏的磐石，见着的还有依然叫人惊心动魄的火山口，这就是天池。

天池就是火山口，它冷冷地沉默无言，冷气飕飕，冷风凛凛，火山已死了吗？不，在长白山的山脚山麓，石头还是温的，泉水还是热的，热气终年腾腾，让山胆战让人心惊的地火依然运行。站在长白山之巅，俯视天池，我无端地觉得身子骨渐轻渐飘起来，天池一望汪洋，绿意盈溢，广阔而蒸腾的绿风绿气将人托举而轻舞。阳光明媚。阳光明媚是人与天池相遇的唯一机遇，也是天池之绿大放光华的浩然背景。高空之远处，如森如山的白云堆集，掩映于天池之中，白影亮光都被浸绿，抬头看白云，恍觉白云之心核中都有绿意穿进，除云之外，天是纯绿的，蓝天之绿往下铺地而来，天池之绿向上升天而去，偌大的天地之空间之容量中，绿满绿溢，人在绿风之吹拂下，身与心一齐轻舞飞扬。天池之绿，绿得瓷实，绿得深刻，绿得穆然，绿得文静，绿得沉着，你甚至感到它绿得太奢侈，绿得太铺排，绿得太无忌，绿得太夸张，绿得无法无天，绿得一塌糊涂。我不知道，在长白山每年长达三百余天的狂风呼啸之时，天池是否会惊动其翠波绿澜，它沉静在一个阔大的容器里，四周壁立千仞，想必它也是水波不兴，永是心若止水的。我此刻所见到的天池，我之头顶上虽有很有重量感的天风浩浩又猎猎，衣袂翻飞翻卷，黑发乱起乱伏，但天池却如入道高深的圣僧，却如坚心如磐的处子，端然寂然，纹丝未动，它静静地绿，泛泛地绿，莹莹地绿，腾腾地绿，在奶白又透明的阳光照射下，那绿由静而动，由实而虚，由沉而升，由重而轻，由水而气，由气而影，由影而风，幻成绿色的亮光，在天地之间浮动如浮云，轻摆似轻裙。是的，都绿了，天绿了，余烬绿了，苍褐的石面绿了，黄肤色的人绿了，在这里唯一售卖的如冰的火山石，绿得发紫发亮，绿光万射。我之前面，袅娜走着一位红衣红裙少女，其大红鲜红之衣袂上，影印一层飘然飘拂的绿影，其绯红的脸庞上，染着若有若无的绿气，让你感到在这有点荒古的高山之巅，有一种狐惑的仙意仙气。我站在一块石头上，留了影，相机的视野几乎全部对着了天池，恣肆的绿色因此霸道着笼了天笼了地，将人轻拢绿中，裹挟绿中，你可以看到池底整版如冰雕如玉琢的绿，你也可以看到空中如飘带如流苏的绿，奶白的阳光布陈于我的额头，媚惑的绿意穿行于我的脸上，似拂还覆。没有到过天池的妻子，见着我之照片上的绿，大声惊叫，天地之间怎会有这等洁净而纯粹的绿呢？妻子何曾见到天池绿的真面目，她见到的不过是绿的影子罢了。除却巫山不是云，那么除却天池的绿，又有什么绿可称为绿呢？

天池很深，它绿得也深；天池很宽，它绿得也宽；天池很古，它绿得也古；天池天然，它绿得也天然。天池之水有三百余米深，而其池面与人的眼光距离还有一千多米，站在山巅上看天池，仿佛其就在脚下，其实远着呢，我看到天池中有一道黑影，以为那是浮标，导游小姐说那是一叶打鱼船呢。真是船吗？天池有鱼？鱼从何来？天池久居深闺，它终日在大气大雾中隐形藏影，无人相扰，无物相染，其绿便绿得纯粹，绿得冰清玉洁；天池看上去不像一面硕大之镜，而其实阔大似原野，它有八九平方公里呢，所以绿得那么雄壮，绿得那么宽广，绿得那么意尽词穷。尤让人想不到的是，天池一池分两国，一半归中国，一半属朝鲜，谁借得了昆仑之剑，把汝裁成两截？寰球未必同凉热，却也共享天蓝地绿。站在这壁厢，谁知道那里是另一个国度、另一片天空了呢？对面，很安谧，很静然，陡壁或者沙坡，呈现着远亘的荒古，也呈现着异域的神秘，天池之绿，也因此绿得让人好奇，绿得让人神思飞越，绿得让人说不尽写不尽遐思绵绵不尽。

水光的盛宴

在九寨沟，我终于看到了水的结构，我看到了水分子中的氧和氢，我看到了氧和氢结合的水分子在水中随阳光而飞舞轻扬。我掬起一捧水，我看到许多史前的阳光与云彩在我掌上天真地喃喃相语，许多的玲珑词语叮当叮当地从我指间挣脱，沿着原路返回水中，返回史前。九寨沟的水、阳光以及云彩也许可以给史后的人看，但拒绝我们这些被工业的烟窗熏黑了眼珠与商业的油烟熏黑了鼻孔的人来抚摩。

我真的看到了水分子中的氧和氢，九寨沟的水，每个水分子都是透明的。水是天空的一种倒装。天空？对，真正的天是空的，天因为空，才包容一切，才让一切在阳光中清晰无比，才让我们一眼看去，看穿眼前物质的所有细节与远山的淡扫蛾眉。九寨沟的水也一样，像天空一样空，如果你眼中缺少水的重量感，那么你会感到水不存在，存在的是水分子，在静静的海子里漂浮，水是那么空，好像是天空的倒装诗句。你可以看到深深的水底那条像鹅卵石一样伏在地球的地层深处的小鱼，那以棉纱细丝编织而成的尾巴一摆，水分子仿佛被风吹动，西施浣纱般的纱线被漂一般的动感在水分子与水分子之间传递，轻扬、摆浮、追逐，这一切都以慢动作的方式演绎从千年向今的美感波动。是的，在九寨沟的海子中，再细微再私密的动静好像都是一件大事情，坦白向人。

在熊猫海子与犀牛海子里，我看到许多的树在水中倒装着生长，往地壳深处生长。如果说，向天空中生长的每棵树，遍身都是一袭阳光，那么，倒装着向地壳生长的树浑身都是水。在树木与灌木中翩翩起舞的蝴蝶与站立叶间的蜻蜓，穿过水幕，彩色的翅膀上水意淋漓，而扇动的翅膀却如翼托空气，轻灵转动，随意婉转，那翅膀一摆，一袭袭的波纹浮漾开来，是一尾金鱼？水里的鱼在树叶间飞，树间的蝴蝶在水里游，是水是镜的背面，还是山是镜的背面？水轻灵若空气，空气清新若水，我，我们，在水中？在空中？是的，我是在说我的幻觉与幻景，但是，除了九寨沟，没有什么地方的水能够引发我们已经失去了很久的想象。我甚至看到，沿着海子两边山脉向上生长的树木那树尖上的叶子，在水中都可见其叶脉含水流动。九寨沟海子里的水光，以高清晰度的数字化技术给九寨沟的所有山色复制一份存档，存入地底深层的记忆当中。行走在九寨沟里，你用不着以虔诚的姿态仰望天空，你只要低头看我们的脚下，你可以看到天空中的一切，在海子里一点也不走样，当然更美，因为多了一层披着蚕质绸缎与云织轻纱的水意。

蚕质绸缎与云织轻纱？这是谁留在五彩池与五花海的裙裾？或许，七仙女刚刚离去。她们轻着薄纱，在这些海子里无忧嬉戏，白玉般的身子可以穷尽我们的想象。仙女浴于仙湖，你尽可以穷尽想象。这些着在身上的轻纱啊，是云织的，还是蚕织的？是那么地闪着晶光，而其着色啊，蓝的蓝如蓝，白的白如白，红的红如红，黄的黄如黄。别怪我的词汇贫乏，五花海的色彩都那么纯粹，纯粹得就如她们的本色；而这本色杂陈，一同晾晒在同一片海子里，这边角是一袭蓝，这边角是一袭绿，这边角是一袭琥珀色，每一袭色彩都有纤纤细手抖动彩色铅笔浅画着的淡淡有痕的界边，哦，就像刚刚舞皱的裙裾落地定格的一瞬。七仙女刚刚舞去？我们一来，惊吓着她们了？她们含羞带气升腾入云，惊慌当中，把彩裙遗落？科学家说，五花海色彩如是斑斓，是因为海子里布着多种矿石，矿石在水的浸润之中，通过阳光的照耀、天空的映照以及山影的拍摄，形成了这样无色水含五色花的奇观。我是科学的信徒，原先什么时候我都是听科学家话的好孩子，但是，现在我不，在九寨沟的这些海子边，我不，我宁愿相信传说，我也不愿相信科学。科学家啊，求求你，你不要太忍心，打破最后一个童话。

一棵硕大的远古大树倒伏在地，那是什么呢？倒在大街上，那是一个事故；倒在小山中，那是一件家具；倒在老林里，那是一截自我霉烂的木头；但倒在九寨沟的海子里呢？那是风景。我看到许多的古树仰面八叉，它们在水中自由地展露，伸腰踢腿，做着自由操，所有的叶子都已褪尽，所有的衣裳都已脱下，它们光身游在海子里，好像裸露的是我们远古时代的人类姿态。我怎么也没想到，一棵树的水葬也会那么美。我站在水岸，我张开手臂，我叫人给我对着那棵水葬的古树咔嚓一声按下快门，带回家来一看，我觉得我如果脱掉衣裳，我也会这样以化石的状态栩栩如生像倒伏在水中的古树一样，那水中的树真像我的倒影。站在水岸，我好像站在远古的旁边，远古的旁边？是，远古的旁边。在童话的世界里，时光能够与时光相遇。我感到我一进入九寨沟捧起的那一手掌的水，就来自尧舜之前，它含着史前时代的所有密码。

在一个叫作水中盆景的地方，我听到了水、石与树关于静止与流动的交响。每一块石头都是小树穿着的带蹼的拖鞋，小树穿着这样的拖鞋拟将涉水而过，被粘住了，水漫过树的脚背。这些树啊，也许在很久很久以前，是一只天鹅，是一只飞鹰，是一只野兔，是一只山鸡，是一头黑熊，是一头大象，是一只火狐，是已经绝版的飞禽与走兽，正准备从山的那一边，涉过这坡，被石子给绊住了，被流水给迷住了，挣扎千年，成了走不脱、长不了的盆景，索性摆个姿态，聆听水拨石子的经声梵呗。眯了眼，你听得到树凌水过坡的踏踏声响，你可以听到树被粘住后使着劲而发不出声的喉音，细细的，碎碎的，絮絮的，叨叨的，嘤嘤的，切切的，而水带着对树的情意，抚摩着，安慰着，拉扯着树的裤脚与衣影，吟哦有一腔没一腔的鼻音。而石呢，薄薄的，有如口琴的琴片，想来，会是清脆的，却也受着水的浸润，变得那么轻柔，那么滋润，那么呢喃。每一个石制的小坡如一级音阶，音阶不曾断裂，一级一级，有序排列，那音，就如了这流动的水，像双声词，像联绵词，自个儿押韵。水断处，是诺日朗瀑布了，因为音阶差，那音，便如裂帛，突然一停，突然铿然。落瀑的声音到处一样，我倒喜欢听这盆景里的水声。我倦了，我累了，我坐在九寨沟的盆景水边，我眯着眼。所有的想象都必须眯眼，只有眯了眼，才能心踏节拍，浴水做梦，带水做梦，梦欲停就停，梦欲行就行，梦欲飞就飞，梦欲栖于月桂就可栖于月桂。别睁眼，睁眼都是现实。都眯眼吧，眯眼可以抵达九寨沟的山光水声营造的梦境。

就这样啊，在九寨沟，我饱餐了水光的盛宴。我真的不知道，天天见水，我们天天都可以见到的水，原来是可以那么清，可以那么亮，可以那么轻，可以那么灵，可以那么流动，可以那么着色，可以那么出声，可以那么迷幻，可以那么与山相交处，可以那么与树相顾盼，可以那么与云彩相映照，可以那么与天空相含蕴，可以那么与人类的童话相对接。

轻轻地我走了，正如我轻轻地来。我想天天嗽一口清水，却满是自来水的漂白粉水；我想在野外浴一回童话般的绿水，野外却多是结着铜绿斑的氯水。那么，让我在尘土飞扬的城市里眯一会儿眼睛吧，眯着眼睛可以再次抵达九寨沟的山光水声营造的童话梦境。

沉浮于青岛的海上

住在青岛临海的宾馆，莽撞粗率的海风执着地掴窗造访。我知道，海风有着浓浓的海味，然海风不是海，它只是海所放飞与驱遣的使者和说客，它从海中跳出，从浪间跃起，天马行空地行走于苍茫的空中，然后逢窗拍窗，逢门掴门，不管人家爱听与不爱听，它都不厌其烦地自语。整个一夜，我没有开窗，甚至我没有打开窗帘，我在掩映着薄雾一般的窗帘因而狭小的空间有点朦胧的床上听海风说话，后来我还拉熄了电灯，一点点光都能让人神魂游走，我宁可在海风訇訇然的述说中坠入天地冥合的状态，也不愿被其他事物牵移视觉或者听觉。我垂下流苏一般的睫毛，让垂下的睫毛关闭视觉，也让其他的诸如味觉、触觉置于休眠状态，唯一开放的是听觉。一阵风牵着一个海浪，一个海浪垒起一记涛声，涛声便排山倒海地响在茶色的窗玻璃上。我想象着海的辽阔雄壮，想象着海的澎湃激越。我此时想要的感觉是：在撩开美人头上那块红盖头之前，想象是比美人本身更让人神往的事情，我在想象中入梦，在梦中想象，想象与梦最后一如庄周化蝶一般的迷离惝恍，无法分辨想象是梦，还是梦是想象。几次，我在非梦非想象之中张眼，我几乎起身提脚去拉开窗帘，我忍住了。在梦与想象里头听海风那种起伏与顿挫的粗犷语言，让海的神秘与雄奇的意象持久延续，这是无可替代与莫能置换的享受。

终究，太阳与我眼睛猝不及防地对接与交合，海便在面前漫无边际地铺陈开来。我拉开窗帘，我看到太阳就在对门，站在海的那一边也同样拉着薄纱的宾馆的高层楼上，与我看海。我看了看手机上显示的时间，还很早，只有五点半。在我万里之外的铝合金的家之窗上，此时一定有重重夜色涂得一片墨黑，而此际的青岛，太阳精神焕发，与我隔海相望。我看到蓝色的海上跳跃着无数的金光，一地一地的蓝，一缎一缎的白，一闪一闪的红，蓝推动着白，白改写着蓝，蓝白把红孕成又打碎，铺天盖地无穷变幻的彩色无限伸展与绵延。我关守不住内心急不可耐的欲望，独自一个奔跑着下了宾馆，穿过一条清晨的街道。海风扑过来，清凉带着腥气，仿佛很爱人却不会爱人的莽汉，在脸颊上以揉搓当抚摸，我心甘情愿地受着了。我在海风的揉搓中走到海边，走上沙滩，沙滩绵软而湿润。海浪打着筋斗翻卷而来。我看到远处，这些海浪像一条受惊的硕大蟒蛇，翻滚着不见首尾的身段兴奋地翻筋斗撒欢，青苍的身段，不见浪花。而近沙滩，浪花千朵万朵地成排成阵地全部盛开，也仿佛是无数洁白玉润而纤细的浪之触手，抓着海面，相拥相挤争先恐后地攀缘沙滩。在沙滩的那头，我看到很多人腰系竹篓，弯腰捡拾。一位颀长高挑的青岛小姐告诉我，那就是赶海。弯腰捡拾着海浪送上沙滩的贝壳，就叫作赶海？我站在沙滩上，耳捡涛声，目拾海色，我也是青岛这个清晨的赶海人了吗？

此前，我到过东海，我站在东海托举的船舷上低头看东海，东海一片浑浊，看到沙，看到泥，看不到水。在青岛，我真正地看到海水了，辽阔的苍茫的海水，碧蓝的透亮的海水，翻滚的激荡的海水，野性的狂放的海水，看脚下是水，看左右是水，极目远眺，依然是无尽无边无际的海水。除却巫山，曾经沧海。登上游轮，我心游弋，我之目光已不再顾盼，海天一色云水，除云即是水，除水即是云，乘风骑于海上，已无甚风景再吸引眼球转动，随波所搅的是心动。我想所有乘桴浮于海的人，看的都不是风景，海上没有风景，海上的风景并不吸眼与养眼，海上的风景只会搅动人心。我起身离座，走向船头，置身于波峰浪谷，一个浪头，昂起一座山脉，一个浪尾，陷成一处壕谷，船头耕海犁浪，浪船相击，海水腾空而起纷披落，自我头顶浇身而下，一股咸味呛我唇口，让我品咂，我在山峰与浪谷间栽下去，抛起来，我被这种沉浮瞬间转换的快感所激荡。我想喊，我想吼，我想咆哮，我看到我内心深处涌动着惊涛，一切做作似的矜持，一切伪饰着的深沉，都已被击碎，像浪花飞溅而逝，只有内心的惊涛与大海的骇浪应声接拍。起，我随之起；伏，我随之伏；沉，我随之沉；浮，我随之浮。沉浮或者得失，起伏或者荣辱，都已不再丝毫不差地与喜怒哀乐一一对应。我原先将沉浮与悲欢对应惯了，在原先感到非常宽阔实际上是鸡肠小道的街道行走惯了，沉浮相对容易与悲欢对应，而现在，我在大海上忽上忽下，心胸豁然开朗，我的西装猎猎飘动，我相信这是我自己的心胸张开了风帆。

太阳已然隐去，海雾弥漫升腾，波撼青岛，气蒸海天，太阳在海雾织成的帷幕中隐身而退，遥远的苍天于是近了，仿佛披着衣裳站在对门，我看到海风吹着天衣的褶角在动，我也感觉到，一粒石头扔过去，会听到石击穹天的玻璃的清脆声响。我看过平原，看过茫茫的草地，在这辽阔的海上，我看到天离我如此之近，在青岛，在青岛的海上，我有着强烈的几乎是不可遏止的触摸苍穹的欲望。

然而我没有触摸，我无法触摸，我回来了，我回到街道交织如头颅中沟回一样的城市。我原样地过着日子，但是，在我忧愁与烦恼袭来的时候，我感到我心已被海水淘大了，它像一只海螺，离开了海，远远地离开了海，贴耳去听，却有海风鼓荡回响。

坐饮香茶爱此园

海南的阳光性子火暴，紫外线往人皮肤上一烙，就能鞭出一条紫灰色的痂影来，所以来到海南热带植物园，你马上就会认定这是一个绝佳出处。这里植物茂盛，物种丰富，品类繁多，实在开人眼界。张家界看山头，秦皇岛看浪头，上海滩看人头，大概海南这里可以看树头的。热带植物皆聚于此园，足可以给你好看头。

许次纾在《茶疏》中说，喝茶的胜景是“茂林修竹，课花责鸟，荷亭避暑，小院焚香”。说的是品茗当有山林野气。这里不是山林，但在水泥丛林的都市里头，因有千百种植物空前盛会，自成系统，也便有浓郁的野气了。在此园深处，虽无荷亭，却有小院，虽没焚起袅袅檀香，却也漫逸隐隐花芬，藤蔓交错，枝叶扶疏，树做柱椽，蔓铺棚架，阔叶蔽日，足以避暑，透过椰子树与榕树交织成荫的绿幕，我向同游诸君打赌：“是处当有茶，无茶愿去刘字。”同游者有不信者，说去“刘”字很虚，愿以百元作赌，买海南椰子吃。走叶穿林，曲径通幽，到得幽处，果然有凳有桌，有杯有壶，是茶寮也。同游者谓我狗鼻子贼灵，闻香识茶。非狗鼻子灵也，乃是绿叶当生红花，红袖当有书香，斯情当有斯景，如此幽胜岂无香茶配偶？

茶洵是香的。斟茶的小姐小巧玲珑，难得的是皮肤如油脂，白白腻腻，海南女子皆玲珑，然白腻者百里遇一，此处小姐有三五一群，皆白腻，怕是叶荫之绿风洗的吧，由此可见此处之幽。小姐指尖，纤纤细细，王指撮盘，端盘平肩，走步款款，盘中十余只小杯，杯小如其嫣然笑着的唇边酒窝。杯排一排，落桌无声，功夫到家，素养成的。斟茶，实是美人职事。《美人谱》中给美人分派的职事有：护兰、煎茶、扑蝶、焚香、荡秋千、隔帘弹箜篌……这倒茶煎茶的雅事，真是要美人才做得有韵。小姐持壶，微倾，红茶抛线，滴沥入杯，兰花指微微一跷，茶线截然断流，水星半点也不外溅，杯中正是“七分满、三分空”，啜口试抿，鼻吸有声，这茶香甚是怪，有糯玉米的芬芳，入口软滑，含而不吞，有玉米味道滞留于齿颊间，惜乎杯小，茶仅流泽舌底，无有茶水入喉，此情此景，当是绅士淑媛享受，像我这般俗汉子，要喝当喝个茶意淋漓的，哪愿浅尝辄止，茶意有无间呢？便大声向小姐索茶，小姐抿嘴笑：“大哥，别急，另倒一杯与你。”这回倒的是红茶，水色酡颜，闻之，是咖啡气，饮之，果是咖啡味，甜中带苦，苦中浮香，茶与咖啡都是饮料，同道相斥吧，茶与咖啡向来是不大同进肺腑的，这里将其撮合一起，竟也成为美意，给人滋味的同时，也给人一个见识。小姐上第三道茶，将茶杯翻了底，以白开水冲涤，小姐说这回上的是五指山的苦丁茶。五指山上白天温高，夜晚气寒，苦丁茶吸的正是日之精月之华。小姐说：“味道很醇正的。”我喝了，舌头委实苦涩，但终究没有喝出个味来。我曾在家里喝过福建的苦丁茶，那苦才是真苦，苦得夹麻舌子，夹舌子后却引发口津，口津布露于舌，之后是丝丝的甜、丝丝的凉，凉甜久留不去，可随人完结一则小随笔小品文，那感觉方才隐去。而这个五指山的苦丁茶不太苦，似乎也不太回甘，大概就是小姐说的醇正吧。

茶是生津的，苦丁茶是苦后甜，善引口津，一杯下肚，我便不觉得口干腹旱了，便慢慢啜。小姐又上了一道热茶，香气随热气漫逸，茶水浅绿，茶色遥看近却无，粗看有绿，细看却白，这可能是好茶了，《罗岕茶记》云：“茶之色重、味重、香重者，俱非上品。”此茶色轻，香也轻袅，“嫩芽香且灵，吾谓草中英”。我仅是闻其香而不饮。喝茶专以闻香，大抵是一层境界吧，水是有形的物质，喝茶喝水，这是物质的人与物质的水相交往；喝茶闻香呢，香是可感而不可见，此点极其象意，意，极可感却极不可见。茶水是茶的物质，茶香是茶的精神，喝茶闻香，可养意而不饱身，算得上是在人的精神层面与茶的精神层面上互通互往吧。小姐说这回倒的是兰草茶，品名叫作兰贵人，难怪有一缕似浓还淡的兰草香，难怪让人自然封闭了口腹之欲，不忍吃下。兰心蕙绪，当与幽人言，这兰心，不可轻易唐突。《茶解》中云：“茶色白，味甘鲜，香气扑鼻，乃为精品……香以兰花上，蚕豆花次。”小姐说“兰贵人”为海南名茶，怕凭的就是这香吧。而这杯茶，我终究未喝，好茶不喝，是一种遗憾。这是很美的遗憾。最美的东西形成的遗憾，肯定是最美的遗憾。比如，梁山伯与祝英台，那遗憾多美！

这里可消永昼，或竟可寄余生。然而，我是旅人，不是主人，我在海南只是一个匆匆过客，在这有点仙姝意味的植物园里只能作片刻的停留。而其实，这里也并非江南凉亭，这里也是旅游公司所布置的一个商业景点。跟旅游团，风景景点不去不要紧，商业景点是必须去的。我到过很多商业景点，很多也可免费品尝，但品尝之后服务员直勾勾地盯着你，你不买点东西不行，最少你要到其店子里走一遭，他那头是要点人数的。而在这个茶棚里，小姐好像不盯人，你来，她给你四道茶，你去，她不看你，她不把你往店子里赶。小姐的肤白水色好，是树荫之绿风洗的吧；小姐人美心态挺平和，是香茶之兰心滋润的吧。那杯兰贵人我没喝，那包兰贵人我也没买。轻轻地我走了，正如我轻轻地来，我轻轻地挥一挥手，不带走一片云彩。

爱她，不必带走她。

吊小乔香冢

天气很好，阳光打照在脸上还泛着明艳的光亮，也使“部分地区”留置了一些阴影，这使我到此一游所留念的照片有了阴晴，也因此有了景深。但就是在这样并非烟雨迷离的好天气，我眺望洞庭湖，却是气蒸雾弥。洞庭湖比较平静，见不到波撼岳阳城的拍岸惊奇，见到的只是气蒸云梦泽的苍茫辽阔。在这样的背景中，我可以想象鲁肃点兵的雄壮气势，但老实说，在此之前，我根本就没有想到，在这里，还有柔弱美丽的一缕香魂日夜枕着洞庭湖的涛声。

我上得岳阳楼去又下得岳阳楼来，“黄鹤题词在上头”，自然，对于岳阳楼，我是没法吟什么的了。我便到四周转悠，猛可里看到一个标志牌：小乔墓从此去。这是“小乔初嫁了”的小乔？这是曹孟德拟将“铜雀春深锁二乔”的小乔？门不大，就好像家常小闺门，建筑不魁伟，并无森森气象，地盘也十分局促，没有青石铺展的梯级，你感觉不到许多名人之墓中压抑着的肃穆气氛。突兀着的，占了地盘一大半的，是如凤冠似云鬓的墓冢。冢上草萋萋，草离离，苍苍翠翠，高高耸耸，缁青且柔驯，这是小乔的如云青发吗？东坡先生游赤壁，没法见公瑾了，目视大江东去，只能遥想公瑾“羽扇纶巾，雄姿英发”的儒雅风流，我今谒小乔之墓，与东坡先生又隔了数百上千年，更加只能凭墓上青草来想象小乔“袅娜曼腰，秋水微眸”之绰约风姿了。小乔之美，即或我生于汉末吴时，也是无缘得见。而现在，隔着渐行渐远、时间还生的茫茫两界，更不能睹其娇姿艳容了，然而，这无损于我对小乔的倾慕，对于款款行步于历史风云中的人物，不论是英雄，还是美人，我都怀着景仰之情。此情无关风月，牵系的，只是对人生的幽思与对历史的冥想。罗贯中在《三国演义》中，以一首词开篇起音：白发渔樵江渚上，惯看秋月春风，一壶浊酒喜相逢，古今多少事，都付笑谈中。此诗初读有点玩世不恭似乎消磨英雄豪气，其实是深蕴着对人生的悲悯情怀与对沧桑世事的深沉慨叹的。想当初，小乔初嫁，美人配英雄，琴瑟和鸣，音容鲜活，是多么幸福让人艳羡的人生欢境！伫立于小乔墓前，我深感造物主的无情，造化既造出人生美，为何又不许美久长？天之妒甚于人之妒，然而，我又深感造物主的公正，风流与不风流，幸福与不幸福，都被一抔黄土与一轮时光掩埋与覆盖。

我暂非白发，却是渔樵人物，洞庭波兮秋叶下，站在洞庭湖边，看秋风凌波，无浊酒，有的是一两行清泪。小乔墓无高大之碑，碑文无记，或许历史所记忆的已略去了小乔生平的悲剧性人生内涵，津津乐道的，只是其作为一种女性存在并已抽象化了的美貌。翻开《史记》，你可以看到形形色色的男人传记，伟大的，或是萎缩的；崇高的，或是卑鄙的；贤良的，或是奸诈的，都是碑刻于青史，女人呢，即或是独步天下的武则天，也只是一座无字碑。我翻了一些资料，对小乔均是语焉不详，有之，也只是男人眼中之色，曹孟德命人所作的《铜雀台赋》中，眈眈窥视的，也正是如此："揽二乔于东南兮，乐朝夕之与共。"只是东风与了周郎便，没与曹操便，铜雀因此无缘锁二乔，小乔得与英雄周郎绸缪缱绻，然而，这样的日子也不久长，在鼓角争鸣的金戈铁马中，周郎英年早逝，成为战争机器中的牺牲品，薄情绝世，空留下西窗独自剪烛，让小乔孤身锦衾寒彻，乃至郁郁寡欢，至今留下香冢卧于洞庭边，听风听雨听樯橹灰飞烟灭的遗响。

吴宫花草埋幽径，晋代衣冠成古丘，不管人生原先是如何的烈火烹油鲜花着锦，也不管岁月原先是怎样的兴衰交替风云变幻，都已付白发渔樵的笑谈中了。小乔之墓芳草萋萋，人迹罕至，与外面的喧嚣恍若隔世。其实这也不必苛求，小乔留迹于史的，并无显赫之迹，既无神灵之化术普济苍生，又无贤哲之精神遗赠人心，她只是乔国老之晚女，就像我们的一位邻居，不过她很美，而且她嫁了一位儒雅之将，这让我们感到亲切。对于一些专事寻芳览胜的人们，干吗要他们来瞻仰呢？不让他们以轻佻之心来品足评头，就是小乔之幸。小乔此幸，在其生前，仅在周郎心中得到过，在其身后，在多少人心中获得了呢？

小乔之墓很小，除了看到圆冢，除了看到圆冢之上的离离青草，除了看到圆冢之前缭绕着的香烟与飘挂着的经幡，你几乎看不到什么了。这也许就如小乔，留给我们的只是浅浅淡淡的人生。所以游历而至小乔之墓，你无法寻觅芳胜，却可凭历史或岁月中的灰迹去对生命进行探寻与追问。不管如何，小乔还被我们记忆着，这也许就是生命。关于生命，我曾见到它的最好的定义，出自一位哲学家的笔下：生命就是存在于外界的联系之中。从此定义出发，我们感到觉到小乔没死，周郎没死，一切曾在历史与岁月里留着文字的人都没死去，因为他们还与我们联系着，只不过一般生命与我们联系的是面容与舌齿之声，而不朽的生命与我们联系的是文字文物或者古迹，如小乔与我们联系的，是洞庭湖的波光与香冢上茂盛生长的青草。

暮谒芙蓉楼

熟悉的陌生人，可能是一种平常世态了吧。我所谓的熟悉，是人人皆知，张口即呼其名，甚至还能道出其一二生平；我所谓的陌生，不是指心知心（以心而论，我们几乎都是陌生人），甚至不是指身知身，还是指，天天喊他，天天见他，却不知道其家住何方，人忙何事，生于何处，归向何地。

王昌龄就是这般熟悉的陌生人。天下谁人不识王昌龄？“秦时明月汉时关，万里长征人未还。但使龙城飞将在，不教胡马度阴山。”这诗你不熟悉？“闺中少妇不知愁，春日凝妆上翠楼。忽见陌头杨柳色，悔教夫婿觅封侯。”这诗你不熟悉？都熟悉吧，可是，你知道王昌龄吗？书上说：“王昌龄，字少伯，盛唐著名诗人，约生于武则天圣历元年，约卒于唐玄宗天宝十五载。”著名诗人可不是滥得的，有那么多传世作品为证，而生卒年却是一个“约”字，这“约等于”，不知道运用的是否是“四舍五入”，如果生年约去了五年，卒年约去了五年，那加起来就是十年，一个十年“约”掉了，忽略不计了，人生有几个十年？“王昌龄的籍贯，有多种说法，太原之外，又有江宁、京兆两说。《新唐书》本传与《唐诗纪事》说他为江宁人，但并无直接材料。”连其籍贯都是模棱两可，不可确认，王昌龄真是“著名的”熟悉的陌生人。

在古龙标谋食多年的同窗谢君，盛情邀约我与师长老苏，前往一游。谢君近来特爱书画，见好就收，每逢佳画佳字，即把囊中钱掏空，腾出空间以收佳字画；老苏教我们师范三年语文，现在毛泽东的母校当书法副教授，年龄略长五六岁，也就少年师生为弟兄，不拘礼节。闻道此处有王昌龄胜迹，就冒寒气，乘薄暮，专来拜谒。胜地名曰芙蓉楼。王昌龄与芙蓉楼？这两个名词打入脑壳那密密麻麻的网络里，居然搜索不出其间的有机联系，我知道这里有诗，而我怎么也想不起来这里有一首什么诗。王昌龄住在唐朝，住在我们隔壁的隔壁，耳熟，眼熟，人不熟。

是江南一个平常的地方，平常得就是一个村庄，村庄何处不有？独有此地成为胜迹，盖有芙蓉楼；楼也无处不有，独有此地惹人登临，盖有王昌龄；王昌龄屐履处处，独有此地招徕游人，盖有好诗。文人百无一用，诗歌如弃敝屣，然而真正给山川注入灵魂的却是文人，却是诗歌。庐山瀑布，平平常常一线水，有李白《望庐山瀑布》，点水成金。舞水河边一个无甚特处的村庄，因了王昌龄，因了他一首《芙蓉楼送辛渐》，便点化成为胜地。胜地芙蓉楼不大，是只放大的玉壶罢了。进得门来，便是诗家与书法家的最爱了，那里头竖立的是碑林，有残碑断碣，有旧字新墨，其中还有王昌龄贬谪此地所作的十五首诗。老苏书法与诗词兼修，流连于唐宋元明清而不知往返。岁月如风而逝，羚羊挂角无迹可求，而刻于石碑却可留存岁月且可向人回放岁月，风雨剥蚀，在那字迹介于可辨不可辨之间的石碑中，我们追寻王昌龄的心迹。岁月如刀，斯刀割人的岁月，然则，人也可持一刀，将岁月切割，只是岁月割人，将人割灭，人割岁月，将岁月切割而留存。

唐玄宗天宝七载秋，王昌龄从秘书省校书郎的位置上先贬南京，后再贬谪到今之怀化古之龙标任“副县级干部”县尉。这是“诗家天子”啊，此天子不是彼天子，政家天子与诗家天子那是冰火两重天的，其冰火就在于政家可以随意拿捏诗家。王昌龄越千山涉万水，拖挈家口奔命瘴疠地，其生堪忧，与之有过一面之缘的李白，惺惺相惜，却无奈其何，秀才人情一张纸，文人壮行一首诗，李白便写诗以寄牵挂之怀：“杨花落尽子规啼，闻道龙标过五溪。我寄愁心与明月，随君直到夜郎西。”这个夜郎之西，人迹罕至，楼外无楼，歌舞厅卡拉OK厅以及茶亭酒肆怕是没有的，八小时以外日子不太好过啊；楼外无楼，山外却尽是青山，山峰峭壁是好厚好大的一堵墙，将王昌龄锁在里头，何须另外加锁？统治者总是把与自己作对的人贬往偏僻山林，其思维深处恐怕就是想节约建设“监狱”的成本，直把山河当牢狱的。可是，统治者把山河当牢狱，而文人却直把牢狱当山河，王昌龄在重重山脉左关右锁之中，过得倒也优游自在，行吟泽畔，泛舟舞水，建芙蓉楼，植古柏树，以长安洛阳那精致典丽的雅歌来对蛮荒之地未尝雕饰的山歌，雅俗共赏，日子过得舒徐有致，活色生香。无苦吗？无；无怨吗？无；无悲吗？无；无报复心吗？无；无贪鄙心吗？无；无重回长安去钻营之心吗？无。没什么龌龊念头，也没有非分之想，这，就是一片“冰心”吧。

以政客之心度之，王昌龄是不太甘心的，心不服啊。我犯什么罪？得赶向深山里头关锁呢？史上所载，王昌龄被贬黔阳只有四字：“不护细行。”什么细行？不知道。是不小心嘟囔了皇帝一句话，还是无意中得罪了某位权贵？不知道。王昌龄是“著名诗人”，著名两字何解？著名、准著名、非著名之明星，穿什么内衣着什么短袂，“粉丝”们都是如数家珍的，而真正著名的王昌龄呢，其命运攸关的政治生命这一关节，也没谁能够说出个所以然来，我问了陪着游览的该县一位自称文物管理所的所长，他说不出；我买了一本书，里头也就是这么四个字；我回到家来，查万能的网络，一查王昌龄，有则有十万八千条，却也没一条详细说过这一关节。我们何其熟悉王昌龄，我们对王昌龄又何其陌生！

在政治生命的关节里，王昌龄背影模糊，在其生命本身呢，王昌龄更是让人唏嘘疑惑：安史之乱后，王昌龄离开湖南，往东北方向走，没谁弄明白他准备去哪里，但从结局看，他走向了自己的归宿。在安徽境内，刺史闾丘晓杀害了王昌龄，这一年他不到六十岁。闾丘晓干吗杀他？凭什么杀他？如此一个名响天下的诗人被一个小小的刺史杀了就杀了？这都是一团历史的迷雾，一千多年了，没谁去解，历史让我们对王昌龄格外“陌生”。据说后来那闾丘晓又被张镐杀了，行刑之时，闾某求饶，说家里有父母要照顾，请求饶命。张镐一句话把他噎了回去：那王昌龄的双亲由谁来养老？这个闾某被活活打死了。解气是解气，可是王昌龄呢？到哪里去了？

王昌龄所建的芙蓉楼早已无存，而他所栽的柏树历经一千三百多年，今已亭亭如盖，越活越是蓬勃，其身躯之内，居然树中生树，有五棵小树从枝干中生长出来，直立青葱，由此而生了“怪力乱神”之类的“传说”。当地人说这树是“五子登科”，云某年某月有五位学子合影于树下，就都一起考上了重点大学。此树才子栽，就有才子气，联想也是不牵强。与这棵树并立的，是新修了的芙蓉楼：“有楼曰芙蓉，相传少伯送辛渐赋诗饯别其中，文采风流，照耀古今。”登临芙蓉楼，四周尽收眼底，舞水与沅水依然相交汇，非常难得的是依然无比清澈，时有一二三只渔船，划水而过，只是站立船头的汉子不知道忙啥，毫无兴趣吟哦山歌渔曲；冬季的寒风猎猎吹过，三五游人站立的芙蓉楼上，因此十分落寞；对面的“楚山”光秃秃，只剩枯黄，不复苍翠。王昌龄那时节的楚山一定不是这样子的。一隔千年，不仅人事已非，山河亦且变色。

“黯然伤魂者，唯别而已矣。”一别经年，或竟永生，怎不让人心碎？当年，王昌龄别了长安好友，别了洛阳好友，别了南京好友，一步一步往夜郎西去，他却都是达观而乐天的，好友辛渐来“关河大锁”

的龙标“探监”，又将归，他也是无悲无哀。王昌龄是表达离情别绪的高手，其离别诗都不“哀伤”，如《送柴侍卿》：“流水通波接武冈，送君不觉有离伤。青山一道同云雨，明月何曾是两乡。”而这首《芙蓉楼送辛渐》，也是那么基调高扬：“寒雨连江夜入吴，平明送客楚山孤。洛阳亲友如相问，一片冰心在玉壶。”我在深冬的薄暮登临芙蓉楼，拜会王昌龄，我来了，又将去了。我来去不是寒雨连江，却是寒气连绵；楚山不孤，楚山只是一片枯，按理来说，我是用不着有什么“离情”有什么“别绪”的，现代人在分别这事情上有什么可伤感的？山河不再是阻碍，空间不再是距离，千里路乘高铁半天可到，万里路乘飞机满打满算也只要个把天，别什么别？沉浸人心千百年的“伤别离”的情感体验，怕是将濒临消亡了，可是作别芙蓉楼，我却有“黯然伤魂”的情绪袭来，在心头缠绕，我不知道这是为何，我知道的是这种情绪“非关病酒，不是悲秋”。

寻左公不遇

五百里路迢迢，兴冲冲去左家塅，意殷殷去寻访左宗棠。

左宗棠不在。

盛夏酷暑，游兴勃发，缘起于周玉柳先生。周玉柳先生原来是东一榔头西一棒子，乱写；某次他请我客，约我茶叙；端了他一碗茶，就要服务他——我劝他，别像我，像无头苍蝇，飞哪儿没方向，原则上，全听巴掌响（巴掌响，则飞反方向，虽然着意规避，却也挨过一些巴掌）；周郎著作，有意藏诸名山乎？写系列啊，湘人就写湘军。周郎纳了谏言，写完了曾国藩，大著付梓，便写左宗棠；左宗棠亦已稿成，周郎羽扇纶巾，笑谈间，邀约我去访左宗棠。

周郎或是早起了这兴，却是到了长沙才策我去的。太阳厉害，晒死个人，哪想热烧烧里，去乡下访人？在长沙，遇到了一位老乡老板，人呼彭总，原在上海发展，是搞房地产的。与之初遇，乱扯淡，却没一句扯地产房产，在商言的是其“微粒子说”，他说世界是微粒子组成的，诸如周公梦、爱情缘、风水学、宇宙起源……一切平常，一切灵异，三千世界都解归微粒子——他近来在挑战爱因斯坦的相对论，申请去搞实验，实验室那头说，得三十万才可。三十万？这钱出，却又被拒了，传出话来：实验室不是谁想进就能进的。彭总听了，未沮丧，反是豪情顿发：我自己建去。几天前跑到长沙来了，计划宏伟得不得了，要筹资几百个亿，建这馆建那馆——小文科生我记不住。旁有学物理的，趁彭总去小解，我悄耳问：彭总这人怎么说？他顾左右而言他：湖南出奇人。

湖南确出奇人。左宗棠就是。周郎说要去左家塅，这位彭总，居然也兴趣盎然，乃凑合了一组三人行，坐公交，转中巴，走乡间小道，拜谒左宗棠来了。左宗棠不远，当算是长沙郊外吧。不过半晌，服务员便叫下车，兰花指指了指：左宗棠，在那儿。

左宗棠就在那儿？两三里路，都是自行脚道（有路，没车，得靠脚自行），逢人便问左宗棠在哪儿，都答在那儿。左宗棠真在那儿？嗯，就在对面。我一遍遍地问，源自我一次次生疑：此地山不高，零星几处山包子，都是扁平不见突兀；此地水不灵，水？好像没有水；风没见吹，水没见流，缺风缺水，何来风水？早稻刚刚收割了，晚稻也已插了田，山青青，田青青；难说风水，倒也有满眼风光，稻黍千重浪。

左宗棠根脉地，农人谓之新屋山。对面望去，一面白色大墙隐在草深树绿中；山不高，山终究是山，山上有树，因了树，山便成山，或者说，树就是山。左宗棠的新屋山，真不能叫山，连坡都没，何以叫山？稻田略处低洼，高三五级梯子，便叫作山了——江南丘陵，委实称不上山的，不过是土包偶凸起，树木一长，便是山了。真不晓得是山生树，还是树生山。

绿树掩映，白墙青瓦，蛮符合胜地景。胜地出了圣人，当年是有门卫守着，现在门卫没了，当有挡在门前收买路钱的吧？我对卖票的，自不生好感，但若没了卖票的呢？却又是无限怅惘。左宗棠故居，没有卖票的呢。这是左宗棠故居？面前一处小坪，隐约可见水泥结面，却全是野草萋萋，青草矮，也埋脚背；青蒿高，高过人膝；狗尾巴草，风一吹，搔人搔到人脸上来了；举头望，墙上有字，是白纸写的，白纸也破碎漫漶，许多笔画都掉了，细辨端详，那字是：太傅祠学校。这是左宗棠出生地？周郎一口咬定：是的。周郎自问自答，这是左家塅？嗯，左宗棠是在这里出生的。

有人吗？没人。来到这座臆想中的左宗棠故居，铁门半掩，我们踅过身子大声问："有人吗？"没人答，这里没人，这里只有灌木丛生，青草满地长。那草，生到阶沿上了；何止草，好几棵野辣椒树，错乱地站在阶沿，长得已然齐我腰，攀我肩膀了；屋坪里，草木尤茂盛，直逼二楼，城狐虽没，村鼠定然在这里乱窜吧。太傅祠结构是两进两厢，那就进厢里看看。

莫进还好，一进去，心生凉。厢里有甚？什么都没，地板上一层层牛屎，夹杂着驴粪，都是干的——莫非最近，连牛也不进了？

左宗棠自称是一头牛，一头湖南蛮牛。左宗棠出生于清嘉庆十七年（1812）十月初七，呱呱落地之夜，祖母杨氏做了一梦，梦见牵牛星乘白云而降，降落此地，韶乐声起，响声嘹亮，响声将人惊起，却是放鞭炮，原来是左宗棠横空出世了。左宗棠从娘肚子出来，老娘四十来岁了，生活困窘，奶水不足，左宗棠嘴大，把奶头当抽水泵，牛饮鲸吸，哪里吸得出奶？左宗棠便哭，哭声震地，哭个不停歇。据说因往死里哭，肚脐眼都哭得往外高凸，肚大如孕，肚腩有七八个月大。多年后，左宗棠扪腹问养士：此腹里藏的是甚？有答韬略者，有答诗书者，有答宰相船者，有答将军肚者……身旁多有马屁精，却无一个是朝云，只好左宗棠自解：此腹全是马鞭草。

马鞭草是江南生长最盛的牛草，细长细长，细长如青绿毛线，织在江南的田垄田埂上，根是韧的，韧得如牛筋；草是嫩的，嫩得蛮生脆。我做过多年看牛娃子，晓得水牛最爱吃的是马鞭草，生脆脆，易吃下肚去；吃下肚去了，却像筋一样，难嚼难消化。曾国藩传说是蟒蛇转世，左宗棠呢是牵牛星。嗯，左宗棠是一头牛，一生都难改其牛脾气。曾国藩功名立得比他早，他常骂曾国藩是"猪崽子"，老了还在骂个不休——当年阁下若想去左宗棠府上，那你先得听他骂半天曾国藩，才准端杯喝酒举筷搛肉。新疆国土，被帝俄偷觑，满朝文武，被人打怕了，都不敢出声，只有这头湖南蛮牛，声如牛哞，蹄子刨地，率了八千湖湘子弟，上马击胡，下马栽树——大将筹边尚未还，湖湘子弟满天山。新栽杨柳三千里，春风度过玉门关。这左宗棠硬是以牛筋精神，以牛角蛮力，将侵略者顶回去，收复新疆，使这片（占国土面积六分之一）大好河山，重归中华版图。

左宗棠建功立业，功勋赫赫，放在五千年文攻武略者之封神榜中，也是放光芒的显目人物，在这里，何以凄凉如斯？左宗棠出生于斯，在这里度过少年时光；百年过去，左宗棠魂归何处？老屋产房或已不在，而祠堂在。左公任陕甘总督，出三千养廉银初建祠堂祭祖，其族裔扩为“太傅祠”，以为义塾，意在使左氏子弟承续文明，耕读传家；私塾远去，转作学堂，也是得宜；许是因为计划生育，读书子弟渐稀吧？学堂已废弃，正好可做文物啊，谁想却是这番荒凉境地。上了楼去，黑板倒在，却也听不到半点琅琅书声，回音都没——沿着二楼教室、走廊，走廊、教室，走了一圈，听不到左宗棠一声书声，看不到左宗棠一角鬓影。

左宗棠不在？

唏嘘复唏嘘，周郎玉柳先生忽喊：这里，这里，左宗棠在这里。跑去一看，正门所对的对楼，楼有高龛，高龛挂有左宗棠一帧照片。照片摄于陕甘总督任上，细辨相下字迹，道是外国人给摄的，摄影技术并不高，逆光照的，英气不在，显影的是蹒跚老境，虽然慈祥，却不免英雄落寞——楼下杂木疯长，盖过了神龛，若不仔细寻觅，你还不晓得这里有一帧方框尺许的英灵呢。周玉柳先生连道罪过罪过，嘴里喃喃，说是不该这般漫不经心撞见左宗棠。他重下三五级阶梯，再沿梯而上，对着左公，郑重三鞠躬。

时已中午，肚已空空，哪有饭馆？左太傅祠旁，有左宗棠族裔，三人贸然走了进去，寻老乡家吃饭，老乡却也慨然应允，没吃上左宗棠鸡，却也吃了地道家常湘菜。问老乡，左宗棠出生这里吗？是出生这里吗？老乡答是的，确是的；再问左宗棠少时有甚传说与故事，老乡答道，时代久远（百年算久远了?），嗯太（湖南方言，不太）晓得了。他晓得的是，左宗棠后来当了师爷，赚了些钱，将家搬到了二十里外，建了一幢柳庄，在那里做了十八年的“湘上农人”。左宗棠住柳庄去了。

据说柳庄是蛮热闹的。周郎与彭总提议，再去柳庄？我却不想去了，留个遗憾吧，我的说辞是：有遗憾在，堪为以后留念想，可引我再访。其实是我心，已意兴阑珊：左宗棠不在这里，会在柳庄？那里左宗棠只恐也不在，多半只是卖门票的在了。

独居思云馆

曾国藩的荷塘雨色，撩人得紧。很多次，驱驰高速公路上，见着迎面扑来的山头，挂着曾国藩故居的巨幅牌子，便想跳下车，走访曾国藩去；有回真的让车扳了道，停车一问曾家在何处，有答，只在此地中，尚有百余里，便喊司机打了一把方向盘，绕了回来。这次江南春雨，山绿如蓝，惹了游兴，动了心思：曾国藩是必须去访的，哪怕是路迢迢、雨蒙蒙。

路迢迢谈不上，我之所居，离曾国藩直线距离，不上百里吧，江南路弯弯，其弯线也是二百里的样子，只是越近的地方，越觉得容易去，越觉得容易去的地方，越不容易去。而雨蒙蒙却是真的，一场大雨过去，山清了，水秀了，荷塘边柳色荡漾了。曾国藩故居前面恰有一处水面浩大的荷塘，塘边有柳，柳已抽条了，依依垂绿；塘里有荷，荷却没露角，斑斑点水——刚如一只蜻蜓大，落在水面上，漾动水轮如树轮大小；荷塘中间还有洲呢，还有石拱桥呢，这风景风吹动，水流动，柳摆动，细雨如珠，落水里，打荷叶，雨声也是活的，自然比贴在墙壁上的曾国藩更诱惑人，同去的美眉开春雀一般叫着，竟然撇了曾国藩富厚堂，先去浏览荷塘雨色了。

行至一处石拱桥，眼睛为之一亮，心思为之一紧，桥两边，勒着一副对联：大处着眼，小处着手；群居守口，独居守心。好像头上猛然被人击了一榔头。上联与我无关，我又不是大人物，也没想过要干甚大事业，看些闲书看些闲景，够了，哪用得着要从大处着眼？小处着手，吃些家常饭，喝些老叶茶，天天在着小处，这个不用提醒；倒是下联，得是当头棒喝才是，而且得三棒五喝才是。跟众生搅和一起，也不分辨其中君子几个，小人几许，若有得意，或是失意，口刺刺不能休，大祸倒没，小恙是常常有。兄弟哥们儿阁下我，要群居守口哪。

荷塘之水，并不清，纵使清，我也无缨可洗；荷塘之水浊兮，可以濯我足，荷塘水漫小桥，我脱了鞋和袜，踏着水波，绕水一圈。在荷塘雨色里铺垫了游兴，也要赴主题了，于是洗脚上岸，拜谒富厚堂去了。曾国藩以书生带兵，风云际会，以文人而建树武功，封侯拜相，是南蛮一大奇，将寒门子弟功业做到了极处，诏加“太子太保”，封“一等毅勇侯”，授“英武殿大学士”，升“光禄大夫”，谥称“曾文正公”。曾国藩是最懂月圆月缺的，人生到了这一步，夫复何求？到了此处，真是富厚，再往前，那就不是富厚，是福薄了；再去求，那就求不到富贵，只能求来人亡、家破、诛九族了。同治四年（1865）秋，曾国藩向家眷做思想工作，准备回籍“立家作业”，乃修筑了这幢富厚堂。

尝了大城市富贵味，要重过穷乡僻壤的日子，这思想工作怎么做？曾国藩一再嘱咐，房子不要弄大了：“屋宇不肖华美，却须多种竹柏，多留菜园，即占去四亩，亦自无妨。”回家过小日子的思想做是做通了，但“屋宇不肖华美”却有所变通，菜园我是没看到，屋宇却不止多占四亩。纵或是百年而后，曾国藩故居虽无雕梁无画栋，无金玉满堂，但也是蛮威武、蛮雄壮的。屋宇旁边一面帅旗，最少有一栋五层楼房的墙面大，墙面高，风吹猎猎响，这旗子据说原先就有的，“文革”停摆了一阵，现在又招展如初了——想见当年气概，将是何样威风凛凛——曾国藩是低调的，低调的王侯还是王侯，不低调的呢？

曾国藩还是低调的。曾国藩的富厚堂落成之后，其妻带着子女辈，富贵归故乡；而曾国藩本人却没有回来过着优游林下、濯足荷塘的生活。他在富厚堂里，并没住过，住过的是思云馆。曾国藩称其“五杠间而四面落檐，即极大方矣”。其实并不大，与富厚堂比，那是“小屋见大屋”了。馆名来历取自狄仁杰，“仁杰登太行山，反顾，见白云孤飞，谓左右曰：吾亲舍其下，瞻怅久之，云移，乃得去”。思云望亲，故典出此。曾国藩将此楼取名思云馆，盖是其老父亲过世，他回家奔丧丁忧，在此处筑楼，一面“恪守礼庐”，一面“读礼山中”。

思云馆，是曾国藩的伤心地，子欲孝而亲不在，睹此故山旧水，岂不黯然神伤？而思云馆之为伤心地，不单是老父归山陵，也是自身无去从。何去？何从？曾国藩在此馆，闭门思过，思路，思前途，面壁十年倒是没有，却也是在这里，格竹子，格荷花，格菩提，格山背后那片林，格屋前面那塘水，格啊格啊，格思了一年多。

那段岁月，确是曾国藩最为惨淡的日子，这个猪崽子（左宗棠是这么骂曾国藩的——其实呢，也是湖南人的爱称）人出了洞庭湖，却还不能算出得了湖（湘方言，出得了洞庭湖，意谓禁得起事，干得了大场面活）。曾国藩在江西“剿匪”，朝廷要马儿跑，不要马儿吃草，只授权曾国藩打仗，不授权曾国藩节制地方，日子过得左支右绌，最为憋屈。恰在这时，他老爹归去道山，他向皇帝写了一个请假条，也没管皇帝批不批假，他卷起铺盖就走人；皇帝开始是不批的，后来批了三个月，一再鸡毛鹅毛令箭催，他都不去。受了一点委屈，受了一点挫折，就眼泪八点掉，就做缩头乌龟，缩在荷叶塘里不出来了，这熊样，让左宗棠看不惯、看不起，去了一信，将曾国藩骂了顿饱的。大家都晓得，左宗棠骂人，是出得了口的，什么话他都敢骂，将曾国藩骂了个狗血淋头。曾国藩何以受得了？他信也不回，山也不出，天子呼来不上船，何况是战船。

打起仗来想起我了，安稳日子何以不想起我？曾国藩想不明白，都说皇恩浩荡，怎么他是这般皇恩浇薄？后来想明白了，安稳日子想起人，是叫人玩物丧志的，国难之际想起我，是叫我建功立业的（皇帝有这么好吗？权当这么好嘛）。曾国藩独居思云馆，思前想后，前瞻后顾，梳理了诸子得失，检讨了自个儿思想。曾国藩读的是“四书”“五经”，考入京都当官，当的是太平官，其主体思想是崇儒；后来烽火起广西，火势蔓江南，曾国藩弃文从武，用的是申韩。过太平日子，开开会，喝喝茶，闲扯些孔孟之道，足以应付上面检查与考评，写起述职报告来，也字正腔圆；但碰到非常时刻，譬如洪秀全烽火烧诸侯了，那三字经与四六句子还管用吗？难了。曾国藩在江西“剿匪”，转而使用了申韩之术，严法格律，一切行动听指挥，不听指挥者，斩！

申韩之术，全管用吗？也没。孔孟儒道，纯，眼里揉不得沙子；申韩法术，刚，手里放不下皮鞭。脑里装的是儒道，手里执的是法鞭（韩非子法道鞭子），那谁敢跟你玩？你能跟谁玩？思云馆的日子，曾国藩检讨自己，发现自己最缺的不是贞操守，不是严执法（韩非法道），而是待人的亲和力。曾国藩也便悟出，儒道从心，法道在手，还得有黄老柔术随时佩戴在身。

曾国藩在思云馆里，丁忧一年，也是面壁一年。远离闹市，远离人群，按其自道是独居守心。其实说来，这不是守心吧，当叫格思。思想有怪特性，闹市出不来，群居出不了，硬是得关了门窗，关了霓虹灯，将自己关在孤独的笼子里，才出得了。释迦牟尼要离开皇宫，到一棵菩提树下，去冥思，才思得出佛来；王阳明坐龙庭，想不出什么好思想来，得到龙场驿之竹林里，枯坐 N 天，面对竹子，格竹子，才能格物致知；曾国藩枯坐思云馆，格出了他的道道来。

重出江湖之前，曾国藩是愤青角色，这也看不惯，那也瞧不起，谁有点对不起他，那对不起，他也死不理你……独居思云馆，“格”了一年竹子，他有所变了，将儒道、法教与黄老之术，糅合了起来，待人接物，不求他人那么纯，不对他人那么严，柔、亲、容等等，也入了曾国藩为人处世自守守则；他既没弃儒家进取心，所以他要出山，要立功立德；也没弃法家严律法，管人管自己管自家，也算是严的；更多了黄老顺自然，眼宽了，心宽了，沧浪之水浊兮，也不全抛掉，倒在脚盆里，可以濯我足了。

曾国藩出了思云馆，第一件事，是去找左宗棠，他先前立壮志下狠心，从此再不理左宗棠的，现在要理左宗棠了，要与左宗棠讲和了，还晓得左宗棠显摆个性，叫左宗棠给他写了一副对联，左宗棠也高兴，两人重归旧好，合起来打造湘军，成就大业。曾国藩闭馆一年，格思一年，独乐乐一年，比舞厅十年，比酒话十年，比众乐乐十年，于人生受益大矣哉！集体出生活，生活要群居才出味；个体出思想，思想要独居才出众。

阁下知道，思路决定出路；阁下尤应晓得，思想决定梦想。我返曾国藩半月荷塘中，再去格那对联，心痒手痒，蛮想改一下，上联写：大处着眼界，小处着手力；下联写：群居出生活，独居出思想。只在心里想想算了，我若真手痒，那不把我以破坏文物起诉，将我抓起来？想带回去自用，可惜我家从窗口到门是三步半，从门到窗口是三步半，并无大面积荷塘，更无小桥无庙堂，贴不下这对联；阁下屋大心大天下大，姑且献您了。

寂寞将军冷

我与高就于国务院经济研究中心之《中国经济时报》的刘建锋兄，久有文缘，未通款曲，此次刘兄到湘西采访，毕，转凤凰，绕怀化，辗转数百里，到敝地特来一聚，情意感人，惜乎敝地无甚风物，无风景以留人。我告刘兄，可否去南山、崀山？此两山略为风景胜地，刘兄摇头；我告刘兄，可否去曾国藩与魏源故居？此两故居离本城皆有两小时车程，刘兄也是摇头。市区几无人文，无甚可寓目，情急之下，我问刘兄，可否去蔡锷故居？刘兄目光为之一亮，连道好好好。于是我们去蔡锷故居。

蔡锷故居近在咫尺，不过十余公里路程，驱车一往，耗时不过一刻，我居邵阳十又余年，居然未曾一拜，惭愧，惭愧。时维深秋，天气渐冷，一忽两忽秋风飘拂，三点两点秋雨零落，有寒意了，而出得城市，稻菽将熟，稻波起涟漪，秋风秋雨，一片秋景，也怡人得紧。不经意间，司机就喊到了，我心里没准备似的，这就到了？一座茅舍立田园间，莫说山川无甚形胜，好像是连山川都没有，有之，也只是屋背后一块土包子；房屋两间，呈“7”字相列，单门独户，没着村没着店。老实说，这是江南随处都可见的景致，天降大人物于斯地，居然一点风水形势也没有吗？

生育将军的茅檐，已非原物，原屋为土砖垒砌，禁不起风雨剥蚀，早已坍塌，呈现目前的，是后来翻修的，三两根廊柱，顶起屋檐，檐上青瓦，墙壁也好像粉刷了，不是石灰所刷，刷的是泥巴加稻草。当年，墙上刷石灰，仿佛如今贴瓷板，非殷实人家难能为，蔡锷出身寒微，石灰粉刷茅檐怕是困难，所以，他家粉的是泥巴加稻草，泥巴容易上墙，也容易凋落，加了稻草进去，就多了韧性。尽管蔡锷之故居是如此寒酸，但我依然还是怀疑，家道特别贫寒的蔡锷，檐上能够盖上青瓦？墙上还有余力粉刷泥巴？我们老家的穷苦人家，住的几乎都是“裸体房”，土砖垒就，就一眼见土砖，壁上是不曾刷石灰着墙裙的。

蔡锷家道确实是够贫寒的。父亲是个小裁缝，常年为他人作嫁衣裳，母亲纺纱浆补之余，每天打桌豆腐做买卖。走进故居，房屋三舍三间，几无余物，将军出生的那间小屋，留有架子床，床上挂白纱蚊帐，床里盖着的是露出了破絮的浆洗印花被，舍此之外，无他物了；旧物较多的，是将军母亲的豆腐作坊里，有舂米之舂具，有磨豆腐之磨具，这些东西，我小时候是常见的，现在是难得一见了啊，在将军故居再逢旧物，让人十分亲切，真感到岁月恍然，常见之物转眼成为文物了。

将军故居外，是一片小丘陵，高不过丈余，“靠山”不太像山啊。据说，过去这片丘陵，苍松叠翠，枝繁叶茂，灌木丛生，更有野兽出没。当年蔡母十月怀胎，有夜恍惚，信步松林，忽感身疲体倦，倚坐于一棵翠盖如云的松树下小憩，睡眼迷蒙，突然一只老虎跳跃而来，她想逃，却无力，白虎奔来，却是特别温驯，蜷伏怀抱，她猛然惊醒，原是睡中一梦，随之，一个虎样的小孩呱呱坠地，这就是蔡锷。蔡锷起名艮寅，字松坡，其来由即本此。艮者，山也，寅者，虎也，松坡者，即屋背后那片小松树林子也。

大人物横空出世，总要附着许多传奇，实不足怪，而实在的是，蔡锷身如病猫，而精神气势却胜猛虎。以农家子弟而再造共和，书写了一部人生传奇。将军身上，满是传奇元素，出身寒舍，无人提携，却一路高歌，迈进元勋人物行列；与京城小凤仙共谱一曲高山流水，英雄与美人，历来都是书家爱传、市井口耳易传的两大元素。将军虽然再造了共和，却未曾将共和造完，仅以三十又四的年寿，殒命于异国他乡，英雄惜英雄，长使英雄泪沾襟！

百年之前，中国历史几乎是北方史，帝王将相都出在秦岭之北，从长安到北京，王气都蓄在幽燕间，如果迁移南方了，那就要出事了，宋代就有一谚语流传："南人做相，乱自此始。"南人别说做帝王，连做丞相的资格都没有，"金陵王气黯然收"，南京虽然做过几个朝代的都城，但据说都是短命的。然则，明清之际的思想大家王船山，则大胆断言，"地气东南迁"，在他看来，北方的气数渐枯，而东南方向的地气勃然而兴。一言中的，东方的睡狮猛然而醒。二百年后，应其言而不爽，中国近代史，大半是南方史，小半是湖南史，南方人物且不说，而湖南呢，差不多沿着一条现在的 320 国道，出了不少力挽江山于不坠、开创社稷新局的伟人。从湘东北往湘西南屈指数，湘阴的左宗棠，长沙的黄兴，湘潭的毛泽东，宁乡的刘少奇，娄底的曾国藩，邵阳的魏源与蔡锷，他们几乎都在一根经度与纬度线上闪烁。如此密集的人物出现在同一片土地，湖南是不用羞愧，可将"惟楚有材，于斯为盛"的匾牌高高挂在岳麓书院上的。这些人物都建有盖世奇功，可惜的是蔡锷，天不假年，早逝也太英年。对蔡锷深有研究心仪不已的刘兄，特别伤感，他说：若是蔡锷不曾早殒，那么，现代史很有可能不会那么撰写。

蔡锷心是公心，胆是公胆。袁世凯待他，并不薄。当年蔡锷去日本留学，在长沙只借得二毛钱，到了汉口借亲戚洋六元，由汉到京，袁世凯借给他洋元一千。以愚士度之，士为知己者死，蔡锷当死心塌地效忠袁世凯才是。袁世凯搞民主共和，将军是抵命相助的。而袁世凯逆天下滚滚大势而复辟帝制，蔡锷也就壮士断腕，切割私情，挣脱束缚，首举反袁大旗，是为公心，此举被孙中山誉为"再造共和"。而其身子其实羸弱，他所借助的力量，也只是僻远的云南新军，欲以鸡蛋去碰石头，怕也只有湖南蛮子才有此蛮劲，是谓公胆。陈独秀在《欢迎湖南人的精神》中对蔡锷这种公胆钦敬有加："蔡松坡带着病亲领子弹不足的两千云南兵，和十万袁军打死战，他们是何等坚韧不拔的军人！"

以如此公心与公胆，"为四万万人争人格！"蔡锷若不早死，也许真的会争出一个真正公权的公家来。可惜历史从来都没有假设，蔡锷出师未捷身先死，后来的民国政府，虽然实行"疑似"公权的总统制，却实是蒋宋孔陈的私天下。确实，将军所为，都是在国家意义这个层面上的，当年，将军病殒于日本东京福冈医院，归葬于长沙岳麓山，举国志哀，为中国近代史首位获国葬者。现在，将军故居也由市保文物一升省保，再升国保，将军价值，再次升到了国家层面上，得其所哉，得其所哉！

只是尘世常常嚣嚣，历史往往寂寂。在将军故居，历史在这里停滞了，唯有一座茅舍，在秋风秋雨里，无言诉沧桑。我们盘缠有时，不见再有人来，此地就仅有我、刘兄，还有同游者周兄，有多少人来此地瞻仰过？怅然上了归途，未见人往，只有秋风往故居那头吹。天空里密布着历史的烟云，冷啊。将军又要陷入多长的寂寞了呢？怅寥廓，问苍茫大地：是谁，把那历史的天空搅动得周天寒彻？

俱往矣，萧瑟秋风今又是，换了人间。

魏源的香火

许是熟悉的地方果真没有景色吧。走过了许多地方，到过了许多名城，然则身居湖湘，名胜如张家界，名城如凤凰城，都未曾履足；蔡锷故居距我所居之地，仅一杆之遥，也是去年才去过一次；魏源故地、曾国藩故地，都在百里方圆内，却一直未曾朝拜。季节交接，趁小假，约二三友，奔趋隆回金潭，恭燃一炷心香，拜访魏源先贤，也算了却一桩夙愿。

“酒赊潇洒倚花栏，醉眼频开仔细看。五色祥云横石壁，三更朗月照金潭。形排笔架呈青嶂，髻旋田螺拥翠峦。尤爱文昌高建阁，千秋胜迹壮奇观。”魏源故居景色，算不算千秋胜迹，当仁见仁智见智，而其村野风光确实也是自成一格。青嶂合围，围出一畴田野，舒展开阔，坦荡如砥，田野中间，农人披蓑衣戴斗笠，策牛耕作，吆喝之声，四面扩散，声音撞到山峦上，弹而回，回而应，粗粝的老汉嗓音染就了山青树绿的韵致；再看山川形势，形排笔架，团拥翠峦，乡亲屋居随山麓而建，柴门犬吠，桃巅鸡鸣，更兼小溪流日夜潺潺，魏源曾美其故乡曰桃花源，也不完全是夜郎自夸，是很有景色做底的。

魏源故居却不在山麓之下，独立于田畴中央，四面翠柳，交相掩映，风吹起，翠柳依依。我们走进去的时候，魏源不在，其老屋在。魏源老屋是一座四合院，很宽很阔，功能齐配，有堂屋，有神堂，有厨灶，有茶室，有澡堂，有卫生间，还有几间专供客人客居的客房，更在二楼之上，有一阔大私塾，除了少年魏源不在，其课桌课椅俱在，其黑板与板凳俱在，教师宿舍俱在，挑开细格子木窗，近看稻菽，远眺山色，少年魏源琅琅书声与风吹稻花之书香岁月，可堪我辈遐想。

与蔡锷故居相比，魏源之家算得上是人间天堂了，魏家是当年望族，依靠经商而成富家，“服贾经商，财源称意”。家族更是兴旺，魏源祖父孝立公，生了十大金刚，他为每个儿子都修建了一套四合院，今之所见的魏源故居就是其祖父给建的。据说其祖父为富而仁，常常大白天穿着数条新裤出门，碰到穷人，说：哎呀，天气好热啊，裤穿多了，你给我帮个忙，给我穿一条。更有壮举是，有年赚了大钱，担了银子往官府去，代一都百姓交了税赋。一都比一乡大，大致相当撤区并乡时际的一区吧。魏源曾说：“金滩山水环绕，原隰广平，加以前人德泽之所加，非止掇一科利一邑之荣己也，将必有忠信材德奇伟之士出乎其间，以亢宗而起家。”所谓前人德泽，指的就是其祖辈乐善好施吧。民间都有一种宗教信仰：先人做好事，后代出人才，家族若要出人，就要多行善。

忠信材德奇伟之士真的出乎其间了，在万马齐喑的千年变局时节，魏源奇峰突起，不仅亢宗而起了家，更是亢世而起了国，他以《圣武记》，以《海国图志》屹立于中国思想界，唤醒沉睡中的国人，睁开眼睛去瞭望世界。梁启超说“魏源著《海国图志》，倡师夷长技以制夷之说，林则徐之创译四报，实为变法之萌芽”，对魏源开启国人心智高赞不已。而究其实梁启超对魏源的评价并没过高，多有不及，日本学者论魏源，称之曰：“建诸天地而不悖，百世以俟天挺伟人。”日本明治维新，是因“无不得《海国图志》读之烦焉悱焉，攘臂而起，遂成明治尊攘维新之大业，则源有以发其机也”。

中国人著作的经世振国的思想大著，在中国却是弃而不用，让日本白捡了研究成果而去，一代思想大家在日本备受尊崇，在中国本地却是情形暗淡生平惨淡：“忠智之士，忧国著书，其君不用，反而资之他邦。”魏源为国设置兴国路径更有人谩骂不已，“默深病狂，由于丧心……晚节末路，人称羞之”。士子昏聩，不足为道；朝廷昏聩呢，国人都无道了，谁还有甚活路可走？魏源本在朝里体制中，可将其大道实践国土的，奈何只是一个从五品的地方小吏，做得甚事？纵或是为官一地吧，魏源也造福不了一方，魏源在高邮知州任上，被人参劾“贻误军机”，朝廷下诏“魏源著即革职，以示惩儆”。

晚年魏源已是心灰意凉，他一生以入世为抱负，到了此时，决然出世了，“少闻鸡声眠，老听鸡声起，千古万古人，消磨数声里”。眼睛一开一闭，一天过去了，眼睛一闭不开，一生过去了，魏源心中悲凉，怕也是无人体会的。魏源入世，入得专一；魏源出世，出得执着，人间俗务，已抛却心外，纵或是老朋至友前来相访，也懒得理睬，终日“闭目澄心，危坐如山，客至亦不纳。即门生至戚，接二三语，便寂对若忘”。其心境是“扫地焚香坐，心与香俱灰，沉沉寥寂中，冥冥花雨来”。

魏源经世，何其痴心；魏源出世，何其决绝，魏源的心路历程让人慨叹，何以如此？何必如此？不该如此而竟如此，让那些忧国忧民者情何以堪？心何以寄？

魏源祖父生育十子，繁衍而成庞大家族，而魏源，创造力赶不上老祖，却也曾生育二子。次子昌耆十三岁时，攀缘橘树摘橘，坠地而亡。长子魏耆一口气给生了五男儿，惜乎长子魏玺与晚子魏虎，未及成年而夭殇；次子魏桂娶妇两房，均未留后；三子魏恒，生了四子，也是脉断；四子魏繇，二男三女，二男一为十六岁，一为三岁，都是天不假年，三女之中，长女夭折，次女终生未婚，三女魏韬，没进过学校，全赖二姐在家辅学，诗词翰墨，样样拿手，只是佛缘深，俗缘浅，独身六十年，追随老祖礼佛，于一九九二年到佛祖面前听佛经去了。听讲解员说，魏源后代已无男传，只有外甥女一系之血脉在延绵了。同行二三子，不胜唏嘘。

站在魏源故居，瞭望苍冥，人生玄秘，无可问天。魏源有憾吗？有，魏源所憾者，当时思想不能起造当时。而其实这一点也无憾，思想的特质往往是无用于当时而常常延泽后世，魏源著作传颂国土，传诸海外，大传于时，盛传于今，其传于千古万古之历史长河，那是一定的。我们有叹吗？有，所叹者，以世俗观，魏源血脉传于一时未能源远流长。究竟这一点也无可叹，尔曹身与名俱灭，不废江河万古流，人生谁不灭？与江河一样不废流的，只有思想吧，创造思想体系比诞育肉身子息更为久长而永恒。

跨出魏源故居，站在草长莺飞的田畴中，看那山水处，鸡鸣犬吠，牛哞人唤，子规啼血，布谷催春，世局虽有悲欢，人间依然生机勃勃。再看弯弯山路，人来人往，虽谈不上络绎，也是未绝，来者来，去者去，来者是魏源神龛朝拜人，去者是魏源思想火传者。魏源思想之血食永是绵延而无断。

天龙山上天风洗肺

从前有座山，山里有个庙，庙里有个老和尚，给小和尚讲故事，老和尚说，从前有座山，山里有个庙……

我去天龙山，这个山与和尚的故事被改写了：这里有座山，山里没有庙，山上有个老和尚，给刘诚龙讲故事，老和尚说，好个天龙山，我要来建庙。

这次突如其来的疫情，把所有人都锁在家里，锁在社区，外面已是春光烂漫，兀自芬芳，我们却如一头困兽，望外面秀色可餐而心如猫抓。周兄电话那头喊：到天龙山去，那里有好山，有好水，有好花。好像天龙山可以评为三好大山也似。周兄几次高声唤，唤得我心潮逐浪高。去。去了才晓得，天龙山不是三好大山，而是五好大山，有好山，有好水，有好花，有好石，最最好的，是有好风。

当然，您肯定还可以归纳出更多好来。庚子年春天，在我，在你，还包括她，最想的，是吞一口好风。来到天龙山，我没想到的，是遇到了一个叫海峰大师的佛门高僧。天龙山上和尚已有了，却暂时没庙，庙还在建。是先有庙而有和尚，还是先有和尚才有庙？不想转入这个思维迷魂阵了。我坐在高山之巅，山巅上有一棵松，那松苍翠，所有枝头与针叶，都长了山风模样。丘陵与平地的树，都按照树的姿态生长，而高山上的树，都长成风的姿态。我倚在松树上，树被风吹成了大大一撇，我倚为小小一捺。在天龙山高峰上，树出一撇，我出一捺，共同书写了一个“人”字。山高“人”为峰。

我与海峰大师坐在千年松下，姿态甚是放松，咔嚓。周兄咔嚓一声，照片给我定格，我素来不喜欢照相，这个照片我喜欢，旁边是仙风佛骨，我是浊世小子，居然也配。我拟了一个“导语”发群里：松下问童子，言师在这里。一位妹妹好生羡慕，给我赞了一个：一个牧童，一个佛翁。哪里牧童？分明樵老，佛翁与樵老，不是天仙配，可算天风配？更有一个叫禾雅的，突然夸我：你面容好生平和，想必是近了佛吧，有些佛面了。呀，我平时在群里乱窜，原来是小魔模样。天龙山上，天风轻吹，把行走在言论界的人，吹为打坐参禅的带发居士。天龙山上的天风，带着佛风啊。

天龙山上，石头不是很多，却别有奇妙。我们去时，天龙山上，冬刚去，春刚来，芭茅草还是枯黄，别说绿油油才入眼，若是绵延的黄，绵延地伸展，黄灿灿，那也是一幅泼墨也似的油画。满山黄色里，突然耸立一块石头，白色的，砂型的，像是特来点睛的，像特来打破沉寂的。谢兄发现新大陆也似，叹，天龙山上石头好怪，别的地方，石头有蔸，都是地下长出来的，天龙山上石头无根，是天上掉下来的吧。贾府里，天上掉下个林妹妹，天龙山，天上掉下个石哥哥。或坐，或站，或躺，待在石头上，再浮躁的心情，也会沉稳下来；再郁闷的情绪，也会开阔起来。站在石头之上，定然会深呼吸，自然会张开臂，放歌一曲。

天龙山立中央，新邵、新化与冷水江，都在其眼下，它是湖南雪峰山余脉，虽谓余脉，却也自成一脉，海拔一千二百多米，在湘西南丘陵地带，自开门户，自立阵势。站立三角顶，仰视云天，蓝天蓝得如老祖母的蓝印布，风一吹，簌簌响；白云白得如古典女的白胸脯，眼一瞄，心慌慌。天龙山上的蓝天是纯粹的，天龙山上的白云是纯洁的，蓝天加白云，天龙山上的风便是纯净的。您喝的是纯净水，我喝的是纯净风。

站立三角顶，俯视地界，山峰跳跃，丘陵起伏。近景、中景、远景，层次分明。近景，青山如黛；中景，青山如蓝；远景，青山如水。诗曰：一脚踏两市，一山两县分，唯有三角顶，独览四周城。天公作美，风和日丽，春光灿烂，正好游目骋怀，目投远，可以看到冷水江城；转目再投远，可以看到新化城；坐父亲肩膀上，父亲肩膀是一层楼，极目楚天舒，可以百里目，或能看到我所居的邵阳城。

天龙山自立门户，独立苍莽，无须远观，自成景观。天龙山有传说，传说是黄帝战蚩尤，天龙助蚩尤，黄帝九战九败，后来女娲娘娘助力黄帝，蚩尤退败至此。天龙呢，弥勒佛告诫它，不许再出山。天龙山上，有座小山峰，真个像极了弥勒佛。我对传说，素来有点疑心的，然则，蚩尤是梅山文化之神，是父辈们屡屡训我敬的。梅山文化是巫文化，其神秘面纱，还真有待有识者来识之。天龙山是梅山文化的中心地带，有无数传说，其自然景观，因此便添了人文思想。

此刻，我不关心人事，我只关心自然。天龙山上风景独具，不说别的，便是散落在天龙山四周的天池，便是诱死个人。天龙山有四五个天池呢，我去这会儿，雨水不多，池水不少，清清凉凉，青青亮亮，清凉如冰，青亮如绿。空中一朵云，水中一朵云；云天一色，水天一色，而我站在一色之中，一色的欢喜。我站立三角顶，仰望天空，风云随意换形，忽然发现一朵硕大的云，形状别致，我拍照现场直播，问友：可像中国地图？“像”，后面是一个惊叹号。

上三角顶，是斜斜的坡，说陡也陡，说不陡也不算陡，斯时也，马鞭草带点黄，密密织锦，有如草编地毯。周兄是策划师，忽出奇想：这里可以办一个打滚节。夫妻与情人，互相抱着，从三角顶滚下来，惊险而刺激，味死个人啊。我看到这里山坡坡上，有牛羊遗矢，天龙山上，可以放牧牛羊，放牧心情，甚或，可以放牧爱情。美女，约不？我高山上放牛，你白云上打草。我愿跟她去放羊，每天看着她粉红的笑脸和那美丽的带着金边的衣裳；我愿做一只小羊，跟在她身旁；我愿她拿着细细的皮鞭，不断轻轻打在我身上，打得我满山坡滚。

春来天龙山，不只有铺地苍黄，绿绿小草已钻出地面，灌木丛生中，有很多花儿，泼辣辣盛开，一树树野樱花，开得狂野，她不管你在不在，她不管你有人看没人看，她都是山里野丫头，展臂舒颜，自在盛开，午后阳光照耀之下，晶莹剔透，有如冰花。还有一种不知名的野花，一树无数枝，一枝无数朵，一朵无数蕊，蕊是细细的、碎碎的、淡淡黄黄的，一树树一丛丛，一丛丛一枝枝，一枝枝一簇簇，花直接开在枝头，这是野气，更是霸气：无须绿叶扶，我花自个芳。野气而霸气的这花，更有好香气，其香醇和，其香绵软，其香带有淋漓水意。我回到家里，洗了手，上了床，闻到被窝里，依然是天龙山上野花香。

回归路上，一路芬芳。忽然听得，天龙山最高峰之三角顶，有人挈妇将雏，到此野炊。他在顶上扯开喉咙，哦哦哦哦哦哦……他是久居樊笼里，复得返自然，吸足了天龙山上天然好风，肺部一洗风尘，肺空阔，声音便宏阔。我突然转身，跟着应和，哦哦哦哦哦哦……应和山林，应和山顶。我把自己都吓了一大跳，声音如何大如许？一定是天龙山上天风洗肺，把我肺部那些滚滚红尘全都洗净。天风养好肺，好肺须天风。庚子年里，我对所有好友的祝福是，愿你有个好肺。那就来吧，天龙山上好风，可养你好肺。

来，天风洗肺，天风洗肺腑。

寻石清水村

“于千万人之中遇见你所遇见的人，于千万年之中，时间的无涯的荒野里，没有早一步，也没有晚一步，刚巧赶上了，那也没有别的话可说，唯有轻轻地问一声：噢，你也在这里吗?”我不知道张爱玲没早一步也没晚一步遇到的是谁。告诉你，我在时间的无涯的荒野里，遇见的不是你，是石。或者，你只问她一句：你也在这里吗？而我继续深情地说了一句：跟我回家吧。

好多次来清水村，入宝山而空返，至多，提了一只矿泉水瓶子，把矿泉水倒掉，重装一瓶山泉水。这水有神泉之誉，也被誉为不老泉，不喝此水，活到七十七，喝了这水，活到一百零七。十来年前吧，央视来到这个深山里的山村，惊人地发现，这里长寿老人特别多，七十岁是小弟弟，八十岁也不是老哥哥，九十岁的奶奶还不能叫老，或者她妈妈还在屋里喊：崽，来，你衣服破了个洞，嗯妈（我老家湘方言，娘）给你缝缝。

这次，我第 N 次来清水村，在村头，茅檐低小，溪上青青草，看到一位老奶奶，坐阶檐端头，背景是老老的土砖房，配景是小小的柴火灶。老奶奶坐板凳上埋头洗衣，黑白相间的头发齐着耳际，隔一个瓜棚，有人持平常音，没有高一调，也没有低一调，喊一声老奶奶，她那里朗朗应声：哎，你们哪个叽？我老家话，末尾常常带“叽”，就好像北方话常常带“儿”。我老家问“哪个叽”，是对着问亲戚的，是问亲邻的，一定是她熟人才这么问的，嗯，老奶奶把我们当她亲人了。常说人老了耳朵会聋，这老奶奶却仍是这么耳聪目明。我拍一照，发到一个群，请诸位猜：老奶奶多少岁？一位兄弟抢答：一百零二岁。我说不对。兄弟又猜九十五岁，这个更不对。老奶奶今年一百零四岁了。

这就是清水村，远近闻名的长寿村。长寿之长，非基因之强，在于山水之强。一路山景，曲径通幽，沿着一条九曲十八弯的小河，但见两边雄奇峻秀，山色空蒙，树木葱茏，左拐右拐，通过一个鬼斧神工的雷公洞，豁然开朗，一片山山环绕的开阔地，那就是清水村。在清水村中央，有一股泉水，终日管涌也似喷涌着汩汩甘泉，乡亲叫它长寿水。千里万里寻芳览胜者，到得村中央，都要带一壶水回，没带壶来的，也要咕咕噜噜装一肚子水。喝了长寿水，活到一百岁。

哗啦啦水声清脆，叽喳喳人声鼎沸，同去的红男绿女，雀跃着奔神泉而去，而我，背了他们，直往山涧里走。若说山脉是一条脉，那么一座山便是其脉串起来的规则不统一的一节念珠，念珠与念珠之间，亦谓山与山之间，会生产一条沟壑，山山生产沟壑，沟壑生产水涧，水涧生产奇石。你奔寿水而去，我奔寿石而去。

要多少年，才让我与你猝然相遇？这是一段毫无夸张的荒野里的无涯时间，你说五百年修得同船渡，你说一千年修得共枕眠，而石头，我与你修了多少年，才金风玉露一相逢？我不在，你在；你还在，我或不在；你在之前是什么？是时间的荒野。我在之后是什么？是时间的无涯。我和石，是千万年，可以早一步，也可以晚一步，而恰恰是这一步，你在这里洪荒着等我，我来了，刹那间，胜却人间无数。我说，跟我回家。这块寿石便捧在我手心，跟我走。

此前，我对石头无所爱，也是在十多天前，去了一个叫小河村的地方，离清水村只隔着一山，清水村是一捺，小河村是一撇。这边翻过山，那边是小河村；那边翻过山，这边是清水村。树林荫荫，溪流汩汩，有位兄弟行走小河村幽林山涧，跳脚下去，拣了一块石头，但见石上一条青，一条黛，一条红，一条白，群山苍苍，云水泱泱，一块石头，便是一脉生万峰的山水清影。抱一块石头置临门窗，便是把大自然放入眼眶。抬一眼，人看见了山，开一门，山看见了人。我见青山多妩媚，料青山见我亦如是。相见两不厌，唯有深山石。

山水清供于壁于窗，便是把山水搬进家，没有一个习文者，心中没有一个山水梦。我也跳下山涧，千寻万觅，却找不到可意中石。万千时间，千万尘世，谁是你的石，我是你的谁？人有缘，情有缘，山有缘，石有缘。人间万事，自然界万物，缘在暗中牵连。

在小河村，我千水踏过，我万石翻遍，除了找到一两个可做压书石的，硬是与妙石无缘。书法家马兄，见我落落寡欢，便分了他拣的一块石给我。那石，也挺有味道的，浅白色打底，其间色泽丰富，隐然间有红，隐然间有黄，隐然间有紫，妙处是，在石头之头，中间蜿蜒着一条黛绿；更妙的是，石头之头，恰有一节回眸，好像是一个什么字的起首一笔。是什么字呢？我总是想不起来。

在清水村，我弃人间而去，我奔水涧而来，溯涧而上。水，清凌凌的；水，绿凉凉的。别说初夏，便是盛夏，清水村的山涧水，也是清凉彻骨。见我一个人往山深处走，书法家罗兄，赶来陪我。山涧无路，山涧便是路，沿着山涧，便是一条寻石之路。人间四月芳菲尽，山里百花始盛开，山涧两边高山之上，我不知道是什么树，株树枞树一样高，枝叶婆娑，而枝叶之上，全是一团团的白色花，大朵大块，这叫一树繁花；而在山涧榛莽之上，间或一蓬如伞铺盖的金银花，黄的如金，白的如银，开满山边，透肺地香，沁脾地香。

香华满径，忘了肺与脾，我全部眼神在水中石。山涧中，那水那个清啊，皆若空空如空气，如不听到有潺潺声，你不知道那是水，那就是空山新雨后的山中真气。水中各色石头密布，哪是我的那一个？开始，我还穿着鞋子，在水中如蛙跳，如雀跃，涧中或有潭，石头布青苔。罗兄说，脱了，把鞋子脱了。多少年不曾光脚行走大地了呢？与地气亲密接触，怕有十多年了。冷的是脚丫子，打战的是大门牙。老家有一句话，要想堂客到，脚板要起泡。寻石跟觅爱，是一样的吧，不经一番寒彻骨，怎得美石对眼珠？

也不知溯水多久，沟壑之上，全无人烟，只有鸟声啾啾。噢，你就在这里。我寻到的这块石头，背面乌黑，中间稍稍隆起，我拍照给堂客看，问她像什么。她不假思索，说是猪血粑，石色也可餐吗？我又拍了内面，但见一条条褐白，骨气肉色，凹凸有节，而脉络之旁，是隐隐黑隐隐白的线条，自然在骨节间，还有些浅浅红的筋络。堂客百里之外，惊叫起来：千年龟。放置清涧，周围是水潺潺，罗兄惊叫，好像在那里爬呢。

突然，我想起了在小河村里那块石头，石头之上那一头，不就是书法字里一个“寿”字一撇吗？千年龟，寿字石，长寿村，大自然在这里天造地设，构建了一个神奇。我与石，万年之遇，遇到神奇。

我把石头从清水村请了回来，堂客左看右看，说，有点不对喔，并不特别像。放到水缸看看，看那乌黑的龟背，看那筋骨的内壳，神肖一只活生生千年龟。石头放在干处，或是一个呆子，再置清水，钟灵毓秀，自然再现，灵石复活。天下灵气，在山水之间。

我将两块石头，放在水缸养着，待过些日子，我将送石回老家。老娘住在老家，石头放我老家去，老娘当不会老去。

寻瀑小河里

沿着小河走，走到水尽头，就是瀑布处。

我们问询瀑布地儿怎么走，小河村的一个中年汉子带了我们走了小半里，朝着群山，手指小河，这样告诉我。没骗你，这里乡亲真个淳朴。晚上住小河村，夜里出来看星星，吹夜风，半途上突然下雨，我们一行人跑到一家屋檐下躲雨，主人本来在对面打牌的，丢了牌，跑过来，打开碓屋门，招呼我们进屋，搬来条凳，用袖子从这头揩到那头，来来回回揩凳子，又递茶来又递烟，热情盛待陌生人，于这里的乡亲只是平常，于我们却是久违的深情。礼失求诸野，深山老林里的人家，家家户户依然延续着古风。

小河，不是泛称，而是一个小村落，坐落在湘中新邵县，新邵居湖南地理正中，故有湖南之心的美称。这里有个乡镇叫坪上，素以教育之乡与文化之乡而闻名遐迩，坪上子弟苦学好学，每年高考录取人数，居该县之首，最盛时候，居全县十分之一人口的坪上镇，考上大学的人数，占一个县的三分之一，毛泽东的老校长张干先生便出生在这里。

人杰肯定地灵，地灵必然人杰，坪上山清水秀，民风古朴，只是，这里人杰之声长期掩盖了地灵之名，如小河里，卓异的风景沉睡千百年，养在深闺人未识。山势连绵，山峰朋列，山非独峻，众山竞秀，一座连一座，山之群也；一山高一山，山之峻也；一山重一山，山之雄也；一山清一山，山之秀也。吾师苏美华先生见此，突然口占上联：山外有山，山内有山，一山望着一山高。迟钝如我，搜肠刮肚，也不能对。望小河瀑布，突有断联，却是对不上：水上流水，水下流水……

慕小河村的壮美瀑布，约了我师范老师苏美华先生，约了两位同学，一个是我们的班长，一个是我们男生的女神。行走路上发现美，小半是看到了好景，大半是找对了好人，三五知己去山山水水，再差的风景都会有好心情。何况心情挺好的，践我理想呢。兄弟我对人生期待不多，有两理想一梦想。两理想者：游山玩水，游文摆字；一梦想是：游龙睇凤——宫廷戏都是别人的，过艳照门而大开眼还是可以的。

拐了一道又一道弯，来到小河村，我们是奔瀑布而去的。万山静谧，流水淙淙，行进到山中，已无人声，尽是天籁。小河胜景暂不出名，也有好处，便是游山可以尽情游山，玩水可以尽情玩水，不比那些四星五星的景区，本来起意离开人群来看山看水，结果依然是看人。人少好吃母鸡，人少好看风景。

沿着小河走，柳暗花明，每一个转弯，都是一道惊喜，但见树林荫翳，草木葳蕤，人脚未到处，藤蔓交互，蒙络摇缀；清清亮亮的山溪水，不惊不乍，自唱自吟，随山势而蜿蜒，与怪石共谱曲。时时有小潭，清澈见底，直视无碍，几尾小鱼，游戏其间，见人来也不吃惊，见了美女玉足，好像是见了鹅卵石，张着小嘴，一亲芳泽。鸟鸣竹林，鱼翔溪涧，人来或不来，百花兀自芬芳，小草风来摇曳，好像与人不相干，各过各的小生活。到得深山深处，水流水的，花开花的，鸟唱鸟的，人走人的，万物互联，万物自在，万类在天地间，竞自由。

瀑布是我们此行的目的，而清涧却是我们此行的过程。美在目的，美也在过程，苏老师童心勃发，一脚踏进潺潺溪流中，大叫爽。惹得我也水兴大发，脱了鞋子，堂客拦都拦不住，跳脚入水，水清凉凉的，水幽凉凉的，赤脚踩在卵石上，毛孔舒服，毛细血管都舒服。溪水潺潺从脚背上流过，如轻拢慢捻，如玉手抹复挑，泉水按摩，身心俱泰。游山者多不玩水，那是起了游兴丢了游魂，游魂者，山魂水魄也。两位美女不再矜持，脱了鞋和袜，来亲水和石。刬袜步溪涧，手提金绣鞋，笑声如小鸟，模样可爱得紧。

已是徐娘半老，徐爹半百，在小河这个山深林密处，水流潺潺中，老汉老娘，聊发少年狂。苏老师雅兴大发，唱起了梅山山歌来：送哥送到深山窝，手板捧水给哥喝，喝了妹的手板水，天干三年不口渴。山歌清越，穿越丛林，野性十足。苏师来教我们师范语文，年龄不过大我们那么几岁，课堂称师，课后叫友，现在更是兄长，我们也就无长无少，无尊无卑，玩耍作一处。

好一个手板水。手板水三字特来生活特来神，碗不是瓷器造，而是玉手制，双手窝成碗，端来手板水，那碗好生勾魂，那水好生甜蜜。山里妹妹玉手作碗，盛来一碗山泉水，龙泉玉液都比不了。山歌下的情景，好生诱人。两位美女同学，双手捧来一口山泉水，泉水未喝，被笑声打翻，居城里那么久，想来想去，好像三年五载，都不曾有过开怀大笑。旅游下境是开支，旅游中境是开眼，旅游上境是开心。

索性坐在一处水潭，潭中有石，石生潭中，清凌凌的潭水，绿幽幽的潭水，所欠的是，缺了柳宗元，要不，《小石潭记》不在他处，当产生在小河村的寻瀑路上。这里或缺了“记”，这里却不缺歌。三五人，山里唱歌，泉水来和，歌声飘荡，笑声回荡，走调走得厉害，也不减我们泼天快乐。美的旅游是山水游，好的旅游是心情游，最美最好的旅游是有几个知心好友，放身山水间，放飞心情，游目骋怀，心游象外。

行到水穷处，坐看瀑飞时。一路放歌，不曾逝者如斯夫，逝者或如溪流，而我们是逆流而上，好像是穿越时空，再回少年。山是眉峰聚，水是眼波横，但听得瀑布响，不见瀑布影，小河里的瀑布隐藏在茂密的原始次生林里。穿林海，过陡壁，但见陡然一块陡壁，横陈于前，一块硕大的白练，从空而降，陡壁上一些小石挡了天水，天水四溅，飞珠溅玉，撒花抛棉，风吹树影，织成一段水幕。

我这回去，天气已是入秋，而若在丰水充沛时节，那不是小涧，而是一条小江，江水奔腾，突然临了百丈绝壁，滔滔之水天上来，那景象如何壮丽！壮丽当然是美的，秀丽又如何不美？若说春天的小河瀑布是万马奔腾，那么秋天的小河瀑布便是仙女走秀，那一线水流，如美女的款款拖地裙，尤其惹人遐思。听说，若有雾生山林，彩色山岚如虹，走直线的瀑布上，横贯一笔彩光，那情景别有一种漂亮。

别说这里一线天几段锦，水往下流，注入资江，注入洞庭湖，注入大海，便波澜壮阔，便气象万千。山，越走高，越气魄雄伟；水，越走低，越气势雄壮。高，看得远；低，容得大。山与水给我们讲的，是高与低的两样人生道理。

我想起了苏老师那副上联，下联在哪儿？且曰：水上流水，水下流水，千水竞欲千水低。虽则不工整，却是我愚者一悟。一山望着一山高，那是山的哲学，登高望远的哲学；千水竞欲千水低，那是水的哲学，有容乃低的哲学。

寻瀑小河里，本想单寻景，却还寻到了快乐，寻到了哲学。

寻芳青龙首

峡道生风，峡谷生水，青龙首峡谷高山流水，平平仄仄，仄仄平平，生了流水韵，生了平水韵，生了潭水韵，生了山水清音幽韵。

不知道离我所居的邵阳城二三十公里的地方，还有这样一个别具风韵之所在。曾经当过几年教师爷，误了不少子弟，却也有我误不了的。有个叫江妹的，刘家有女已长成，到了新邵潭府乡，当了副乡长，便在微信那头喊：此地有万亩竹林，一湖水库，先生欲来否？人称山水曰山清水秀，我叫山水是山亲水叔，山是我亲人，水是我老叔。喊去这城那市的，不是坚拒，便是婉拒，约我去山林去水湄，便是落了我牙、歪了我嘴、瘸了我腿、折了我手，那其间也要往山水路上走。

早听说这里有一个叫枫树坑的水库，水面清圆，水色幽绿，不想，江妹带着我，只是穿水库而过，更往深山更深处，寻青龙首峡谷来了。山峦起伏，山势峥嵘，绕山而行，但见一山连着一山的，是青青翠竹，叠翠流绿，山风拂面，凡尘一洗而空，浊眼被山水濯亮，再是郁闷，到得这里也是心旷神怡了。山水是心情的解药，心情若糟糕，不用打针，不用吃药，去看一趟山水，喝些山风水韵，包好。

也没想有甚奇处。两山相对，平常小峡谷的样子，青龙首峡谷居两峰之间，貌似平常。平常起首，意味着里面有惊喜。到得青龙首，跃入眼的，是一线白练，破空而下，若是李白，他可能会跟你吹，飞流直下三千尺。我不跟你吹，青龙首的起首，是舒缓的小曲，不高也不低，是乡村唢呐的曲调。

溯流而上，愈发清幽。也许，因为我去时是秋天吧，水势并不雄壮，涧水潺潺，叮咚成韵，怪石嶙峋，水寻石缝里穿行，水翻身子，清凌凌的涧水，便翻出白花花水皮来，涧水因此有了青白色彩，活泼泼的。峡谷弯多，水流弯处，自然有湾，一弯变一湾，湾水成潭水。涧水是动态，潭水是静态，动之水韵与静之水韵，交错进行，山水兀自唱着天籁之音。

潭水清澈，潭水之中藏着奇石，藏着细沙，阳光透过翠竹，透过杂树，投下斑斑点点，让潭水也有印花布的韵致。而在潭里，眼前时不时有甚东西跳过，原来是蛙们。青龙首的蛙们，不是青蛙，也不是蟾蜍，我们这里叫石蜙，学名叫石蛙。石蛙是一道绝佳美味，肉质鲜美，清凉滋补，在我老家，是一道名菜。石蛙在秋日里，也生孩育子？但见小石潭里，有很多长得硕大蝌蚪头的小石蛙，摇着长长尾巴，在潭水中自由自在，见了人，飙地钻了石缝，寻它不着。到青龙首，自然而然，童心勃发，萌发捉蛙冲动，游戏于山水间，与山水相游戏。

青龙首峡谷，不大，不宽，好像是极得音乐神韵，寻水而上，先是山稍陡，水稍急，急管繁弦，到得山腰，水势平缓，涧水好像在打太极，练慢动作，而在水流中间，杂石耸出，有如小岛，专立其间给美女与帅哥留影的。妙处是，涧水外，满山遍野的，都是翠竹。竹子是极增山水神韵的，风吹翠竹，嗖嗖响，与涧水共同奏一曲。青龙首峡谷，随处都有一处翠竹坪，坪里杂蔓不生，乱石皆无，好生平整，但见竹子竿竿直上，留下一段山水空白。若坐在竹篁里，弹一曲，那是什么神曲？所缺者，缺一架古筝，缺一管古弦，王维也不在。

美女最喜欢青龙首峡谷的，倒不是王维在不在，她们说行走峡谷，最美妙的是不用举伞，山林小道，全都掩映在翠竹之中、青木之下，阳光毒烈也被浓密的树叶遮蔽了，被山林水意保湿了。青龙首走一遭，美女都一样水色，芙蓉面樱桃嘴，都是水灵灵的了吧。幽凉，确是山水之胜，在城里吃热风吃灰尘，然后去山水里，当然是换了天地，换了人间，换了一个清凉世界。

人间四月芳菲尽，人间到了八九月，芳菲早不见影，而在青龙首，居然见到了从来不曾见过的花儿，叫野蒜花。野蒜花，一缕缕蕊凑成喇叭状，极力伸展，黄灿灿的，开的全是金花，在陡壁上群居生长，一蓬蓬，一丛丛，如火一般怒放。若是一蔸两蔸，那是点缀，而满坡满坡绽放，那是花海一般的汹涌阵势了。青龙首，大秋天里，都有花来壮景，那么春呢？那么夏呢？一年四季，都是风景如画的吧。

我还是喜欢这里的流水，不惊不乍，涧水随势赋形，水的种种行状，都被峡谷塑造出来了，有时如练，有时如盆，有时如发，有时如腕，水流之声或泠泠，或嘤嘤，或潺潺，或涓涓，到得山陡处，成了小瀑布，也没见水势咋咋呼呼，高山流水带着静谧的舒缓，仿佛妙人细语。能抚慰心灵的，才是好风景。

杂树生花，移步换景，青龙首峡谷很长，很高，而我一路逍遥，听水声，坐幽林，捉石蛙，濯老足，走了老半天，只是到了山之腰，愈往上，山势愈险，那是驴友们的胜地了。据说，再往上去百十米，有人在山头开了荒，种了水稻，种了蔬菜。山水高处，还有一处桃花源？何时能买半亩，此地去耕田？上去有桃花源，还有千亩原始次生林，青龙首峡谷居龙山群峰中，去山顶将何等壮气呢？

特地留了一个遗憾，蜿蜒至山腰，我打道回府了，一次性把山水探访尽了，下次来，理由就不充分了嘛。恰恰好，回到山下，正好吃中饭，中饭吃的是竹筒饭。竹筒饭里加了胡萝卜，加了干腊肉，加了青箬叶，格外清香，更有锅巴，尤有嚼味。

到青龙首，看了山，听了水，吃了竹筒饭，眼福耳福口福，都享受到了。

坝哪部落茶自语

迎面吹来的是水风。在城里，吹面的是水泥风，去了坝哪部落，迎面的是水风。纵使晴明无雨色，入山深处亦沾衣。山风不仅含笑，而且含水，深山深处的山风绝对是纯自然的保湿霜，吹得人神清气爽。

三十年前，正是青春年少，袁兄志雄先生发起了一个读书会，热热闹闹火了几年，之后各奔东西，自谋前程，读书会无声无息作了鸟兽散。两三年前，志雄先生怀想当年，心有不甘，聊发少年狂，四方寻找原班人马，又招兵买马，把本地作家、专家、书法家、美术家等各界人士都啸聚在资江文化公益协会旗帜之下，时不时组织文艺界大咖小咖们进社区、进校区、进军区，更进山区，城乡为文艺家们提供生活源泉，文艺家们为城乡奉献艺术作品，干了一些利家利国利家国的有益有趣又有味的事情。

这次，我们去的是湘西南的绥宁。若以一个字来标志绥宁，那便是：绿。一九八二年，联合国科教文卫组织通过卫星发现了这块净土、这块绿地，从此绥宁又有了一个别名，叫世界绿洲。绿洲绥宁，森林连绵不绝，树木层峦叠嶂，翠蔓蒙络摇缀，花草参差披拂，触目皆绿，满目葱茏，山是绿的，水是绿的，吹面而来的山风含笑，山风也是绿意盈盈，水意迷离，绿晶晶养人目，水灵灵爽人心。

惭愧惭愧。绥宁与我同市，我也曾经去过几次，坝哪部落却是我第一次听说。车子穿行在山道上，一座山连着一座山，一道弯接着一道弯，一蓬绿铺着一蓬绿，起伏着的是山山山，奔腾着的是湾湾湾，触目着的是绿绿绿，覆盖着的是蓝蓝蓝，山路百八十弯，地绿绿天蓝蓝。其山光山色，恰如南北朝吴均在《与朱元思书》所形容："夹岸高山，皆生寒树，负势竞上，互相轩邈，争高直指，千百成峰。泉水激石，泠泠作响；好鸟相鸣，嘤嘤成韵。"

坝哪部落居住的以苗族为主，属红苗支属，特别神秘又神奇。坝哪部落的男女服饰，鲜明又艳丽。男装束红腰带，戴黑丝巾，裤脚绾红色花袖，宽大飘逸；女装竹筒袖，领边、襟边、袖边、裤脚边，也是绣红边。万山皆绿，山里面忽然有行走一对红艳艳的男女，那是怎么的奇景？遇到神仙姐姐神仙眷侣了吧。坝哪部落，男男女女，老老少少，都吹芦笙，都对山歌。好生遗憾，我们这次去，没听到她们对山歌、唱情歌，听说，坝哪苗歌是特别好听的，或低沉婉转，或高亢嘹亮，我们却无耳福，真遗憾。遗憾，都是为下一次满足当理由的。

这次没耳福，却有眼福与口福。眼福是绿洗浊眼，坝哪部落的青绿与清绿，把我们被城里水泥黏糊的双眼，洗得透底的绿亮而清澈。口福是，好酒的喝了清蜜蜜甜的猕猴桃酒，好茶的喝了甜蜜蜜清的未命名茶。我们去的潭泥村，是坝哪部落核心村落，村子落在深山里，落在两山夹峙的峡谷之中，峡谷之狭，好像是两边篁竹稍稍弯头，便可以把小山村全覆盖。我们进得吊脚木楼，面窗而坐，窗含对面千重绿，咂嘴而品，舌灿佳茗万里香。

主人烧的茶，不是小杯，而是一只大瓷壶，半个水桶大，城里喝茶都是精致小杯，杯如樱桃小嘴，嘴如樱桃小杯，城里人把这个叫雅致。乡里呢，却是大壶大嘴，大口大饮，好生粗犷。可是，坝哪部落的这茶，大老粗却也能喝出小情致，让人不忍囫囵吞茶，而让人情不自禁，小口品茗。主人给我们倒的茶，并不是盛在玻璃筒，而是倒入塑料杯。

是红茶，红得如三秋红叶，红得如浴水朝霞，红得清，红得纯，红得亮，红得没有半点杂质，塑料杯里的红茶，红出了水晶杯的晶莹。

茶色养眼，茶味更养肺腑，抿了一半口，蹦出嘴来的是一个字，是甜，再蹦出嘴来的字，是香，再蹦出嘴来的字，是醇。喝了这茶，接二连三，蹦出嘴来让人赞的，都是形容好味道的吉利好词。茶，先在舌头上蹦出甜味的，不多，坝哪部落的这茶，清甜，醇甜，微甜，若有若无地甜，微妙缥缈地甜。我堂客素来不怎么爱茶的，她喝后也惊喜地叫了一声：好甜。舌头甜了，入肺腑，依然是甜。再吸一口水意微微的山风，山风与茶味，相遇于齿颊，还是碎碎甜，微微香。

这是什么茶？这是未名茶。主人告诉我，这茶没给起名，更没曾当商品，是主人摘得高山与深谷的茶叶，自制自饮。坝哪部落居高山老林，树林荫翳，竹林万里，茶树饱吸天地精华，茶叶酿出人间至味，不足为外人道也。出得吊脚楼，坐在门前矮墙下，我看到了主人房屋周围种植的梨子树，初秋时节，梨子早熟了，梨子无人摘，好多好多落在地上，捡起一闻，已有一股甜梨的酒味。坝哪部落物华天宝，物产丰饶，诸多物产依然以自然界的原始形态，草枯草荣，花开花落。这是一片没经污染的天地，少有人工打扰，多是自然的自然存在。

何谓坝哪部落？同去的老兄张正清，他也是苗族，曾撰过苗族志。他告诉我们，在明朝那时，这里有一个叫李天保的，曾举义旗，发动周边苗族、瑶族以及汉族人民，举起反抗压迫的农民起义。事后，起义失败，官府不准这些少数民族使用自己的语言，官府听不懂这些话，便不准他们再说，他们说这些话，即使对着官府说要“起义”，官人也听不懂，坝哪语在官府那里好像都是起义的暗语，官府便禁止这种语言了。男的说，便杀头；女的说，要抓到集市场卖为人奴。故，坝哪语，几乎绝迹。极少部分苗人，逃到深山里，依然保持自己的语言。这就是坝哪，坝哪意思是：说我们话的。现在，能说坝哪话的，人数极少，只有两三千人。坝哪话，在语言学家那里，是语言的一种活化石。

说我们话的，是坝哪话，坝哪说的是什么话？说的是山话，说的是水话，说的是山水话，说的是天人合一的话，说的是苦后便甜的茶话。坝哪部落，他们当年那么苦，受苦受难，逃往与世隔绝的深山更深处，他们在这里与自然和平相处，与山水共存共生。当我们被城市各种污染所苦，他们就在这片风景之地，乐乎所乐，引得城里人载欣载奔，奔来这里，游山玩水，喝酒品茗。

坝哪如茶，茶语是，先苦后甜。

如果叫我来给起名，我想把坝哪部落这茶，叫坝哪自语茶，自然茶，自己茶，这是没有经过商业污染的茶，是有自己一套生活语系的茶。我想要说的是，养在深闺人未识的坝哪，如果以后能够成为风景区，也绝不可以让人工破坏自然，须保持自然生态，始终说着天人合一的语言。

坝哪这种纯自然的茶，让我起了贪心，我跟主人说，我要带一抓茶回去，慢慢细品。主人好生大气，给我的不是一抓，而是两大包，一包是红茶，一包是绿茶，如论价，也值两三千吧，主人没觉得值钱，好像我老家老去的老乡，把自家东西给人，没有要算钱的。

我把两包茶带了回家，一个人泡着自来水，一个人慢慢喝，真好喝啊，比那些高价茶，味道醇厚多了。猛然想，我当向其道一声谢，跟他共话茶语，可是，我都不知道主人姓甚名谁，也没有留下联系方式。

只知道他在一个叫坝哪部落的深山里，云深不知处。

长啸于十重大界

于志懿兄，这是怀土之思；于在下我，这是野山之约。

故人具风景，邀我到十重。十重者，叫十重大界，是禅境？非也，是山名。此山一脚踏三县，新邵、隆回与新化是也，居湘中。周兄志懿，休得年假，自京都归故里，在那头呼朋引伴，呼唤一干文朋诗友。在下形容或在向老，更或是心情向老，但凡歌厅之约、酒局之约、文社之约，皆峻拒；独有山行，欢欣鼓舞，飙地去了。

衣袂飘飘，堂客却扯我脚，七月天气火烧烧，你身体如何吃得消？堂客久居城市，她孤陋寡闻了——城里事她半知，山里事她全不知，栩栩然见过世面，茫茫然没见过山面。城里一重天；乡里一重天；山里气候独具，山里自有一重天。十重大界，有竹，竹如海；有草，草如原；有各色树，万树成林。树林荫翳，芳草鲜美，山风那个吹，吹肚皮，肚皮凉；吹脊背，脊背爽；吹脸面，吹面不寒山林习习风。云是鹤世界，山是风故乡，露宿风餐，餐那风比餐那肉，美味多了。

十重大界是野山，野山之野，野在未曾开发。照我来分，山有两类，一曰野山，一曰熟山，野山是处女，熟山是淑女。熟山者，二星三星四星五星之山，直言之，便是风景区之山，便是收门票之山。熟山山有路，水泥的；熟山山有景，人工的。野山者，零星一星焉；零星者，人迹不至，兰草自生自灭自芬芳；一星者，牛来过，人来过，人猿未揖别，踏几个石头磨过。十重大界，正是一星之山，牧童放牛，樵夫打柴，人牛踏出一条山间小道。小道小，供走双脚，双脚还得夹拢的，不能撒开，撒开了，便藤绊脚，便蔓挂衣。行走在十重大界，纵使晴明无雨色，入云深处亦沾衣。

十重大界是野山，那是人之谬论，鸟是不会这么认为的。山林是鸟的城市，十重大界山十重，是鸟的一线城市。好大一座山，鸟飞过来，这树歇歇，那树坐坐，一棵树便是鸟们一处茶馆，便是鸟们一厢歌厅。鸟们有一声没一声的，仿佛我们茶馆扯淡；鸟们有一曲接一曲的，好像我们歌厅放歌。林子大了，什么鸟都有，麻雀、画眉、喜鹊、杜鹃……各以鸟语聚居山林，不曾有统一普通话，各以各的方言，啾啾啾，叽叽叽，喳喳喳，活得开心死了。来到十重大界，听得鸟们之十重音响，比听音乐会，心情更爽。

十重大界也不是野山。此地是梅山文化之核心地之一。梅山归属湖湘，却是独一处所在。宋之前，“旧不与中国通”，《宋史·梅山蛮传》云“上下梅山峒蛮，地其千里，东接潭（潭州，今长沙），南接邵（邵州，今邵阳），其西则辰（辰州，今沅陵），其北则鼎（鼎州，今常德），而梅山居其中”。山围故国，独立王国，鸟自欢歌，人自自在，帝力于我何有哉？也便保存了独特文化在。

下得山来，在一个叫迎光村的地方，我看了梅山蛮子的古文化演绎，梅山文化集道教、巫教与梅山教于一体，自成一体，煞是神奇。起舞之先，蛮服穿起，头盔戴起，牛角吹起，香火烧起。蛮服黄底，中有不少古图案；头盔是一张蚩尤脸，蚩尤是梅山之祖，曾与黄帝战与和，为中华民族之祖。我父亲也做过道士，人若故去，喊我伯父与父亲去做道场，道场起唱，先吹牛角，牛角难吹，没掌握其技，腮帮子鼓得再大，也吹不响，老家便有俗语，专以批没水平的，拿起牛角都吹不叫。会吹的，吹得呜呜叫，琳琅震响，响震山林。牛角吹后，然后是点香火，祭神，如神在。

梅山文化，你道是巫，他道是神。比如入得山去，捉山蛇捉野鸡，在山间某处画一个符，那蛇便自个儿爬来，入人竹壶，那鸡便跳出其窝，伏人脚边。我老家还有水师，专治骨伤，操一碗符水，闭着眼睛，念，嘛哩嘛哩哄，噗，噗噗，水师喝口符水，噗的一声，吐到骨伤处，嘿，过天，便好了，活蹦乱跳了。比如还有叫神打的，你若犯恶，犯得过甚，犯得人神共愤，他不作声，走到恶汉你面前，拍打一下：兄弟，人要讲点良心哦。你等病去吧，病恹恹待死，知了悔，知了做人须善，再去找神打师，师父便笑笑，又拍你一下，好了，没事了。神打更神的，不用拍你，眼神一瞄，你便被他打成内伤，等死不生或起死回生，都在你此后有无善念与善行。

志懿兄说，十重大界有处古战场遗址，悬崖绝壁，山势陡峭，烽火连三月，山林佑先民。蚩尤与黄帝战，输了，转到此处，谁攻谁败。梅山蛮子不与中国通，是有底气的，底气是凭这里可以不通。转去六七十年，日寇攻芷江，百姓躲难于此，全得保存性命，此地便是神佑宝地。那地方叫郭公岩，站在岩上，往上看，蓝天白云，天蓝得“如祖母的蓝花布衣裳，风一吹簌簌响”；那云啊，肌肤若冰雪，绰约若处子。

往下看，叠叠山石，层层梯田，万木葱茏，万土献翠，那是眼神牧地，心情胜地，眼牧万物，心怀万乐，在此放喉，吹起牛角，抽刀断水水更流，吹角消愁愁全流。只是我实在脚无力了，险峰上的无限风光，错过了。佳肴不能一次性都吃完是不？诗人李晃另约佳期：兄弟，我是少小樵夫，从小十重大界打柴的，下次我做向导，我们一起去。没见景，且留梦。

我没去郭公岩，无记。最堪记的，是我在十重大界山脊上，拄杖笃悠悠而行，山脊窄窄如羊肠小道。草披而下，树披而上，一片片翠，往下跑，一片片绿，往上蹿，站在山头，但见头顶白云满天驰骋，但见眼底翠绿满地奔飞。山坡山顶，长满杜鹃，若是五月来，上万亩的映山红盛开山野，红透天，红透地，那是如何美景？惜乎我是七月来，不见红，但见绿；不见杜鹃花一树树满地开遍，但见一座座山满地延展。站在十重大界山头，一山浓如酒，一山淡如茶，山近的如酒香，山远的如茶色。望去，山重重，远山如黛，一山比一山淡，天高云淡，望断南飞雁。

十重大界山头上，生长着许多草，草茂密齐腰，到此当一个牧童，牧牛兼牧云，多么惬意啊！我真愿做一个土匪，娶一个压寨夫人，生一群儿女，与中国通，不与城市通，那将是何等惬意——就那么惬意生于此，惬意死于此。山顶上生长无限多草，也生长着许多松，山顶之松，甚是怪，人间之松，都是直挺挺生的，山顶之松，是斜侧侧长，横陈。

松是横着生，我是直立行，一横加一竖，便成十字形。生命是一个十字架吧，十字架上的人生，是苦还是乐？是奔放还是捆绑？圣保罗说：十字架的道理被许多人认为是愚拙的，但是上帝乐意用人所当作愚拙的道理，拯救那些信的人。这就是上帝的智慧了。上帝的智慧，若转化，便是下民的快乐吧。忽然间，我丹田里，啸聚着一股股气，气往上涌。喔，嗷嗷，嚯嚯嚯。腹藏了的万千语言，此时都不再在，只与山风唱和，声声都是原始音。人居城市，喉咙纵是大的，喉管却是被紧箍的，只有到得山野，到得野山，才可与风一样野，与天一样阔。独坐幽篁里，弹琴复长啸；深林人不知，可以乱相叫。

长啸十重大界，啸得再长，也不能长。没娶小芳，无法在此山做山民；没娶压寨夫人，也不能在此山做土匪。山间不长居，得回去居人间。十重大界果然野山，下山无路，路在砍刀与锄头上。柳宗元游永州，“遂命仆人过湘江，缘染溪，斫榛莽，焚茅茷”。请人刀斧开出路来，我等一干人马游十重大界，也是请了山民，前面斫榛莽，焚茅茷，现场开路。这体验远非旅游风景区可比，披荆斩棘，没路的地方，开出一条路，感觉妙极。

言哥采药去

人间四月芳菲尽，岭上杜鹃始盛开。美眉诗人邓叶艳在那头喊：牛哥，你来不来？此地有茂林修竹，清流淙淙，花开满径，鸟鸣于林——不用不用，有山有水，山水足勾魂，哪还须美女做思想工作？

来。

载欣载奔，以百码速度，奔百余里，奔向河伯岭。先是搭帐篷，在山脚安歇，抬头望，头顶上蓝幕透黑，黑幕透蓝，月朦胧，星蛊惑，已有多少年未见乡下星空了？春来蛙已先开口，但听得四周，众蛙鼓腹，蛙声阵阵；几处帐篷，传来匀速鼾声，我却是辗转反侧。轻手轻脚，踅出帐篷，大地沉睡，河伯岭似醉醺醺的画家端起一碗墨汁，泼向如布幕天空，黑黝黝地勾勒出一幅淡墨水彩，硕大的沉重的立体山脉，铺陈成一片薄纸也似——白日阳光给山水造型，造出横看成岭侧成峰；夜半月色给山水剪影，剪出远山如黛林如睫。

我老家有俗语曰，半夜喊天光，此语形容何事？有喜事入心，有好事冲头，兴奋得睡不着，三更半夜便翻身而起，兴冲冲赶赴赏心乐事去了，真个半夜喊天光。凌晨三点多一刻，主事者喊了一声“起床”，两字音节啊，多短促的，短促归短促，只是“床”字尚未落腔，便有美女唐平英接句了：好，起来了——。美女之意，在乎山水间，山水之乐，得之心而睡不着——是不是兴奋得一夜无眠，数星星盼月亮在等这一声喊？

鸡声茅店月，人迹板桥露，只恐日深花落去，故打电筒照山路。十多人的队伍，男男女女，进发河伯岭，打着手电筒，去看水色山景，这番经历，可是我以前没有过的，呵呵，这是老来略发狂，还是青春开二度？呵欠还在打，且长舒一口气，再吃一口山间晨风。你吃过山间晨风否？入口便酥，略冷，含在唇里，舌卷几圈，那蕴绿含光的晨风，还有点丝丝甜甜——在城里，你吃的是尾气；到山里，我吃的是晨风。

天上还挂着一轮残月，从雾霭里突然而出，一只山鸟扑棱棱飞起，翅打树叶，噗噗噗响。月出惊山鸟？日头从对面山头浮出，这一只鸟儿，也是山林主事者吧，喊了一声“起床”，早起的鸟儿便纷纷起来。鸟儿可能比我们活得开心。我们每日起来，总是要叹一回气：唉，又要上班去。鸟儿呢，早起的鸟儿也是要找食去的吧？比我们活得也不轻松，而鸟儿晨起，眼都没睁开，便是叽叽叽叽、喳喳喳喳、啾啾啾啾、关关关关，先来唱一场又一场的卡拉 OK，才去寻食。到得山林里，你不好好地来学习一种生活态度吗？

想来，我真是太俗了。诸位载欣载奔，都奔河伯岭烂漫杜鹃而去，我这家伙呢，整个行程偏离主题了。到半山腰，邓美女告诉我：牛哥，这是黄精，中药，养阴、健脾、润肺、益肾、消气。是吗是吗？但见河伯岭上，路之两旁，落叶堆积处，时不时有一茎黄精，横空出世。

黄精者芝草之精也，李时珍《本草纲目》云：“仙家以为芝草之类，以其得坤土之精粹，故谓之黄精。”如今我入得山林，也算是仙家？噫，顶多算半个吧，偷得浮生半日闲，这半日闲过，还得去城里那走过去是七步走过来是七步的办公室，案牍劳神，哭丧着脸度日。哭丧着的办公室岁月日长，欢笑着的山水间时辰甚短，何不秉烛游？

卿本俗人，奈何附庸风雅？我见了实用之黄精，忘了审美之杜鹃。黄精，我是初见，但见其一茎耸于灌木丛，叶片对对生，青翠如竹叶，叶形亦如竹，只是比竹叶更伸展些。山风吹过，摇曳生姿，那姿态犹如窈窕淑女，着青绿衣，作掌中舞。春上的黄精，不黄，泛绿，是绿精。

是绿精？不，是药精。徐铉《稽神录》说黄精，说得神神道道的：临川士家一婢，逃入深山中，久之，见野草枝叶可爱，取根食之，久久不饥。夜息大树下，闻草中动，以为虎攫，上树避之。及晓下地，其身欻然凌空而去，若飞鸟焉。数岁家人采薪见之，捕之不得，临绝壁下网围之，俄而腾上山顶。或云此婢安有仙骨，不过灵药服食尔。遂以酒饵置往来之路，果来，食讫，遂不能去，擒之，具述其故。指所食之草，即是黄精也。

诸位男女打着电筒，鼓起精神，奋勇爬山，要爬到山顶，看映山红去。俗气如我，待在山路两旁，眼睛瞟来瞟去，专瞟黄精。若见一枝黄精生于沃土，如见宝物，飞脚而去。黄精好挖。哪要挖呢？黄精喜生于腐叶堆积地，天地黑肥黑肥的，不用锄头，单是使一手，顺其根而刨，其根不往土里长，横着生，根与茎生成“七”字锄头状，顺其根轻轻一钩，便把连根抓出。其根生节，其节生疤，据说一个节疤，便是一年呢。

此行何来？来看漫山遍野的映山红。我却忘了来时理想，沉浸于草本药物，落人后面老远。还好，美女平英，也是初次加入爬山队的，吃不消山高路滑，行行复行行，歇歇复歇歇，见我离队去挖黄精，她便随便寻了草地，寻了乱石，寻了腐木，或蹲或坐，席地休息，算是自助，算是陪我。美女何曾闲着？在那儿偷拍我采药呢。美女说，素来但见你这厮，干活没见认真过，你这厮采药黄精，形神好专注的。是吗是吗？美女将其所拍照片让我瞧，果然全神贯注，心无旁骛——美女在旁，也是无视？

山顶杜鹃，不敢无视。果然烂漫遍野，花红如火烧。河伯岭最高峰，长的全是杜鹃，一叶花瓣，怒展十分红艳；一枝花朵，撑开百十花瓣；一茎枝条，盛放千百花朵；一树杜鹃，撒开万千枝条；一顶山头，丛生百千万杜鹃花。这些杜鹃啊，生于无人处，兀自芬芳，壮丽自在，艳丽得无所顾忌，张扬得肆无忌惮。拘谨者到此，不经意间放浪形骸；矜持者到此，油然而生孟浪任诞。但见美女与帅哥，在这里叫，在花间唱，在杜鹃丛林里跳着飞照。放松，放肆，放纵，放浪，诸位，心情憋坏了吧，又要回办公室去了啊，且在杜鹃红里，放飞一回。

此生当一个诗人，已是彻底无望了。人见杜鹃花，个个去审美，我却穿过花丛，勾头进花丛底，一双眼睛向下，向下，向下盯着黄精，唐女士偷拍我的采药照，出手便见两手泥，采药神态那个痴啊，前身合是药农未？前身不得见，余生事业怕将是往山水间，采撷草之英了。妹妹你看，这回我上河伯岭，采了黄精满满装了一塑料袋。一只塑料袋，都装不下呢。众男女装满一脑子的审美，下山至人间；到得人间，眼睛犹在审美。我是装满一袋子草本，回到办公室；到得办公室，心思犹在采药。

到得办公室，微信刷满屏，惊咋呼：牛哥哪儿去了？电话无法接通，一点信号都没，是不是从人间失踪了？山林深处，哪有微信微博，哪有信号信息，哪有电话与领导讲话？不用担心的哪，哥哥我还在人间的。好吧，为不劳你殷殷担心，且给你预留个短信吧：他人若问你，言哥采药去。不在此城中，山多不知处。

云在青天雾在瓶

苍山如海，残阳如茶。

山林漠漠烟如织，虎形一带翠如碧。暝色入高空，突然好心情。山路十八弯？山路八十弯，转转转转转，把我晕得五荤六素的。到了到了。美女音色如莺啼，一声“到了”，喜得我脑壳都不晕了，暝色入高空，心生好心情，便看好风景，好风景是，暮色四合，飞鸟御空。选一处石阶人独立，眯眼望去，飞鸟并不急，虎形山上的飞鸟，过的都是慢生活，笃笃悠悠，飞过枞树，从从容容，飞过竹林。

落霞与群鸟齐飞，天空共茶汤一色。

我们到的是虎形山之香炉峰，有寺悬于峭壁，群山都在寺下。群山素来峭立自雄，雄赳赳气昂昂的，头都顶破天了。待我们到得香炉峰，都不再傲了，一座座山，都缩了颈，都低了头，都蹲了脚，矮了下去。弄得我都虚妄起来，盗人家句子，壮自己心志：海阔心是界，山高人为峰。

对面是溆浦，“深林杳以冥冥兮，猿狖之所居。山峻高以蔽日兮，下幽晦而多雨。霰雪纷其无垠兮，云霏霏而承宇”。暝色中，对面一朵硕大的云雕，以一幅人物剪影，云裳雾带，踏空而来，乘风而去，那是屈子吧。屈原曾过溆浦，来虎形山，也站在这位置吧，望一轮落日，沉入群山沟壑。日月之行，若出其峰；星汉灿烂，若出其山。

湘中高地虎形山，山色雄壮，水色秀雅，而其撩拨众人心思动者，心仪之者，是高山之巅上，居住着一个特别民族：花瑶。何谓花瑶？花样年华之谓，花枝招展之谓，人面桃花之谓，花团锦簇之谓。东汉《风俗通义》载，“积织木皮，染以草实，好五色衣服”，说的便是花瑶。瑶族本是苦难民族，平原无生存之地，便挈妇将雏，往深山老林里，钻木取火，劈树为居。苦都归她们吃完。她们依然热爱生活，以最美的服饰装饰自己，以最美的心情慰藉自己。头着花，胸着花，腰着花，手着花，脚也着花，从头到脚，都是小燕子穿花衣，天天春天在山里，山山之天在春里。

我站在香炉峰竹林丛中，看到花瑶姑娘，着装艳丽，身材袅娜，履山石路而如凌微风湖波，步子很碎，身子很摇，火辣辣硬是抢眼。日色渐幽，月色将明，虎形山上云彩山光，瑶家姑娘旖旎其中，其是云中仙女，还是山中女妖？斯时，瑶家姑娘背着竹篓，竹篓里是云还是月？斯时，瑶家姑娘款款走，碎碎走，是回家来还是去对歌？兄弟，你想象力枯死多久了？来吧，云彩色染虎形山上，可复活你无穷想象。

深林杳以冥冥兮，云霏霏而承宇。青青如兰的天，青青如翠的天，青青如绿的天，青青如水的天，青青如浏的天，密布于宇，散布于宇，堆堆叠叠于宇，零零落落于宇，麻麻点点布于宇，线线条条布于宇，花瑶故里的云，就这样霏霏而承宇。我去时候，一轮落日有如一只藕煤球，正从炉里取出，置放山麓。群山是灶头，落日是煤球，在煮泡什么？白云青云紫云黄云绿云，斯时也，都是一片红茶汤色。“野泉烟火白云间，坐饮香茶爱此山，岩下维舟不忍去，清溪流水暮潺潺。”

正是野泉烟火，正是清溪流水，正是暮色潺潺。虎形山上，天空是一只硕大的水晶杯，里面盛满了瑶家红茶，山风一吹，茶汤漫荡。谁在把持天空那只水晶杯？云在走，那是茶在被炉火泡得既摇又漾。有云涵虚子者，其所描述的云光与茶韵，怕是临摹此山此时景吧：“吾尝举白眼而望青天，汲青天而烹活泉，自谓与天语而扩心志之大，符水火以副炼之功，得非游心于茶灶。”这灶，便是那落日与群山结构而成。

落日是煤球，群山是石灶，虎形山上白云朵朵，浮动翻腾，恰是苏轼见过的煮茶情景：蟹眼已过鱼眼生，飕飕欲作松风鸣。虎形山此时情景是什么？一道残阳铺山中，半空绿绿半空红。翠的是绿茶，漫逸着清雅香；红的是红茶，入舌的是醇味。穹庐笼盖下的虎形山，是一只巨大的水晶茶杯，风一吹，嚯嚯响，荡荡漾漾。冷然一啜烦襟涤，欲御天风弄紫霞。

寒夜客来茶当酒，竹炉汤沸火初红。落日山头，我到虎形山上一个叫白水洞的村庄，天已黑，我看到在一只玻璃杯中，复制了香炉峰上漫天暮色，一片晕红才著雨，几丝茶毫乍和烟。一位瑶家姑娘，落日当灶，煮茶给我们喝，“红炉炭方炽”，她将红茶倒入杯中，其杯者，“白瓷瓯甚洁”，非白瓷瓯甚洁，乃白瓯透甚明。一勺子红茶，倒入白瓯中，次第见：红如丝，丝成线，线成绸，绸如漂，漂如晕，茶色漫开来，如虎形山上晚霞色。天空是一只水晶杯，还是水晶杯是一只天空？茶色如晚霞，晚霞似茶色。

茶，好茶，上好之茶，是唇之餐，是舌之餐，是鼻之餐，更可谓是肺腑之餐，入得玻璃杯后呢，是眼之餐：一缕红，缕缕红，一团红，一杯红，茶把眼光染得迷离，茶把眼神熏得微醉。茶没香着鼻子，茶先香了眼睛。

买得青山只种茶，峰前峰后摘新芽。种茶，当去虎形山买山水，此山山高千丈，此水水流淙淙，山坡连山坡，坡上青青茶，纵使晴明，也是一片云雨，其茶饱吸天地精华。采茶的，泡茶的，倒茶的，是花瑶姑娘呢。薄暮中曾遇的几位花瑶姑娘，背着竹篓，碎步山径，你以为她们背着什么啊，背着新芽。不喝酒，就喝茶；不喝茶，看摘茶；不摘茶，就看花瑶姑娘竹篓背茶，便醉行在轻云微雨中，便醉倒在茂林修竹里。

眼餐茶，餐茶色，妙的非红茶，是绿茶。一芽一叶，干毛毛的，细茸茸的，花瑶姑娘手持白瓷瓯，活水借着活火烹，缘边如涌泉如珠。然则分勺，然则凉水，然则将绿茶与水相合，我看到干卷的茶毫，一茸一茸地，一叶一叶地，次第舒展，细卷银毫遇开水，如新茶遇春水，复活了。在茶树上复原如初，复原如在春茶枝头，如初芽一样细形，如初叶一样翠绿，白毫含露水，茶芽挺枝条，不膨大也不缩叶，不长个儿也不缩骨，原在枝条有多绿，其在水里便有多翠，其在枝条是甚美女娇姿态，其在茶里便是甚佳丽摆pose，若美女如兰呵气，或还气温稍升——美女肺腑里呵出的气，带体温的，美女体温便是春之气温，暖得茶芽拔节生长。美女泡好的茶，置于玻璃杯里，我唇轻咬，再轻轻一吹，但见茶杯中细雨春风，姿态招展，茶香与茶姿齐发，春色雾茶色云共腾，雾气升腾，茶杯里也复活佳茗其生其长的山间风景？不晓得是谁给这茶起了绝妙名字，叫雾语，一问，是瑶家姑娘起的。茶功厉害，让质朴村姑，也一样雅致起来。

是雾语，还是云言。是朱耷吧，或是云虚和尚，忘了是谁——我且认取是后者，见到庐山之云、之雾，爱得痴，背着一只袋子，是麻布袋、帆布袋，还是袈裟袋？每日凌晨，上得庐山，去捉云，捉云入袋，去赶雾，赶雾入袋。云满袋，雾满袋，背着鼓鼓囊囊的云雾，下得山来，回得家去，再打开袋子，放出云雾，云雾从青天里，转入竹板小屋，慢逸，逸香，缭绕，绕梁。

浪漫死了。

舌餐这茶，鼻餐这香，眼餐这色，忽然心痒痒起来，我要把这雾，我要把这语，我要把这雾语；我要把这云，我要把这色，我要把虎形山上这般云光与茶色，背回去。西装口袋兜不了，旅行背包装不了，袈裟很细密吧，可惜我非佛道中人，没得袈裟袋。

没得袈裟袋，却有水晶杯。下得虎形山，走茶马古道，转到一个叫古楼的地方，见我在那念念不忘，有位叫冬红的美女，赠我一只水晶杯，晶莹剔透，透明如水，水色如空。从此不用去古楼，去虎形山，一把红茶，若入杯里，则，苍山如海，霞光如茶；一把绿茶，若出杯中，则，苍山如翠，春光如茶。

云光山色一把茶，青天全收瓶里头。

第二辑　一方乡愁

走毛线的女人

走毛线的女人，当然也有凶火的，但基调是沉静的。冬日里，慵懒的阳光，闲闲地照在坪上。故乡的阳光照在晒谷坪上，阳光是土土的那一种。我见过的，是老家嫂子，一堆子坐在晒谷坪，织着毛线也是哇哇叫：死鬼，茶壶开了，盖子冲倒了，也不捡啊。或是一根竹扫把，放条凳边，喂叫喂叫：快读书去，看我抽你筋。凶凶后，便是静静的，天地好像是一栋老房子，安静如木式方窗格子，待好久好久，一只鸟从天空飞过，叽的一声，才使得冬阳下的乡村，变得有声有色起来。你鼻尖感觉的是，晒谷坪上的阳光，吸起来都是土里的土气，青色的瓦，褐色的门，灰色的坪，大红的棉袄，紫色的毛线，女人们居颜色中间，如要李自健来画走线的女人，定然是一幅传世的绝妙画作。

异乡的阳光照在操坪上，阳光是文文的那一种。现在是没有了的，很多年前，堂客从乡下调到城里，还跟三五女同事，初春或者冬天，围坐操坪上，织毛线；秋天也是，秋天这样的情景更多，秋高气爽那些日子，阳光温婉起来，学生都已经放学，日与夜之间，留下了黄昏这个空白，她们便从家里，各自搬出一把藤椅，围成圆桌会议的格局，各自走线。操坪上，植了樟树，树有些年了，树枝撒得蛮宽，阳光蔼然，透过树叶，自造了很多阳光形状，如五星，如圆圈，如月牙，如鹅蛋，如一朵花，如一片叶，阳光与树，合作创作出很多造型作品，抛洒在女人们的身上。而女人们的脸上，不知何因，多呈现出苹果色的红晕。

我也常被这般情景打动，抱着一本书，从书房里出来，不好意思去凑堆子，便搬着一只藤椅，坐在教室走廊上。我家住三楼，家与教室是连着的，教室尽头是我家。我占尽了楼台之便，打坐藤椅，阳光、女人、树影、毛线，黄昏时候的这幅构图，没有遗漏，全收眼底。藤椅也是难见了，不是尼龙线编的，是一种水草织的，坐在上面很绵软，也很享受。堂客跟我说了，她说要把毛线早点打成，晚饭叫我去做。我拖着不做，我想把这一段时光拉长一点，便静静地坐着，看书是假样子，真样子是，看着操坪上，看着那几位织女，穿针引线。织女们都有自己的牛郎不？一位牛郎叫刘诚龙。想想，也是挺暖和。

不曾掺和，跑到浅浅的阳光树海里，去当猪八戒，我不是编织队员，我却是编外成员，给堂客削过针。针，有很多种，竹的，铝的，铁的，还有不锈钢的。我堂客不喜欢铝的，容易弯；后来，不锈钢的多，先前，多是竹的，供销店都是有卖的，买来有点不合适，堂客想织小毛线了，让我把竹针削小一点。这是张飞猛子穿针眼的活计，竹针本小，细如柳条，劈木柴才是我特长。搁平时，我会把这活抛到资江河里去，许是，黄昏下那幅剪影有效力吧，我居然也很沉入，用刮胡子的刀，削纳米一样削，末了，还戴一双皮手套，这头滑到那头，那头滑到这里，把竹针摸滑，不让一根细如蜜蜂尾刺的竹刺，去刺女人纤纤玉手。

上溯许多年，摆弄文学，得了一个小小奖，提前个多月吧，发来通知，叫我上京都。时候是晚秋了，去京将是初冬。一个南方人，如何受得住北风那个吹？我没这么想，冷没来，我对冷暖便没概念。我没有，堂客有。堂客便先想了，要给我打件毛线衣。学校有个叫伟华的，脾气火样的，易燃易爆，却是女红好手。平时见她火一样烧屁股，打起毛线来，便是猫一样蜷伏了。

堂客便跟她学起艺来，买了斤多毛线，橘红色的。供销店里的毛线，都是挂面条也似的，打起毛线来，不好使，一使，毛线乱如麻了，要费老大功夫去理顺，影响工程进度。毛线买来，便要一线线卷，卷成橄榄球也似，织起毛衣来，女人们一只手腕肘钩小篮子，篮子里头放了毛线球，这头一针毛线穿，那头一团毛线滚，手工制作也有机器生产的协调啊。

团毛线球的事，堂客喊我干。先伸出一个手指头来，毛线在指头上绕，绕了很多圈，便缩回手，毛线不用假借我手，可以自成圆了。开始是鸡蛋，后来是苹果，后来是皮球，看着毛线在自己手头滚圆滚圆，滚成大圆球，也是兴味盎然的了，玩得好耍呢。中年汉子，老头子了，心底多半也还潜存着少年玩心的吧。

堂客学了好几个黄昏，便开始自主生产了。入夜，灯光之下，堂客坐在沙发上，电视也关了，轻拢慢捻抹复挑，拢的动作不很明显，挑的动作幅度有点大，会把手甩到我的脸上来。堂客挑了，意味着已经走完了一针的程序。我在滚毛线，她在打毛线，沉浸其中，时光不转，转也转得很慢，偶尔抬起头，透过窗子外望，月光如水，月华如霰，才知道这一段时光，被摄影定格了，只是不曾洗出照片来，现在不再见。柳永曾作过一首词，叫《定风波·自春来》，中有句子是：镇相随、莫抛躲，针线闲拈伴伊坐。这词所描画的，便是这般情景吧。有这般情景，寒冬来时，也会感觉春自来；有这般情景，大难来时，也会情深定风波。

那件橘红色的毛衣，毛线走得有点粗，针脚之间，细细瞧，能看到缝隙，好在毛线边边有绒绒毛，穿起来挺暖和的。开始，伟华叫我堂客打桃子领，心状的。堂客说不了，心状是好看，胸口不保暖，织高领的吧。若还没结婚，估计堂客会打桃子领心状装，结婚有些时候了，她不怎么考虑意义是不是有象征，只是想怎么着温暖人了。

这件橘红色毛衣，穿过很多年，也有很多年没穿，收在衣柜深处，占档。我基本不去衣柜，春夏秋冬，起床穿衣，都是堂客把衣服拿出来，我只管伸手拢袖子，穿得帅不帅、好不好，穿到外面去出不出丑，都不关我事，只关她的能耐与形象。有几回，我乱穿，她非要我脱下：衣是你穿的，丑是出我的。人家会说他婆娘怕是粗婆娘，老公穿得那样，也好意思放到世界上来。那个邋遢货，家里放着；放到世界上去的，要装修些。堂客世界观，对得起世界的吧。

堂客晓得我是教不转的牛，后来懒得管我了，随我夏天穿棉袄，礼堂穿T恤，我袜子当帽子穿，她也暗自生喜，这般男人放社会去，定是人畜无害，她也感觉安全了。那回是，我睡了个天明地亮，起来不见床头有衣，便去衣柜里找，翻箱倒柜，猛然间见到当年那件毛线衣，旧了，毛都卷了，占档啊。我将其拖出来，丢阳台上，待丢楼下。下午，堂客回来，花容失色，不丢，收着。忽然想起了过去的日子，我不再作声，由她把毛衣归还原处，深锁。

堂客后来手艺精了，小手拢复挑，很是娴熟，也晓得毛衣上织花了，她给我娘织了毛衣，织了毛裤；给我小孩，织了背心，织了帽子。针脚细密，看不出空当，得两手撕扯，才见线与线间，可以插进去头发。堂客织的毛线，风不能进，雨不能进，国王不能进，只有我可以穿进去。

有很多年，堂客手头无事，心头也无事，去街头买半斤八两毛线。我没那个心劲来卷毛线团子，她也不用我卷，她自个儿慢慢地过着慢日子，夜里灯光不是很好，她卷毛线团；白天去操坪晒太阳，她与一些女同事，团团坐，织线线。天下没大事，毛线是大事；毛线是大事，天下无大事。不织毛线，女人去酒吧吗？我不知道灌酒会不会天下出大事，但如果女人喜欢织毛线，屋檐下是安定的，随之，天下也是安定的。

织毛线的女人，她那时，心头想着什么呢？女人织毛线，有独自一人坐楼台上的，楼台纵无月，远路自有人。纵路并不远，那人坐在书房，她也感觉世界安然。若你问，女人什么时候样子最漂亮，我一定抢答：织毛衣女子，人间好气质。

临行密密缝，意恐迟迟归。天下母亲，这时节穿针引线，那是在给衣服打补丁吧。现在是没谁穿补丁衣了，月光下的娘，也不怎么密密缝了。羽绒服、羊绒衣，貂皮的、狐裘的，扫个二维码抱而归了，有多少年没见过女人打毛线了，晒谷坪上或还有吧，操坪上，小区亭子间，我是没见过了；抬头望，或者居高楼用望远镜望，也没看到人家阳台上，有女搬藤椅，安静如墙头画，织毛衣了。都跳街舞去了吧。

那叫街景吧，也是好看。却，不叫情景。

刘诚龙，你娘喊你回家挖土种辣椒

处处无家处处家，这是我的矫情；处处有家一处家，这是我娘的专情。

我娘只认铁炉冲为家。

我娘有一个家的，叫水竹村，离铁炉冲十多里样子，我娘在那里生，在那儿长。二十多年前，外婆在，我娘每年要去水竹村三两次；几年前，我舅在，一年也要去一次吧；现在不去了，那里发生天大事情，我娘都不回水竹村了。

我这里想来算我娘一个家。我怕我娘与我们住着不方便，恰好我搬了家，空出旧房来，旧房在我老婆学校，也离我办公室不远，我娘替我中午煮饭，我下班如赶当年放中午学，吃完中饭再嗟余点卯去，正像是当年我娘替我做饭的旧日子，母亲母性情怀被复原，先也蛮兴奋。

我娘住了几年，不住了，说是五楼，脚打崴，爬不了楼梯；不下楼梯呢，铁窗铁门铁桌子，我又不是劳改分子，不坐牢。那到我新房来住。不来，一个说话的人都没。凭我老娘唱国际歌方言版，怎么会找不到共同语言呢？工作做不通，我娘脚不点地，回了铁炉冲。

我娘在我老弟家住过，老弟自己房子租了人，他现在是租人房住，我娘去，老说不方便；我姐房宽，三倍于我家还不止，方便，我娘去一阵，不去了；我妹家没那大，却也是两三层，多塞几个人都没事，塞我老娘那干瘪瘪的老太婆，绰绰有余。老娘在这里转，那里遛，转啊遛的，打个背影，打个野眼，不见人了，跑铁炉冲去了。气得我姐我妹跳起脚来：人好了，就跑了。跑，跑，跑，病了，看谁管你。

去年，我娘满了大寿，放出话，哪个也莫憋我，我要回铁炉冲住去。铁炉冲有间老房子，土砖屋，早倒了，后来翻新一下红砖房，一层，临时住棚，给我爹我娘住一阵，我们没打算回家去住。风过雨过，月过日过，我爹过后，房子就空起，日晒雨淋，没甚检修，碗筷锅盆倒还在，桌椅板凳摇啊摇，底下垫块瓦片，也还坐得稳，而多年来，只有我爹相片住神龛上。

拗不过老娘，我姐与我妹嘟嘟囔囔，相约回铁炉冲，冲啊刷啊，水啊浆啊，搞了两天卫生，总算达到住人水准。老娘灶上架炉，炉上架锅，锅里放菜，嘁里咔嚓，过上了铁炉冲独居的日子。

田，老娘是做不动了，田里出不了谷了。土呢？土要出菜，我娘住铁炉冲，去年是一边买，肉啊鱼，是自己买，一边是乡亲们送，你送一把豆角，我送一把腌菜，隔壁芸妹子送一个脸盆大的南瓜，我娘吃得上半月；对面小英嫂，送个洋芋，也佐饭两餐。早餐不兴吃，老娘中餐煮新鲜的，晚上要么不吃，要不炒剩饭了。

一轮阳光，一轮春雨，今年春雨，淋得土地都透了吧。老娘在那儿喊：诚龙，回来挖土。大家都要下种茄子秧，要栽辣椒苗了。

我家是有蛮多土的。每条垄，我家都有田；每座山，我家都有土；对面园子，背对山里，田谷坳上，恩高冲冲，都有土。我娘曾给庄稼都分派了土，哪块红薯，哪块洋芋，哪块小麦，哪块冬瓜、南瓜、线瓜、丝瓜，好像是给我姐我弟，都分派活计也似。最近的是屋对面，种菜，一抬眼，看得见菜园子，菜园子一张眼，看得见我家老房子。多年前，对面菜园子没了。父亲过世，不住套间，父亲山头住单间，父亲小房子是楚木叔的，我们用对面羽毛球场大的菜园，兑了楚木叔堂屋大的荒地，日晒雨淋，草长灌生，父亲抛了我娘，独自得黑，在那儿长住了。

对面菜园子，我家经营三十年，父亲没了，园子也没了；屋背后，有块大土，半个篮球场大，种红薯，种洋芋，也间种，种过蔬菜，现在什么都种不了了。前些日子，我回家看，三月泡树蓬生其间；金樱子横过来又横过去；马鞭草织锦，织得草青青，织得不见一点土色。我娘叫我挖这块土啊，那还要喊我妹妹来，兄妹开荒。

斜背对的那块土，周围长了梧桐树，一棵手指头粗的树种，三五年顶多七八年，便五大三粗，亭亭如盖，这么多年过去，那块土被其占尽风光向小园了吧，还可垦来种菜蔬吗？挖土，我是一把好手，半天能挖个大操坪的，人家挖土，一锄一菜碗大，一锄头挖过来，一锄把反抡过来，将土坷垃敲碎；我是一锄头挖一脸盆大，挖一脸盆盖一脸盆，挖好几脸盆才回锄头把来敲。懒人懒福，这般挖土，种红薯最合适的，土挖深了，红薯只生根不长薯，土挖得浅，根钻不进土，便长薯。菜呢？土没挖松，没挖深，怕是长不好的。种茄子辣椒，种豆角黄豆，土要深深挖，深，是要一处挖两锄；土要碎碎挖，碎，标准是捏起来成粉。土深，根深；根深，叶茂；叶茂，果壮。

根深叶茂，叶茂果壮，让我羡慕流涎。有七八年，与老家一年才一连，清明节回家一趟，其他日子都生活在别处。去年，娘住铁炉冲，春上，夏里，秋风庭院，多回了几次，出辣椒出茄子了，出豆角出土豆了，各种瓜次第挂果了，回老院，看到乡亲们家辣椒青青翠翠，茄子褐褐光光，一个老南瓜篮球大，一个青皮冬瓜半人高，眼睛都放绿光。从来都是我老婆上菜市场的，我对蔬菜本无感，到铁炉冲吃了老家蔬菜，鲜度、甜度、脆度，度数好高，如醇酒醉人。一样菜蔬，何以有天壤之别呢？别说味道，单是绿色安全，叫人爱死了家乡蔬菜。

我娘在那头喊：春阳艳艳的，来，来，来挖土。我娘其实没喊我，喊的是我姐和我妹。我娘早就不喊我做什么事了。我挖的是什么鬼土啊，挖一锄，盖一锄，莫把我娘菜园子搞坏了，搞得不好种蔬菜了。我本不晓得，春夏之交，我娘喊我姐与我妹去挖土。我老弟打电话来，说我娘又住院了。我一听就火起。我娘不来我城里，也不去我老弟镇里，动不动感冒发烧，把人熬死去。我娘住过好几次院，腰椎骨断了一回，住了十天半月；医生反复交代，不要自己干活，她一个人回铁炉冲，又跑到山上捡柴，柴捡了小半捆，踩了小石头，跐了一跤，又把愈合的腰椎弄断；一把柴，值两块钱吧，去了医院，弄得没一两万下不来。

春节，兄弟姐妹聚一处，商量商量了，我娘去我姐或我妹家，一个两个月，随我娘性子，爱去哪儿住去哪儿住，爱住多久住多久，兄弟出钱，姐妹出力。我有点小性，每月给姐或妹五六百元吧，我老婆说少了，可以多百把两百。我娘也是应口了的。想来，这养老是蛮好的，我娘去她女儿家，吃的是儿子的饭，心安些；我娘去的是女儿家，她们来照顾，全心全意，尽心尽力，我们也放心些。多好的事。我娘是答应的。没几天，我姐打电话来了，又气又急，满怀委屈。我娘打电话给我妹，说：林蛮样，你哥给咯多钱给你姐，我哪吃得咯多。

我姐气晕了头。不来，就不来。我娘就不去，继续待在铁炉冲。

春寒料峭，寒暑易节，体质甚亏，我娘老了抵不住岁月侵袭，春节后，未几，烧成肺部感染，去镇医院住了个把星期；钱，放一边，人要去服侍哒，害死人。清明节，我们都继续聚，继续商议，还是照原来协商好的。我娘见我在，她不作声，她晓得我爱发脾气，她就嗯嗯嗯，也没语言，只是点头。

我娘又耍赖，不去，没去我姐家。她说她一个人能住，柴，说也不去捡了；田，不去做了，还会出么事？

活计不会让人出状况，岁月会让所有人出事。

这不，我娘出头疼脑热事了，许是感冒又拖，又是拖到肺部感染。前几天，我娘打电话给我姐与我妹：来，来，来，大家都下辣椒秧了，你们俩给我挖土。我姐我妹信老实，丢下自己孙子外甥，从家里掮来锄头，挖了半天土。我不晓得，是哪山上哪块土。

我姐我妹，她们也做奶奶也做外婆了，家也有一帮子事。挖完土后就回自家，没两天，村里荷侄媳妇打电话给我老弟：你娘几天没起床了。我弟骑着摩托往家赶，我娘烧得天昏地暗、天旋地转。我娘去医院，好像走亲戚也似了。老弟打电话与我，我就起火，若是在姐姐或妹妹家，发烧是可能的，烧到肺炎是不可能的。

见我在电话里喉咙天大，我娘也发气：我要常住院，才不去你姐你妹家。

懂吗？懂了。老娘年纪大了，莫说感冒啥的，就是出天大事，就是因怕出天大事，她要待在铁炉冲。

我娘不再来我邵阳城，我又指定不能去住铁炉冲。去姐家去妹家，当天去当天回，我娘愿去她女儿家，走亲戚；多歇几天，她说不去，莫说长住。我娘一个人待在铁炉冲，谁放心？

这是一个了不了局的困局。

再过几十年，我，或我老婆，还有你，也会进入这个局吧。

想想人生，有点哀凉。

田园将芜，无法归。我能做的，兄弟姐妹能做的，怕是随时听我娘喊：回来，回来挖土，种辣椒种茄子苗子；回来，回来挑肥，下南瓜下冬瓜秧子。

土砖土砖屋

秋阳高照，父亲说要造屋了。父亲说要造屋，至少起心了两个五年计划。这个秋天，父亲要动真格了。老屋是我奶奶造的，我奶奶小我爷爷二十八岁。我没见过我奶奶，我表姐说，她外婆也就是我奶奶，模样蛮周正，甚高挑，是小脚女人，劲火却很猛的。她爬过一座山，又一座山，到她娘家小南山去挑红薯，喂养她三个子女，资江水面上撑篙，急水滩头，撑得小舟如鱼鹰飞。我父亲说他都没见过他爹，都是我奶奶拉扯他长大的。我奶奶拉扯她幼儿幼女，还盖起了一幢四方四向的老屋。我姑姑要出嫁的，奶奶不管；我伯父与我父亲，田头，共搭一条屋脊；地头，共用一间碓屋，各有两间屋。

父亲常常立志，一年都要立志好几回，要砌屋，我奶奶帮我父亲娶了母亲，母亲勤快，生了姐姐妹妹、我和老弟，这么多麻雀子，也得有个窝是吧。父亲放了很多年话，那个秋天，他终于选中了一丘田，刨了地皮，修整如晒谷坪，挖了降落伞大的圆圈，要扮土砖了。

扮土砖当在秋阳，晚稻收割后。春上不行，春上多雨；夏天不行，夏天田要种禾。秋收了，农活扫尾了，天气也蛮好，个把月都不下雨，太阳照在江南田地，火气要大不大，要小不小，恰恰好，恰恰可以晒干土砖。这也是土砖成本低于红砖之处，扮红砖也多在秋日，也要太阳晒晒，红砖光太阳晒不行，还要炭火烧。煤炭火都是要钱的，太阳火不用钱去采购。我娘与父亲争起，我娘说要造就造红砖房，造红砖房，媳妇才同意进屋。我父亲不答应，他不看重他媳妇；他看重的是太阳火，免费供应与他，他要扮土砖砌屋。

没有比土砖更粗糙的房屋了吧，不过土砖之土也是要讲究的。父亲刨开水田浮层淤泥，往下挖，挖出的土，红带黄，黄带红，江南多红丘陵，好土都是带红色的，红丘陵老底之土，手指一捏，即成碎粉，不夹碎石子，纯种土，这是好土，土质细腻，黏性强，糯米也似。有位老文人，叙土砖制作，说蛮简单，“待稻谷收割以后，叫稻田翻耕一次，耙平，把水放干，待泥巴柔而不稀即可制作”。这叙事也忒简单了些，你以为是燕子衔泥，啄一口，便往房梁上砌屋啊。燕子衔泥，那泥也是有所择的。

把水放干，待泥巴柔而不稀，即可。不是这回事。挖的是深层土呢，土里没水，得放水或挑水来，水与泥相和，还要牵头牛来踩，团团转转踩，那意思也是如杵糍粑。糯米够黏的吧，要把糯米黏性都激发出来，就要用粑柱，两个壮劳力，擂、顿、揉、挤，动作都猛。牵牛来踩，也是这意思，要把粉粉的红土，搅得稠稠的，踩得黏黏的。水泥屋，水泥里要扎钢筋是吧；土泥屋，里头也放钢筋的，那钢筋是稻草，深深的，一人深的糯米稻草，切成条条，搅和其中，牵着水牛，转团团踩，踩得那土啊，扯脚，脚踩进去，脚扯不出。

这怕是最累人的了。我家没分到牛，母亲说，向别个借头牛吧。父亲不肯。借了牛来，得给人打牛草，还要给挑几担牛栏粪，往人家田里去，父亲不肯。父亲便叫我们踩，用得着他，用得着娘，用得着子女的，父亲不用牛，父亲把我们当牛。牛一脚，当我十脚；我百脚，才抵牛十脚。踩得人，脚打崴，眼发黑，头转晕。我老家说吃亏大，造得瓷实，吃了个屋大的亏。此后，我没砌过屋，吃过好多屋大的亏。

土砖屋，是最轻松的啦。土砖在踩泥这一节，没牛，蛮吃亏；泥踩好后，做砖，倒不难了。做土砖有个模具，模具长方，尺把长，七八寸宽，五六寸深，上头有盖，下头无底。将模具下面垫一块木板，将泥挖来，投放模具，人站在里头踩、踩、踩，踩紧，踩牢，踩结实，上头抹平，两人提起，置于平地，一人踩盖板，将土压出来，一块土砖，大功告成。

土砖不是机器生产，是脚力生产，生产起来也是蛮快的，两个十工分的劳动力，中间磕磕纸烟，喝喝糟酒，一天下来，三五百块，不在话下。起一栋土砖屋，要多少砖呢？起一栋两层楼红砖房，得一两万红砖；起一幢土砖房，怕是千来块，够了。

一天两天，完成一栋的砌屋砖头。土砖房，真个不难的，一块土砖多大？一块土砖抵红砖七八九十块，一块垒上去，高度有，厚度有，垒千把块土砖，新房告竣。起土砖房，你若眼色好，会眯眼睛瞄直，都不用请泥瓦工，一家人便可以造屋了。我父亲打了主意，大女嫁个木匠，小女嫁个砌匠，一栋房子不请人，也造将起来。父亲有点失算了，姐嫁的木匠，妹，嫁的还是木匠。造门，做窗子，镶楼板，都有白劳动力；泥瓦工，还是要请人。父亲请泥瓦工，也不用花钱。他的办法是，叫我们姐妹兄弟去还工。泥瓦工是技术工，我们是苦力工，父亲对砌匠师傅说，我崽七个工，兑你一个工。砌匠师傅笑哈哈的，可怜我与姐，一个冬天给几个砌匠师傅，一个来回七八里地，挑了个把月河沙。

茅檐低小，溪上青青草，这茅檐是么子材质呢？文人玩浪漫，多半是断竹、续竹、拼竹造屋。吊脚楼、竹板楼，建于流水淙淙处，是蛮有味的。竹板楼过夏、过秋，蛮爽，足堪口占几则，舌绽莲花，咕咕噜噜，吐诗出来。若是冬日呢，风过雨过，霜侵雪侵，便是叫苦了。诗人玩浪漫，农人重实际，土砖房，看是不好看，土头土脑，土老帽，却是禁得起春夏秋冬的。春秋不说，春秋什么房子，日子都好过；夏呢，夏日晒竹板，晒红砖，竹板晒成竹板烧，红砖晒成铁板烧，夜色如水，夜凉了半夜，那屋还是火一样烧的。土砖屋，入夏，入冬，优势尽显，土砖七八寸厚，炎炎炙日，火气穿不过去，外头似火烧，里头习习凉风吹；皑皑白雪，冷空气可以穿秦岭，破粤岭，未必能穿破土砖屋。想想啊，天寒白屋贫，柴门闻犬吠，心头也是如火升，暖意腾发。

天寒白屋贫。白屋何屋？土砖房，土里土气，看是不禁看的。弄成白屋，高档了，有型了。故里乡亲，稍微手头活络些的，便买些石灰，斩碎稻草，稻草搅和石灰中，里头与外头，都刷一层石灰，厚纸板厚，土砖房便如贴了瓷砖，洋气起来。石灰装修，很是漂亮，却让我无端心酸。石灰是青石烧的，青石烧成一坨坨白石灰，要保质量，便要筛，用铁筛来筛，石灰满天飞，飞到身上，飞到脸上，汗水一浸，热气蒸腾，那脸、那手、那脊背便如榆树皮开裂。我姐早早嫁去，她立志砌屋，立的非我父亲之土砖房之志，而是立志起红砖房。晒石灰，人吃亏，钱来快，她便有一两年，进石灰厂，替老板晒石灰，人形都变了，每见每伤心。

我家土砖老屋，摇摇晃晃，风雨岁月里晃悠近百年。父亲七八十年生命搁置其间；我也有十多年童年时光，寄放其中；我家小女，不曾养于斯，却生于斯。我当年踩泥巴，踩土砖材质，制作土砖，建设土砖屋，屋者不太像屋，是披房，披房不太像房，是房的崽，如小把戏不是人，是人的崽。房生房，崽生崽，一个初夏，大雨落江南，我家小女生在这披房中。

我家小女，她对她家祖屋已很模糊。她问我，正堂何样？披厦何样？披厦不足十五平方米吧，摆张床，她爸她妈交错过，当各自瘪肚子，侧身过。披厦里有床，床是木床，木床底下，非棉被垫，是稻草垫，小女便是在稻草垫底的木床上，哇哇哇哇，来人间的。

小女对她家祖传老屋，印象是那么模糊，也怪不得她，老屋飘摇得厉害，倒了。土砖房，到底不禁时，土砖里放的钢筋是稻草嘛。稻草做钢筋，老屋也是风雨中屹立了百来个年头。土砖房，百余年，您所购房，钢筋放稻草，法律所授其命，多少年？我家土砖老屋，不复在。在的，是一间红砖平房。父母在，临时安身。父亲早不在，母亲跟我在城里住，那半截红砖平房，便空起。

红砖房，水泥钢筋房，其若废弃，废料将多少年，难分难解。土砖房，无建筑废料，废料归入自然，成为自然。土砖房倒了，土砖可以担到田里去，春雨一轮，夏阳一轮，秋冬打土砖身上一过，土砖哪里来哪里去，来自尘土，化了尘土，其上可种稻谷，可种菜蔬。乡间土砖老屋，多如一段乡愁，无影无迹，了无痕迹了。

红砖红砖房

“老楚，堂客来了。”荷嫂站在对面菜圃里，双手窝在嘴巴两端，自制一部肉鼓吹，对着院子中央喊。对面菜圃居丘陵上，视野开阔，可以瞭望村口。荷嫂去摘茄子辣椒的，从南瓜棚架里钻出来，猛然眼撞两个女的从村口悠悠走来，荷嫂就晓得，老楚堂客来了。荷嫂不认识老楚堂客，荷嫂认得瓜媒婆。上十里下十里，瓜媒婆是我们那里的明星级人物，人生识字始，都认得瓜媒婆。妹子嫁男人，伢子娶堂客，少说也有三两成是瓜媒婆做的媒。瓜媒婆上身穿对襟衫，下身穿黑筒裤，一双四寸金莲脚，没缠好，不合美人脚文标（古时是没省标，没国标，只有文人标准），文标是三寸嘛。缠金莲脚，本想嫁个秀才的，听老辈说，那秀才是盲人，盲人没摸象，摸脚，就晓得不合标。也不是盲人厉害，三寸与四寸，这么大尺寸，差距是会有手感的。

老楚，叫唐楚。我们刘家，我只晓得五个辈分，得泽颂唐化，老楚跟我一个辈分。老楚长得清清挺挺，没哪儿缺，也没哪儿瘸，我们院子里好几个缺胳膊少腿的，都娶上婆娘了，看上去不碍眼的老楚，靠四十了，还是人一个，将断香火哪。老楚踏烂了瓜媒婆的门槛。瓜媒婆话说得硬：不做，你的媒不做。不是老楚人差，不是老楚人品差。老楚爹是小地主。瓜媒婆曾给乡里一家地主做媒，被批斗个半死。

瓜媒婆现在领着一个小寡妇来了，来给老楚撮合婆娘，二十世纪八十年代了，地主给摘了帽。荷嫂菜园喂叫喂叫，她昨晚听说这事了，院子里么子事都藏不住的，坏事好事喜事哀事，都是同分享。哪是么子堂客，小寡妇是来对眼的。小寡妇人长得不太差，就是嘴巴缺了一块，很多年我才晓得，那是兔唇。小寡妇说，都要得要得，就是一样不满意：没得房哒。几时有房，几时嫁你。老楚老实：我也不晓得几时有房哒。小寡妇说，人家奈何桥上等三年，我时荣桥头等你两年好不。

我说这大段啰唆，想说的是，莫说房子与婆娘挂钩是城里面的事，蛮久以前，我们乡下也是岳母娘经济了。伢子讨婆娘，有看人不看房的，有看人兼看房的，也有看房后不看人的，房子与婆娘古时也是互相勾兑的，相互通兑的。地主家婆娘多，大的叫一房，老二叫二房，三奶奶叫三房。老婆们名字，就叫房子嘛。

小寡妇说老楚家没房，老楚家有房，房在铁炉村院子中央，那里是铁炉村的根蔸蔸，老祖宗最初建的小院落，安这里，都是木板房，屋檐接屋檐，墙壁连墙壁，青瓦连青瓦，青瓦盖了一个院落。老楚家住房纯木板，古褐色，木柱子有小水桶粗。我不太敢去老楚家，倒不是因他家是地主，而是我发怵，我家是土砖屋，他家是木板房，豪华家居呢。贫民见富家，心里虚底气。我去过老楚家一两次，铺的是木地板呢，镶拼得不很紧凑，踏上去咔咔响，时代久远了吧。

小寡妇不把木板房当房子，缘起那时节乡下开始兴建红砖房了。一栋红砖房竖起来，是村里的财富地标。老楚家还有一栋青砖房，高大、威严，对面对户，可以住四户人家。老楚家是地主嘛，也不知道老楚家住过没，是砌好了给分了，还是本住了给分的？这栋房子被分给了四户贫下中农。小寡妇不嫁木板房，当然更不嫁土砖房，小寡妇不曾说她嫁不嫁青砖房。她一门心思要嫁的，是红砖房。

红砖与土砖是蛮大区别的。一个土砖一抱大，踩好了泥，一个日头，顶多两天吧，可以做好一栋房子的砖料。比石头房还容易些。石头不要自己做，老天给造了，供人来地设。打石头，拣石头是苦差事，一座山寻下来，寻出大体通头般大的石头，怕三四个月工夫。铁炉村石头蛮多，好像没谁建了石砖屋，茅草屋也没见过，多是土砖屋。秋收了，没事干，谋思着建房子。找一块秋收了的稻田，挖些土，牵一头牛来，把土踩稠，两口子卖三两天力气制造土砖，勤劳些的，个把月便可以建好一栋房。

扮红砖也是秋收时节，秋高气爽，太阳照得地儿火辣。秋初，天地晴好，正好扮砖，红砖土砖都是要经晒干这道程序的。若说土砖采的是稻田表层土，那么红砖开掘的，当是深层的。深层的，才是红色的，红色沙土也是不行的，要黏土，土如细粉，越细越好，越细越有黏度，黏度如糯米团，那是一等一的好土。

土砖不太需要扮台，刨平小块地，地上放块大木板，把泥巴挖在宽砖筐里，脚在泥巴上踩几脚，再用脚抹平，一块砖头大功告吉。制造红砖，可就麻烦多了，挖的坑丈把深，坑边挖个半月孔，容得一人站。恼火的是踩泥，揉面团要把面揉黏，踩泥要踩成面团也似，会把脚踩得脱臼。泥巴很稠，跳起来都踩不进的，得牵一头牛来。牛也不太爱干这活，牛宁可牛轭套在脖子上，去犁田。牛在深坑里，每一脚都是复制前一脚，单曲循环，循环得不晓得圈数。泥巴踩成什么呢？抓一把泥，如糯糊黏，搓都搓不掉了，可以造砖了。

我扮过红砖，打着赤膊，穿着短裤，落霞与孤鹜齐飞，肉身共红土一色，砖泥铲在前头，堆着小山也似，双手从红泥山堆堆刮一团，举过头顶，借着落力，使出老力，对准小盒子，啪的一声，摔下去。我头齐台子高，摔下去落差小，力度差火，跳起来摔泥。蚂蚱一样地，能蹦几次脚？从早到晚，不歇气，想想我都叫苦。现在举空手，兄弟啊，你能举几次？我的活计，不是扮砖，是抱砖，抱着砖头去码，一排排，一行行，码齐。

我家住的是土砖屋，说来也是三室一厅，碓屋一间，不住人，堂屋一间，不睡人。卧室是两间。七八口人何搞睡？父亲在我三四岁时立志要造屋，给立了项，到了我十二三岁了，终于破土动工。瓜媒婆给我姐做了个媒，我爹叫我喊姐夫，我不叫，我叫喂。喂，去砍树做椽皮；喂，扮砖就扮砖，莫把泥巴子乱溅。那时叫喂现在叫大姐夫的，那时是蛮听话的，父亲带一个信去，飙地来我家了，打谷就打谷，挖土就挖土，比我家那头水牛，还舍得卖力。

喂扮砖，一身蛮力，想到婆娘要到手了，舍得下力，一脸的汗也不擦，脑壳甩一甩，豆大的汗摔了八瓣。脸巾旁边有，用脸巾擦汗，等同泥巴擦汗，不如泥手擦，来得便捷。喂扮砖，扮得蛮快，我小脚颠颠地，把砖一排一排码完，那头又有三四个红砖做好了。细把戏没腰，若是有腰，我腰早就折断好几段了。

我姑姑听说她老弟要起房了，便来看他。看看而已。看了便发感慨：吃个屋大的亏。没见过吃亏，有比造屋更大。一块红砖，两三板豆腐大，造一栋屋，少说要两三万块砖，一天造五六百块，单是扮砖，两三月工夫没了。高强度的劳动，我现在是十分钟都坚持不了。扮红砖是个劳力活，一连劳力个把月，壮劳力也没几个受得了的。

父亲偷懒。父亲造屋，便是在土砖屋檐旁边巴两间偏房，也没要多少红砖的。父亲说，莫让人在我家扮砖久了，他也有家事的，父亲所说的人，便是那个喂。父亲说得漂亮，他心里小九九是，扮砖只要泥，烧砖要炭，砌砖要工钱，扮砖要力，其他要钱，父亲是要命有，要钱没得。父亲早先跟砌匠师傅吹牛，要把整个屋翻个新。砌匠问：全推倒？不呢，把楼上土砖拆了，再砌红砖。砌匠呸了一声，上十里下十里，我砌了成百上千屋，没哪个是你老人家这稀货，红砖砌在土砖上。父亲挠头，那是巴两间房，下面砌红砖，上面砌土砖。上面要多少砖啊，一色砌上去嘛。父亲又挠脑壳，土砖暖和呢。土砖在上面，上面不当房，暖和个鬼脑壳。父亲起火了：是你家砌房，还是我家造屋？

我堂客跟我谈恋爱，倒也没问过有房没。她来我家，吃了一惊，哎，没想到你家还有红砖房。弄得我脸比红砖更红。那确是我的新房。新房是新，蛮像旧裤子上缀了一块崭新红布。红砖红，红布红，中国红，红得好生喜庆。周末回家，我与堂客便是在这个红砖房度蜜月的，小女也是在这间房里出生的。出生的床铺，下面垫了厚厚的稻草，秆子又粗又高的糯米稻草。我先把小孩起名草生，草生不太诗意，便改了一个字，叫草心。

红砖红，红砖为什么那么红？父老们起一栋红砖房，没卖几升血，没流几碗血，是砌不起的。老楚听了小寡妇的话，半天没吭气。他吸了几口大气，咬了一袋烟舌头，跟小寡妇说：等着我，两年，最长两年半。一定造起红砖房来。寡妇前脚走，老楚后脚背了褡裢，他要去广州深圳打工。半年，一定要赚起砌匠工钱。老楚信誓旦旦。老楚盘算了，上半年去赚工钱，下半年挖泥踩砖，年底把砖烧好，来年便砌，来年下半年，把小寡妇娶进屋，生几个崽。

那个秋天，老楚回来了，先去了一趟小寡妇家：钱，你给我收着，放枕头下面喔。个把星期，剁斤把肉，年头买两件新衣服，余钱，给我好生收着。风和日丽，初秋的太阳，照得石板路生火。老楚回家第二天，便挖坑，便踩泥，便扮砖，便晒砖，便要烧砖，便要砌砖，便要用火红火红、老红老红的红砖，给自己造一栋婚房。

偶尔，我周末回家，看到老楚在我家对面田里，使劲扮砖。啪，啪啪，老楚摔劲老大，泥巴踩得瓷实，扮起砖来，隔了一两条田埂都听得见。砖声在响亮，日子会响亮。

秋末转冬吧，忽然听得噩耗，老楚没了。

老楚跟我不是一代人，院子里过了人，先前我都是回去，放挂鞭炮送个行。老楚那么健壮，如何去了？累死的？乡人说，活儿累不死人；

病死的？老楚没病。老楚扮好了砖，晒干了砖，走十多里地挑了煤来。老楚要烧砖。烧砖倒是一个蛮有味的活，把煤炭制成大饼干，砖头与煤饼齐摆，隔三五块红砖，插一块煤饼，下面，煤炭插得密些，到了上面，就稀些。外面用土砖团团转，砌成圆碉堡模样。碉堡顶上盖一层厚土。烧红砖不是我说得这么轻松，这是一个技术活，煤饼放少了，或是煤炭质量不行，砖头烧不老，红砖如土砖，易碎，砌不了屋；煤饼放多了，砖头烧老了，很多砖烧成团了，羊角锄都敲不烂，也不能砌屋。

老楚其他都不请人，自己事情自己干，烧砖是请了师傅的。师傅生起了火就回去了，次日老楚大清早的，平架了楼梯，走到窑顶垛上去看火势。老楚刚上去。啪，他倒在上面了。上面没火，刚烧一天的砖，上面不会有火，上面全是烟，烟里全是二氧化碳，二氧化碳的烟如山头雾气，气冲到鼻子里，一瞬间就可以把人晕到，人都来不及退脚。我在乡下，时不时听到某地烧砖死了人，都是烟呛死的，还有一些是烧砖老师傅。

后来是故事蛮像小说。不是小说，是一首叙事诗。小寡妇拖儿带女，来了我们铁炉村，送了老楚上山，在老楚家的木板房里住了下来，一个人把那窑红砖卸了，把老楚那钱都拿了出来，在铁炉村东头，建了一栋红砖房。后来她招了一个男人，也住在了铁炉村。男人长得像老楚喔。男人姓张不姓刘，名字里也没一个楚。我回家，习惯性喊楚嫂，她应得铜声响亮。

楚嫂不在东头红砖房住了。这次我回铁炉村，多住了些时日，便在村里到处转转，晓得楚嫂搬了家，在我家下头起了一栋新楼，新楼里外都贴了瓷板，跟城里无二致，有异的是，乡下瓷板楼，都是别墅一样，占天占地，三层四层，猪羊另外砌，鸡鸭也不让进屋。穷得咔咔响的铁炉村，蛮多建起了这样的别墅楼。楚嫂家是三层，屋前屋后，桃树梨树、梧桐树，掩映在枝叶扶疏中。

我去了楚嫂家原来那栋红砖房，已然废弃，阶檐上长了好多车前草，《诗经》里叫芣苢。窗格子上，还长了一棵小小的樟树。当年老命换来的红砖房，已是断壁残垣，结满了蜘蛛网，这个倒不是荒凉，而是日子升级。老楚家的木板房也在，也是人去房空，木板被风雨侵袭，摸上去霉成粉了。老楚家木板房隔壁，住着元奶奶，她家木板老旧老旧的，倒是坚挺。房子最好的装修与保护，不是砖啊漆，是人气。

回到铁炉村，我好像看到了民居博物馆，住木板房的，住土砖房的，住红砖房的，住瓷砖房的，都有。木板房不用几年，铁炉村只有元奶奶一个人住了；土砖房呢，也只有几户人家了；红砖楼的，倒多有几栋，离被遗弃无日了吧。

岁月不居，房屋能居。铁炉村的房屋，如江南所有地方一样，把几个时代的岁月，都定格在这里了。我也想了，退休后，来老家筑间小房，前头挖池种荷花，养些鱼，后头开菜圃，种辣椒茄子，周围种些花草，植些树木。岁月不居，小楼可以把岁月停居下来。

恩高冲的草田

这次回到铁炉村，小住了两三天。年年总是要回铁炉村几次的，每次都是去也匆匆，回也匆匆，中午才到，吃了中饭就走。故乡已然是不情愿的相亲，被什么逼着，不得不去，去了，貌似对不上眼，出于礼貌，吃个饭吧。我也搞不清楚自己内心何求，天天嚷着喊着念叨着的故乡，竟成逆旅，而我是匆匆过客。

与堂客眺望岁月，夜半私语，待到六十花甲，回铁炉村筑一间茅棚，乡村安家。不浪漫喔，老眼对老眼的，没甚罗曼蒂克的，若是老眼对新眼，我牧老牛你浇新花，那才是诗如意。这次与堂客回故里老家，权当一次乡下适应性实验。感觉可以，风那么轻，草那么绿，树那么葱茏。漫山的翠竹与雾合成的空气，有竹�的丝丝甜味。

古人最易生发的感慨是物是人非，古人之物，那是月亮吧，今月曾经照童年，童年还是今时月，月是没有变一点样子的，人是变了蛮多，好些叔伯，托体黄土山坡，不少发小，寄食异地他乡；儿童相见不相识，没谁问客从何处来。除却月亮依旧，我数不出故乡风物，还有哪些算是，多半已非。然则，回到故乡，你的感慨不是物是人非，而是物非人是。我回铁炉村见了很多人，逢人便互道：您还是老样子啊。便谦逊一番，老了，是老样子啦。老样子好，人若永远是老样子，多好，那就可以改写《春江花月夜》了：今月曾经照古人，今人也见古时月。

午睡醒来精神生，便生发闲心，去恩高冲散散步。铁炉村山都不高，铁炉村山却蛮多。不是说铁炉村有甚卓异，铁炉村处江南丘陵，丘陵处处都是山，山如佛珠成串，串是成串的，而佛珠是独立的，山与山间，都有缝，我老家都叫冲，江南人，都在山缝里休养生息，瓜瓞延绵。恩高冲，两山相对出，一条小溪蜿蜿蜒蜒，淙淙泠泠，随山势流，中间铺展着平地，那是我们生产队的阡陌良田。

阡陌还可以寻到一两条，田呢？恩高冲的田呢？恩高冲的田，从铁道冲的那座山脚，延绵下来，直到两山尽处石头谢家，一丘丘高与低，一一排列，也有些小格局，谈不上是梯田风景，却有风吹稻谷香的田野风光。若是秋来，一排排稻田，金黄金黄，一梯梯顺延，风乍起，吹皱一冲稻浪，闲引壶酒芳香里，手挪稻穗蕊，乡亲举头都会闻雀喜。父亲常常是，清早或黄昏，左手持一把锡壶，右手捏一根坛子里的萝卜皮，从谷子下秧，从秧到抽穗，从抽穗到收割前，三不三地，便来恩高冲走一遭，巡视稻们。

我来了。父亲已躺在恩高冲的一侧山头，已是十年生死两茫茫。十来年后，恩高冲的稻田呢？一眼望去，一丘田野也无，从冲底望到冲头，蓬蓬芭茅草，欲与天公试比高。若是李白见此，将拟诗曰，青茅三千丈，缘愁似个长。三千丈是没有的，一丈三怕是差不离的，我寻了一条旧阡陌，茅草密密麻麻，茅草浩浩荡荡，把我淹没其中，如把一根针扔进草丛里，堂客在那儿喊：人呢？刘诚龙，你哪儿去了？出来。刘诚龙就在她旁边一丈地，手伸过头摇，不见手摇，但见茅草风里摆。她从冲头望到冲尾，只看到茅草如密林，不见了她的刘诚龙。敕勒川，阴山下，天似穹庐，笼盖四野。天苍苍，野茫茫，风吹草低见牛羊。恩高冲，两山下，天似穹庐，笼盖四野。山苍苍，林莽莽，风吹草低不见郎。

我确定不了，在站的这处田埂，是不是我家的脚板丘。我们队里的田，少说也有一二千块吧，都是有名字。恩高冲的田，名字五花八门，都有点土，蛇腰丘、羊角丘、勺子丘、弯拱丘、鸭头丘、茶杯丘、虾米丘、镰刀丘，给田给个名字，便如给小把戏安个号，随田形，给田起了名，如同士人后面加子，田地后面加丘。我不太晓得恩高冲名字何来，名字不象形，与诸多田土不是一个起名路数。后来田地都给分了，我家在恩高冲的田，叫脚板丘。这块田，包括田埂，有我无数脚印，再过一个沧海桑田，有人考古，可否考出我的那个齐膝盖的脚迹？

旁边那条小溪，我在里面扳过螃蟹，一块一块的鹅卵石突然提起来，常常能看到一只褐背老螃蟹，老命将亡也似，横行不霸道，螃蟹确是横行，霸道的是我。我捣了它老巢，我还要烹它老命，螃蟹自然见我如见牛头马面。螃蟹现在还有吗？我未敢下水，许多年的城里生活，已让我变得脆弱，受不了秋水寒，受不了石扎脚。

这条小溪，童年如斯，曾经月夜洗秧，历历如过电影。那年天旱，有溪旁边流过的恩高冲，不曾旱得田开拆，却也是泥巴黏糊如浆。队里的秧田多放在恩高冲的。跟插田打谷比，扯秧被队长当成了扭秧歌和晚会。酷暑搞双抢，白天打谷劳动，月夜扯秧娱乐。大人们秧田扯秧，小把戏溪里洗秧，大人扯了一大把，秧是二两，泥是两斤，啪，从田里丢溪里，丢在我光脑壳上。哎哟。哎哟一声光头绿，光秃秃的脑壳上长了一兜绿油油秧苗来。

脑壳上不长秧了，稻田里也不长稻了。芭茅草把稻田全覆盖了，那些田埂成了野兔们的小道了吧。小溪倒是砌了石头，整齐的石头做岸，平整如城里的防洪堤。我喊堂客，来走石岸，多好的一条乡村小路，走了一小段，走不下去了，溪这边的茅草把路严严实实掩盖着，溪那边的荆棘越过溪来，把路掩盖得严严实实。当年，这里是一条土路，坎坎坷坷，可以畅通无阻。现在，这里一条石路，平平整整，已是寸步难行。人类若是悄然退场，草木便盛大登场。

草木威武雄壮，恩高冲一些茅草，好多是我未曾见过的，那是什么草？发枝散叶，一兜撒开去，没有榕树的规模，也有箭竹的气势，叶脉竟是老红色的，不比我童年茅草，叶脉是白白色，色泽如甘蔗，质地是茅草，这是土著，还是新来的入侵物种？茅草无人打理，兀自扩张，长得雄壮豪放，草呈树般魁梧气魄。在茅草面前，稻草是孱弱的。旱了给稻浇水，洪了给稻放水，三不三地，给稻施肥，人对稻百般爱护，稻却长得甚是矮小，野草，人类对其恨之欲杀，拼力打压，它们却活得气势张扬。带有野性的物种，它们都有顽强的生命活力。长在稻草里的秕草，乡亲若不除之而后快，野生秕草指定把人养的稻草给盖了。

恩高冲的稻田，不再是稻田，而是草田，草下面还有一些田的痕迹吧。如果我扒开茅草，水田里痕迹全被抹杀，时光还没杀灭我田埂上浅浅的、薄薄的脚印吧？堂客也蹲了下来，她在寻青蛙们。堂客初嫁了，没下过田的她，也曾在恩高冲或高山坳，不曾拽把扶犁，却也拽稻挥镰。她记忆最深的是，割禾割到田尽头，肥大的青蛙与壮实的石蝂在田里奔窜，割禾的不再直割，而是包抄，留下一块巴掌大的稻谷，蛙们再也不能藏身，都跳出来四散逃命，挥镰的丢了镰，踩打谷机的停了踩，都来捉蛙们，泥水四溅，捉到一只蛙，人果然是泥做的了，见一对眼珠子在发光，才晓得那是一个人，不是一尊站立的泥巴。堂客也不顾女儿身，满田里滚，捉到一只青蛙，如同抓住一位王子。乡村岁月，是苦的，里面也有一些小小快乐。

青蛙还在，岁月不在。也就那么几年吧，恩高冲好像是沧海变桑田。现在，我还叫这里是草田，日升月落，日落再升升落落，草田也只能叫草地了。正是江南好秋色，收割时节不逢稻，稻穗一根也无，茅草无数，放肆旺盛，漠漠水田都在转为阴阴夏木，无来由地，让我感伤。连陌良田，转绿草青杨，曾记得风吹稻浪，恩高冲是粮仓。这，叫荒芜？这，叫荒凉？心慌慌的感觉，让我觉得，这里茂盛的草们，是一种人事荒凉。

草木茂盛，人事荒凉，草木越茂盛，人事越荒凉。我是对的吗？草不是这么想的，人眼里的荒芜，正是草心中的繁华。我听父亲说，老祖宗从江西迁移到铁炉村，是五百年前事，再溯五百年前，这里的领地是草们的，是木们的，是野鸡野兔野兽们的。恩高冲的草木，现在扩张迅猛，长势威猛，也许是它们太兴奋了，它们收复了失地，它们在狂欢。

我若是草，我一定这么想。只是我现在是人，我无以名状有点感觉荒野。五百年前，祖辈们开荒，开出了恩高冲的稻田来，稻田献出了稻谷，稻谷献出米来，白花花的米活了我们。恩高冲叫恩高冲，是这块土地对乡亲恩情如山高吧。现在这里，正在重新回到五百年旧景貌去，草木是高兴的，而我却悲欣交集乐哀互转。

草盛，豆苗不是稀，不只是与村庄稍微有点距离的恩高冲，情景是草盛豆苗无，便是在我屋前屋后，本来应该是金灿灿的稻田景观，都成了衰草枯杨。这些靠近村庄的良田，最是肥沃。乡亲出猪栏，出牛栏，有机肥都往这些水田里送，相比之下，恩高冲有些贫瘠的。恩高冲田地不肥，恩高冲水量充沛，酷夏再旱，这里也是水汩汩流，那水清澈，那水在夏日里如冰镇。父亲劳力回家，坐在板凳上一副奄奄一息模样，父亲努嘴，我便懂得父亲意思，抱了一只砂壶，去我家那块脚板丘靠近山脚之地，那儿有股山泉，给父亲打来山泉泡甜酒，父亲喝几口，活了过来，打谷机掮得飞走。

对门垄里的稻田，地力肥，谷高产，都已经闻见稻花香。田埂却在，田形依旧。两三年前，还种了荷花，现在荷花也无，再过几年，也如恩高冲，茅草如灌木丛了吧。水田不再种水稻，由水草蔓生，乡亲也是舍得啊。十岁那年，我娘与莲婶打了一架，两人都被对方的锄头把，敲了几个包、几个洞。事情不大，是在恩高冲，我家脚板丘与莲婶家的鹅头丘，阡陌相连，我母亲修田埂，往埂里深挖了一指甲吧，莲婶便嘈嘈切切错杂骂，道是我娘侵占她家田埂，侵占她家田埂，便是侵占她家水田。先开骂后开打，指甲宽的田埂，都会打烂脑壳。田地在乡村，曾是比命更重的存在。

风吹稻谷，江南难闻两岸香。怔怔站在恩高冲的茅草丛里，我回不过神来。我们把草木之地还给草木，是好还是坏？我无法进行价值判断，如果水田都变成了草地，未来，我们吃什么？恩高冲空气确是蛮好的，清香、清新，还带有若有还无的清清甜味。每天早上，我若在这里散步，可以颐养天年。我跟我堂客按了心中确认键，待到六十花甲，回铁炉村安家。

鼻子告诉我，应该闻草香；胃部警告我，应该有稻香。我回铁炉村求田问舍，找不到人相问：人与地怎取，家与国何舍？

鲜艳的姜不叫鲜姜

姜是蛮鲜亮的，绿得发亮，长在对门菜园子里，姜枝干笔直，枝撑叶绿素，叶儿都是绿元素，一溜溜绿，一排排绿，绿接绿，绿连绿，绿成一园子，蓝绸布一样绿。生姜辣，辣椒也辣，辣椒辣，饱吸火辣辣阳光。辣椒是喜阳的，其根不能旱，其果却要阳光暴晒；生姜辣，生姜根块不能旱，其枝其叶喜阴不喜阳。

生姜要阴凉，我父亲种姜算能吧。他剁来一根根指头粗灌木，插在园子里，扎架，架上铺稻草，阳光渗过稻草，阳光稀稀落落，落在生姜绿绿的叶片上，斑斑驳驳，隔夜的露水，在叶片上荡漾。生姜之绿，便绿油油，生姜之水，便水灵灵。

我父亲将生姜与魔芋隔行种，魔芋也是喜阴不喜阳，同一片瓜棚下，菜们结伴而生。父亲生姜园里，还种有脚板薯。脚板薯是薯吧，却非红薯，挖出根块来，脚板成板，脚丫是丫，像极了毛茸茸的光脚板，我们老家叫之脚板薯，红的，粉，粉腻腻的；白的，甜，甜丝丝的。脚板薯不用扎架，三五根灌木围着插下，藤儿攀缘灌木，自成好大一兜棚架，可以荫护一盘大竹筛宽的生姜与魔芋，一块菜园种了几蔸脚板薯，便如孵鸡娘一样，荫护着生姜与魔芋。

生姜便是鲜的，或还是艳的，菜园有姜初长成，拔出根块来，细细剥枝叶，那枝底根处，轻轻地泛红，一圈圈嫩嫩朱色，拔出叶，剥出茎，放锅里炒，不辛，不辣，很清，很脆，沙沙，沙沙，嚼起来发蹦脆声响，宛如兔子吃草。生姜是一道作料，姜枝呢，是一碗好蔬菜。

院子里好像没谁种姜，就我父亲种。生姜挺难招呼，蛮难侍候吧，其不喜阳，却要湿润，其要湿润，却不水涝。六七月酷暑，清晨要去掀稻草，晒阳光；正午正暑，得去盖棚，给遮阴；黄昏时候，挑水淋。与我母亲比，父亲算是懒汉，他干活儿都是偷懒的。我挖红薯土，挖一锄盖一锄，盖的那锄，太岁头上没动土的，学的是我父亲的样。父亲种姜，却另番情景，认真、细致，活儿干得苦，不曾欺骗菜蔬。父亲不欺骗生姜，生姜也不欺骗父亲。收割季节，生姜块茎连块茎，一拔一大蔸，蔸蔸饱满，饱满得犹如我冬天手背如冻疮发肿。

父亲生姜种在自留地。自留地是个经济学概念，还是政治学概念呢？那时节我不太懂。父亲种生姜，是在搞商品经济，他是要挑着去卖的。我到现在都没弄清我父亲心思（后来准许街头摆摊、村头叫卖，父亲却守着一亩三分地，不种经济作物，单摆弄水稻与麦子了）。我父亲在生产队出工，每隔那么十天半月，要向队长请个假，不是去邵阳挑担油菜种，便是去衡阳弄来白菜秧，半夜出门，不晓得去哪里买卖。我帮我父亲卖过一回，父亲挑担大的，我挑担小的，逆资江而上，一路卖去。父亲大喊：卖油菜种咯，卖白菜种咯，优质好种子呢，是我孩子他舅那儿拨来的。叫卖声嘹亮。从资江尾，一路吆喝到资江头，百十里路，我一句话也喊不出来，我父亲却吆喝得起劲。我舅哪里的？顶多算窑弓子（煤矿里的），哪儿来什么供销社社长？父亲行商，也有点奸噢。

自留地还真是政治学概念。父亲在生产队消极怠工，队长也是知道他干吗去了，队长不作声。父亲瘦小，阑尾更小，小而至无，队长不割他尾巴了吧？父亲节日信神，春节啊，清明啊，还有端午七月半啊，总要烧些黄纸，烧些香，信一信迷信。所谓迷信，所谓信神，可能与您那不一样。我老家的神，非关公，非罗汉，非上帝，非玉皇，观音倒也敬，多半是供奉自家列祖列宗，已经逝了的长辈都是神，都要敬一敬。那是迷信啊，怎么敬？父亲逢那些日子，清早起来，把碓屋门关起，伏神龛下，咿咿呀呀，烧香。有回啊，我跟着父亲一拜，二拜，三拜，神龛下面拜了后，得开碓屋门，送祖宗。咿呀，把门一开，发现队长正打我家门口经过，把我吓了一大跳。嘻嘻，队长没作声，父亲没出声，我父亲没喊队长，队长也没喊我父亲，队长脸侧一边去，飞脚走了。现在我回想啊，我家自留地的生姜，与我家门槛旁的香火，斯时斯际，不只是宏大的政治学概念，还是温馨的伦理学家常。

人家自留地里，种白菜，种辣椒，种茄子豆角，那是自给自足的小农经济；我家种生姜呢，算是资产阶级之小商品经济？父亲种姜，是要挑去买卖的。记忆中父亲种的姜，不挑太远，上三里，下三里，顶多挑到金竹山煤矿，也就卖了个光。生姜换来盐，换来油，换来我的学费，换来我姐姐妹妹新年衣服。这种换算，挺划算的。

父亲种姜，累，说来还可以种更经济的。父亲这活儿不怕累，想来，也是父亲抹不去的记忆吧。有时，记忆是非常执拗的，人怎么拗，都拗不过记忆，一有可能，便要回到记忆中去。父亲老是对我吹牛皮。他说他以前，我那大时节，便挑姜卖了。卖哪儿去呢？卖益阳去。益阳啊，我这现属邵阳，邵阳离我家百多里路，沿着资江，挑一担，可以一天抵达；益阳呢，怕是三五百里地吧。父亲说，唉，益阳比邵阳卖得起价，一斤多一毛钱呢。一毛钱，多走几百里？父亲说，钱值钱，脚不值钱。父亲与我伯父，还有他那时节发小，挑着百多斤生姜，穿着草鞋，扁担一路闪啊闪，闪闪几百里，闪得脚板肿，没闪着腰吗？

几百里地，不耗费？草鞋不耗钱，草鞋是稻草编织，几个夜晚编成了。住宿呢？路上伙食呢？这是我们现代化之逻辑，在父亲那代话语系统里，并没这套吃住一条龙的逻辑，住呢，到处是凉亭，长亭连短亭，入夜了，找个凉亭，往上面一躺，有稻草盖稻草，没稻草，手板捂了肚脐眼，一夜露水沾湿胸脯，不在话下——父亲身子上漆了一层古铜色，那是什么镀成厚厚之色，猛火一般的太阳啊，太阳藏在皮肤里，盖在肚皮上，冷甚冷，寒甚寒？

吃也不要钱。父亲兜了好多红薯，炕干的、水煮的，都有。如何下咽？父亲种东西，不吃好东西，都给别人吃了；父亲种差东西，不给别人吃，自己吃了。父亲种的姜呢？当算好东西吧，卖得起价嘛。父亲卖姜，父亲吃姜，算监守自盗吧。父亲箩筐里，放了罐头盒子，盒子里，装满了姜。那姜啊，鲜艳得很。鲜姜是鲜的，不鲜艳。父亲的姜不是鲜的，却是鲜艳的。鲜红鲜红的，红得如朝霞如晚霞，红得如篝火如炭火。

姜那么红，那么艳，红艳艳，红彤彤，红得好像那燃烧的火，源自红辣椒腌了小半年。老家家家都会制作剁辣椒，选最红最红的辣椒，剁，剁，在砧板剁，剁，剁碎，碎成细末，加盐，再把生姜切成片片，一片一片又一片，辣椒、盐、生姜，搅拌，拌匀称，一起放坛子里，坛子边用湿泥巴密封着，坛子边又加一层水，密不透风，东风、西风、北风、南风，都进不去。由着辣椒与盐，由着辣椒盐与生姜，在坛子里互相渗透，深度融合。到时揭开坛子，一股香辣气，蓬勃而出，香透整个村庄。

姜，便格外鲜艳，特别香艳。您不知道湖南剁辣椒有多辣，经坛子发酵，辣不再辣得喉咙出火，辣已淡化，香已浓化；您也不知道，湖南剁辣椒浸泡的生姜，也不辣得舌头发麻，辣已淡化，辣得舌头凉酥酥的。剁辣椒生姜，极易入口，入口辣而甜，甜而酥，酥而香，香而脆，脆而韧，嚼起来咔嚓咔嚓响，又加了盐呢，便十分送口，十分佐饭。阁下或是厌食，或是胃口泛酸，满桌佳肴，不想伸箸，何搞？以中医论，邪气生肺腑，含一片湖南剁辣椒姜试试？邪气瞬间秒杀，镇压了。一碗光饭，咕噜噜送进肚腹间。李时珍《本草纲目》云：早行山间时口含一片姜，不犯雾露清湿之气及山岚不正之邪。

生姜不是菜。若荤菜是词之长调，蔬菜是词牌中调，那生姜便是词中小令。客人来了，如瓜子如花生，是摆碟子的。我堂客初来我家，无物招待，母亲便从坛子夹了一碟剁辣椒生姜，让我准堂客当零食缠口，我准堂客吃得满头是汗，一边厢大呼过咸，一边厢大呼过瘾，悄耳附言，叫我向娘讨碗带回学校缠口。对了，生姜也可不鲜艳，一片生姜，根底不切，在根头切条条，然后晒干，然后盐腌，不着水，盐渗透其中，生姜变白色，做碟子摆，比剁辣椒生姜更如菜系中之小令，尤耐舌尖小舔。

而剁辣椒生姜，多半不太摆碟子，而当一道菜。父亲几百里迢迢，去益阳卖生姜，便是一罐头盒子剁辣椒生姜放箩筐里，早餐中餐，就着一个烤红薯，捏着一片红艳艳的姜，撕，撕，撕下一指甲大，便嘶嘶嘶嘶，喳喳喳喳，嘴头一片脆响，十分受用，活啖红薯一个。一片姜，足足可以佐一餐饭。你要菜来拌饭，得多少菜呢？一碗菜，拌不了一顿饭，一片姜，足够了。来回千里，父亲一罐子姜，不用进一次馆子，便可以从老家到益阳，把肚子哄它半个月。我有时问我父亲，再往前走，不到了武汉三镇吗？那里姜价定然更高，或许高五分钱呢？父亲说，是啊，是啊。唉，没去过啊。唉，父亲到底出不了湖。

父亲喜欢喝点酒，酒量不大，二三两的量吧，却是每天早晨，天尚没亮，外间灰蒙蒙的，他就要到酒坛子里，舀半锡壶酒。父亲那锡壶，不大，上尖下平，中间肥大，再肥大也是盈盈一握，一手可持。父亲每天鸡叫二遍，便起了，舀来半壶酒，一口一口抿，何以拌酒？唯有剁辣椒姜，捏一块姜，握一壶酒，便村东踱到村西，稻田踱到菜园，姜酒风流，巡村一番。父亲持酒杯嚼生姜之模样，极是受用。可惜，父亲过世后，他那锡壶，我再也找不到了。想来，那锡壶不成社会文物，也可做我家传家宝的。

苏东坡官钱塘，偷得浮生半日闲，去游净慈寺，见众中有僧号“聪药王”者，年八十余，颜如仙丹，目光炯然，东坡好奇，问其养生之道，答曰：“服姜四十多年，故不老也。”这怕是个传说。父亲服姜想来不止四十年，七十不到，患了脑血栓，姜没起效力？父亲脑血栓后，念念不忘剁辣椒姜，病后又过了七八年，这是姜起效力？

父亲服姜几十年，到底苍然老矣，病复崩矣。我带妻女，年年去给父亲扫墓，但见衰草枯杨，茅草萋萋。莫说父亲托体之山阿，草缠藤蔓；父亲当年巡视之稻田，秕草齐腰；我家对面菜园子，父亲种生姜之福地，也是杂草丛生。稻田与菜园，荒荒凉凉，莫非也已然是庄稼之坟场？

骨牌嚯嚯响

过年的气氛，是声色光电营造出来的。色不说了，说声吧。我们这里说过年，年是要响的，叫过个响年。屋内屋外都响，屋外响的是鞭炮，响彻云霄；屋里响的是骨牌，声震屋瓦。天地一齐交响，年，也就嘹亮了，也就响亮了，也就明亮了。

父亲有副骨牌，木盒子装着，相当精致，我不太懂木，搞不清是楠木，抑或红木，摸去甚是光滑。我家物什，粗糙得很，纵是锁钱的小木箱子，也是杉木所制，红漆剥落处，木缝如手冻开裂，唯有这个骨牌盒子，内外锃亮，通体老红，肯定不是父亲所造，我家传到父亲经营家庭，穷得一塌糊涂，父亲做不了那样好玩意儿。是哪个老祖宗遗留的传家宝呢？可证，我家祖上也曾阔过。

这副骨牌，一年到头，很少拿出来，春要育种，夏要打禾，秋要挖红薯，入冬有洋芋要窖，忙得没时间系裤带子，骨牌事虽关己，也只能是高高挂起。父亲原来把骨牌放在他床端头，上面垫块破烂洗脸巾，当枕头。有回，见我拿出来耍，大怒，暴打我一顿。父亲晓得打我一回是一回，二回还会偷着耍，便加强制度建设，把骨牌放到 luo 上，我不知 luo 怎么写，大体是夹层吧，是在楼板之下，几根木头扎架，悬空，可放蛮多东西。我凳上加凳，再踮起脚跟，也摸不到骨牌了。制度建设，也不是什么高深事，父亲就晓得这个收藏制度，比惩罚我更有效果。

若无农事挂肩头，无论春秋，无论冬夏，父亲也有好时节。比如下雨天，麦子锄不得，芋田挖不成，便有叔伯喊，打牌打牌。父亲便从luo上，拿出骨牌来，四打八坐十二看，满屋子人气，桌上骨牌打得震桌价响，屋里叫牌叫得窗户纸发颤。上午打到下午，下午打到晚上。半夜还在打，我娘大叫：明天要去七四煤矿担炭呢。父亲便应道：叫腮啊。最后四把。

怕是看上了我家那副骨牌吧，也或是怕堂客骂，乡亲们总喜欢到我家来打骨牌，父亲多半是当看客，坐在旁边看他们玩，时不时，观牌大语，乱当狗头军师。参谋参对了，人家就笑，出了馊主意，人家大骂：出去出去，滚一边去。父亲老实，走出门来。到阶檐下，感觉不对：这是我自己家，何搞是我出去？便又回来当狗头军师。当到半夜，我娘那头大喊：鸡都叫了，莫打了。乡亲们都不回答，父亲倒是听话，上床去给明天劳动养精神。次日，我娘起来，看到炕桌上摆一毛钱。不是我娘收桌子钱，是乡亲们自觉给补贴电费。

过年了，我家骨牌越发通天响。听到骨牌响，好像蚂蟥听水响，老远地，乡亲都跑来，打牌的是四个，来当牌王师的没得四十个，也有十四个，一半是来看热闹，一半是来挤暖和。过年了，发仔发孙，我娘也不骂人了，积极打造优良打牌环境，或许，桌上还摆着花生，摆着瓜子，摆着干红薯条。没几个吃的，原因之一，又占人家地，又吃人家食，多少难为情；原因之二，打牌打不赢，顾不得吃了，吃了一粒瓜子，输了一副牌，划不来。

骨牌，跟麻将一样，捶到桌上都砰砰响。麻将是四方的吧，骨牌是长条形，扁的，制作材料估计差不多，骨牌花色少些，子数少些，没白板，没东西南北风，也没有条索与万，就是只有点数。我曾坐在旁边看过父亲打，一直没学会，只晓得，若一次抓了三点与六点上来，叫一副响，固定算点数。

父亲一生只会玩两样牌，一是骨牌，二是字牌。骨牌是全国通行，字牌是湖南独有，字牌连换底是八十一张，这个我会。当年学玩字牌，堂客刚娶过来，一张也看不懂，舍身陪老公，当账房女生，输了给我递钱，赢了给我数钱，时不时地，把手伸到衣服里头去，在背上写字，有时写古诗，有时写骂词，到了半夜，写 A。一写这个，我就明白，她叫我别玩了，睡觉去。她不好意思喊我睡觉，一者羞，二者是叫我做丑：打断大家兴趣，不是她，是我。

有两种响，让乡村响亮，一个夏日里打谷机响，一个是年底下打骨牌响，都是响当当的喜和乐。锣鼓当然也是乡村一响，只是锣鼓之响，悲喜不分，白喜是锣鼓咚咚响，红喜也是锣鼓响咚咚。夏日打谷机与年底打骨牌，都是响乐，都是乐响。打骨牌，是打谷机的回响呢。打谷机响是乡亲们之忙响，打骨牌是乡亲们之闲响。因为有打谷机之忙响，才有打骨牌之闲响，老是叫乡亲一天都不休息，老天那是太残忍、太刻薄。我娘见我爹打牌，多是瞪眼珠的，到了年头岁尾，便对我父亲喊：去，去陪大家打牌吧。萝卜白菜，我去扯。

我娘这话，哪本书上读过？噢，是《红楼梦》，“老太太要抹骨牌，正没人呢，你抹骨牌去吧”。老太太是贾母，多富贵人家，也是爱死了骨牌。过年，不但乡亲们喜欢来我家，亲戚们也喜欢来。怜乡亲忙死忙活，累死累活，忙累了一年，春节前后个来月，老天没设计多少农事，农活没多少了，我娘便给父亲放公休假，错了，私休假，农民哪有什么公休呢，年休倒有，是过年，只是这样的年休，没工资的。没工资不计较，夏秋里给囤里储了米，存了红薯呢。官家不给放年休假，堂客给放骨牌假。

麻将春夏秋冬，响个不歇气，春耕忙忙，双抢忙忙，也听得馆里馆外，麻将啪啪响，怕不是好世相，而若到了年头岁尾，春节要造些气氛，让骨牌响一会儿，让人放松些。不知道麻将始于何时，骨牌却是响了千年，贾母那会儿，便是富贵家与贫寒家共同的娱乐，更上溯到宋朝，便有骨牌落桌上，脆脆生响，周密所著的《武林旧事》，写尽宋朝杭州城的宫廷繁华，也传记了市井的吃喝玩乐。其时，骨牌叫蒲牌，后来多叫牌九，我老家一般叫骨牌。杭州富贵人家的娱乐，未审何时也流到了山野水泽，百姓同乐。

父亲过世多年，那副骨牌不知道哪儿去了。

有时回老家，不论春夏，还是秋冬，白天夜里都听得处处麻将声声，好像再也没看到过骨牌。麻将时时闹响，是否好事？骨牌年底喧响，倒觉得是盛世吉祥。

樵童断笛

有师爷专捉句子，古贤句今人词，都一路捉。这回捉来一句，要捆将往送《咬文嚼字》：白发渔樵江渚上，惯看秋月春风。秋月可收至眼底，春风如何看得？细柳款款摆，碎叶簌簌响，便是见得春风哒，诗是可以这么达诂的。师爷只是不信，非捉这句子去过审，拦不住他，也便不拦，由他去。

我也觉得这句子有点问题，出在白发渔樵上，白发而渔，常景，孤舟蓑笠翁，独钓寒江雪，多嘛，可怜白发生者，多将平戎策，换了河边钓鱼树（我也心雄万水，准备这么立志了）。白发而樵，绝境吧——不说绝迹，是罕见的。《刘三姐》里阿牛哥，马剽牛壮，生产队里出工，不是十分工，至少挂十二分，不见阿牛锄麦插秧、打谷拽坝，但见阿牛，常是打樵归来，款腰，耸头，移肩，还唱山歌，潇洒极了。他晃脑，我摇头。阿牛打柴，阿牛担柴，阿牛担着打来的柴，踏着舞步，摇姿于山间小道，这是戏剧语言，恐非生活行径。

挣十二分的汉子，干着打柴小活，我故乡是难见的。这等是细伢子干的哒，大人不会干这等童工事。我童年情景是，黑发打樵山岭上，惯看夏日秋风。春风里，是不太去打樵的，一夜春风来，草长莺飞，根扎叶生，去砍枞树株树杉树桎木树，不合生之道；大冬天的，手脚僵硬，猿猴们都入窝，不在树间荡秋千，人更难了。

不过入冬，去挖树蔸蔸，却也曾是我的冬季日课。杉树蔸好挖，肉质松，三五下，可挖出一蔸来，却是不太挖的，杉树生命有如蚯蚓，有如壁虎，将其锯了，截了，其木做了房梁，做了椽皮，做了新娘子嫁奁，其根在，便能再生。枞树，却无重焕生命之力。入冬，我们挖的就是枞树蔸。枞树蔸虽不盘根错节，却是根深肉紧，斧头抡下去，震得手疼，使出洪荒之力，至多吃进半公分。得先将锄头往下挖，挖出大坑，没得广积粮，必须深挖洞，从枞树根腰般粗，顺根挖，挖到其根手臂细，再作闻斧赋，其时人能轻松断其根。风又飘飘，雪又潇潇，那雪下得正紧；汗不敢出，汗出如浆，那汗出得正盛。晚来天欲雪，能砍一担蔸，兜兜转转，笃笃悠悠，打担树蔸，打道回府。

我和我的小伙伴们，其樵童生涯，多半却是，黑发打樵山岭上，惯看夏日秋风。入夏，学校放学，母亲先前早招呼了：放学去看牛，牛绹在抽屉里；放学去打柴，柴刀在门背后。我是常常忘了家伙在哪儿，所以我娘总是这么絮絮叨叨，去上学之前，便布置放学作业。后来，我果然是牛也教过来了，不用母亲将牛绹与柴刀搁饭桌上，我不用扬鞭自奋蹄子，放学归来，晓得荣耻，兜个红薯吃，便去劳动光荣，光荣劳动，一边做牧童，一边做樵童。

水牛，是我放的野牛，我，是我娘放的野牛。把牛放到山头，我就不管了，由着水牛漫山遍野，一路寻草；地头，或过春风十里，尽荞麦青青；山间，碧云天，黄叶地，秋色连山，山上寒烟翠。春来我去摘野桃自喂嘴，秋来我去偷红薯喂自嘴。牛的觉悟也不是很高，见人没在，不做老黄牛了，专做贼牯子，把莲婶荷嫂家的麦苗，吃一大块，惹得婶婶娘娘来投诉，弄得我，渐黄昏，竹扫帚吹寒，都在空肚子，还挨一顿大打。

除了犯些小把戏爱犯的错，我也是扎劲的，是上进的，是可以评上三好伢子的。我边看牛，还边打柴。打柴辛苦，却是浪漫得很。桎木树一蓬蓬的，小梓树一根根的。我老家山上，草木葳蕤，灌木丛生，一刀下去，便是一把柴。这般轻松活，我才不干。我老婆如今当老师，她也曾深情回忆，说砍过柴，她砍什么柴呢？就是贴地砍小棍棍，或是顺地捡烂枝，我可不干这些扫地婆的事。

我干的砍柴活，便是猴子爬树。噌噌噌噌，一根索子捆腰上，腰后有个小竹筒，竹筒从中破孔，孔里藏把柴刀，带刀上树。枞树枝枝丫丫，分杈很多，然其下半部，却是除了牛皮癣也似的皮，蛮光滑的，没爬过的，大人把你举到半树腰上，叫你往上蹭，你也是如滑轮，“猪屎铁”一样往下掉。枞树可不是滑滑梯哪，周周围围，多结疤，多节眼，小心把你胯里划破，叫你绞线去。

打柴爬枞树，是我当年日课，课程学得还不错。双手抱树，双脚上蹬，枞树连天向天横，势拔五岳掩天空。电力工人爬电线杆，其杆固比枞树滑，他们是脚着谢公屐，才身登青云梯的嘛，我们是什么都没有的，有的是脚板皮与十指头。噌噌，噌噌，跟猴子有得一比，青蛙跳也似，跳几脚，便跳到了枞树腰。到了枞树腰，好办了，枞树腰上多枝丫，一屁股坐在枝丫间，抡起柴刀，便砍枝丫。若是做足了磨刀功夫，一刀下去，至多补一刀，枞树枝，应声而落，啪地掉地，完成了一根枝头到一根柴的过程——尚不曾晒干，自然是半成品柴。

樵童高手，一担柴下来，只爬一棵枞树。蠢伢子才是砍完一树，嗖下来，再爬树。我练就的功夫是，一棵树砍得差不多了，双腿夹树，伸出另一只手，去把邻近枞树，扯拢来，然后是伸过一只脚去，踏过天空，嗖，国足转了队，柴足转了树，整个身子都转到另一棵枞树上去了。坎坎伐檀兮，置之山之地兮，既牧又樵，自然瞻我庭有堆柴兮，我小孩子兮，不曾素餐兮。

虽是未成年，还真没白吃白喝，自四五岁起，我就没白吃我娘的饭，人还没牛屎高，我就替我娘看牛了；到了六七岁，一身二任，既看牛又砍柴，没去挣工分，却是流自己的汗，吃自己的饭，自己的事情自己干。自己的事情，主要便是砍柴。这砍柴，算高危活吧。爬树，爬树再转树，确是高危动作，艺高人胆大嘛。说来，我还不算艺高的。艺高的，是我堂兄。这家伙比我更胆大，他爬竹，他转竹。翠竹比枞树软，难承人的，承上一人，可忽地弯个半弧，半空吊，真吓人。翠竹承重不怎么行，然则翠竹韧度蛮强，一般不会断，所以，多半也是安全的。

从一根翠竹，转至另一根翠竹，算是玩杂技。堂兄的杂技，没系安全带的。这是什么动作呢？这是野动作。我娘叫我放牛，我放野牛；我娘将我们放出，我娘是放我野牛。我们爬山砍柴，我们转树砍柴，没一个大人在下面给我们管安全。想起来，搁安全事上，有十多年乱来，我和我的小伙伴们，倒没出过一次安全事故。不比我小区那些小把戏，坐个滑滑梯，都有爷爷奶奶守卫旁边。出点小问题，也是有的。比如我牧牛，曾不懂茅草长小锯齿，不晓得这些小锯齿都敢锯鲁班，我扯人深的芭茅草，那锯齿不客气，将我中指割了个鲜血淋漓，割了筋，至今都伸不直。

这疤痕是什么呢？这疤痕是童年的徽章。

没戴红领巾的童年，不算童年；无小徽章的童年，不算童年。

一年到头，父亲负责打谷；一年到头，我负责打柴。父亲负责打谷，谷不满囤，来年春上，囤里多是空了呢；我负责打柴，我家屋背后，堆起老高，一座山也似，足够供一个对年，供应全家烧火做饭，烧水泡茶，烧汤洗澡。你不晓得，枞树柴是蛮禁烧的，杉树做柴，一把火就烧没了，枞树枝含松节油，禁烧，烧得火大，火烧得熊熊起光。我跟父亲说，你别老是打我，我比你能干，你怎么着，也没得我有成就感。

偶尔回故乡，小把戏一大帮，小把戏放学归来，他们干些甚活来？城里小孩，回得家来，我还真不晓得他们干么子。回到老家，偶尔见细伢子也牧牛，却也不曾见其坐牛背上，听不到短笛无腔信口吹，牧童短笛，可见却不曾见。山间小路上，更不可见的是，一队队小孩子担着柴，喜一箭风快，回头迢递便数驿。

牧童难见短笛，樵童已然断笛。

牧　　鸡

“因为人已年过七十，心脏病早已严重到随时可出问题的程度，雨雪中山路极滑，看牛牧羊都无资格，就让我带个小板凳，去后山坡看守菜园，专职是驱赶前村趁隙来偷菜吃的大小猪。手脚冻得发木时，就到附近干草堆上躺一会儿，活活血脉，避避风寒。”

这是沈从文先生自述在咸宁干校向阳湖生活的一段剪影，冷冽的寒风里略有一点温馨：多愁多病的老人，到底还有所照顾，安排看守菜园；略有一点的温馨里依然感觉冷冽寒风：七十古来稀，无双国士，不曾颐养，还得在寒风里出工。

这事有点奇处是，但听有牧羊女，但见有看牛郎，春夏时节，也但见我们老家山麓那凹处，有汉子放一大群鸭。如沈老，还有当牧猪佬的？向阳湖那地方的猪，是圈养的，还是放养的？如一头牛，如一只羊，到处跑去了？我老家的猪，都是关在栏里的，放风时间都不给它，单让它吃了睡，睡了吃：猪，你就睡吧，给你安排吃的（自然是居心叵测）。向阳湖的猪，不安排吃，叫它自己找吃的？那可长不快啊。猪，很是笨的，而若跑出了栏，又是生龙活虎得很，若天天在外面跑的，更有脚劲与嘴劲——算半个野猪了吧？风吹得倒的沈老，又如何看守得住？若是一头猪，真个趁隙跑来菜园偷菜吃，颤颤巍巍的沈老，那急急如律令，赶猪牧羊，怕也可哂，尤复可悯。

有牧羊的，有牧牛的，有牧鸭的，有牧猪的，您可晓得，还有牧鸡的。隔壁的红妹子是牧羊女，我曾是一位看鸡郎。

或是盛夏，或是金秋，稻田环院子，绿树隐村庄，风吹稻花，漫香庄院，风吹真习习，稻谷何田田，稻谷开始灌浆了，稻谷开始抽穗了，稻谷开始金灿灿了，稻谷开始沉甸甸了。队长便吹哨子，各家各户，鸡鸭小心。把鸡鸭关好，莫让我看见了，我看见了，裁死它（用棍打死，叫裁死），莫怪。

猪是不用管的，猪都关在栏里。猪也习惯不出来，只是睡着长膘；鸡呢，得出来自个儿觅食，鸡公吃饱了，也要到桑树颠上，搞个文艺节目，引吭高歌，雄鸡一唱，母鸡欢场。村庄里，便活泼泼的了。大人们都去了背后山里，田谷坳里，种麦子，挖红薯。村庄里的生机，得看鸡们了嘛。是的是的，鸡是村子里诗意的歌者：方宅十余亩，草屋八九间。榆柳荫后檐，桃李罗堂前。暧暧远人村，依依墟里烟。狗吠深巷中，鸡鸣桑树颠。

鸡起床最早，三更半夜喊天光，队长却不让它出来，把鸡憋得不行。憋鸡，只憋它半天，到了下午，要给它放风，要让它觅食。去灰堆里找蚯蚓吃？去草丛里寻虫子吃？去桑树颠里觅曲儿吃？鸡们一溜溜地跑稻田去，嘴一张，唆咯唆咯，一线弯成倒“U”形的稻穗，便入了嗉囊，吃那么几索子，便饱了，鸡妇便可去孵鸡子儿，鸡公便可高鸣桑树颠，去勾引鸡妇了。

这就需要我这位看鸡郎了。沈公老，走不动，只能牧猪；我小，没力气，只能牧鸡。也带着一张小板凳——想必跟沈老的是一样的吧，湖南湖北皆为楚地，很多物件，模样是一样的——坐在当路的路口，一童当关，万鸡莫过。鸡都关了一整夜，又关了一上午，都是饿牢里放出来的，扑棱棱的，飞啊，乱跑，望稻田食物而飞跑。我踮起小脚，飞赶，飞脚赶鸡稻田东，飞脚赶鸡稻田西，而鸡呢，跟我“斗伞方”（湘方言：调皮，逗弄)，鸡戏稻田南，鸡戏稻田北，让我仓皇四顾，不得安然，一边厢飞脚赶，一边厢嘴里打哦嗬，“哦起，哦起，哦起……”家鸡打得团团转，野鸡打得四处飞。

牧鸡，其实有一样工具，我们称谓伞把。竹子做的。不用太夸张，去砍大腿粗的竹子，斫来一根手臂粗细的竹子，就可以了。手臂粗细，一掌可以握在掌心，轻松自如；大腿粗了，莫非还要双手相抱？上面削圆，刨得溜滑，下面用刀剖开，剖成条条，条条伞开（伞把这名称，就是这么来的)。震慑鸡们，就看条条了。有了这伞把，牧起鸡来，便省了很多力气。见鸡偷偷摸摸下田去，把伞把往地上敲，啪啪啪，啪啪啪，啪啪啪啪啪，伞把格外响，响得惊心动魄、心惊肉跳，鸡们便吓坏了。我娘打我，都是竹条子，叫笋子吃肉，痛入骨髓；鸡们若挨伞把敲了脑壳，哪还有命？鸡们闻伞把起响，而抱头鼠窜，而鸡飞狗跳。

保卫稻谷，保卫粮食，余生也晚，未能赶上全民驱赶麻雀时代，想那事情荒唐，想那场面壮观吧。牧鸡以保护社员群众们的劳动成果，无有驱雀的浪漫，却是个轻松活，这活非老幼，即病残。轻松则轻松，却也寂寞甚。青壮挖土去，不剩翁与姑（翁去牧牛，姑去扯草)；小哥哥当了打柴的樵夫，偌大一个村庄，单你拿着伞把，在那敲地，啪啪啪响，鸡鸣村愈静，把响庄更幽，一伞把敲下去，鸡没吓着，把自己吓哭了。呜哇呜哇的，哭得好伤心哪，转过头来看：哭给谁看？屋檐低下，垄上黄澄澄稻，没人看你哭。

那不哭了吧，没人当看客地哭，哭得没意思。眼睁睁望太阳转西，爹和娘不见回来，黄昏的蚊子倾巢出动，轰炸机一般地嗡嗡响，不是在你背上成功偷袭，便是在你脸上攻城略地，麻麻点点，都是红斑点。懒得拍蚊子了，找一个门槛，找一处门背后，呼噜呼噜，睡得如一袋土豆萎地——开裆裤如烂网兜，两根背带如袋带。华灯上了堂屋好久，星星入夜乘凉许久，才感觉我被提起背带，我这袋土豆扔在板凳上，呼呼，呼噜响彻云霄，不醒。我娘回家了。

鸡呢？鸡早进埘了——非我牧鸡，是鸡牧我了。

我牧牛岁月蛮长，我牧鸡日子很短。牧鸡非大老爷的活是不。只在小小少年其时，盛夏或春秋，牧过一两个季节。不过，牧鸡成生产队一门工种，一直都有的。多半是老奶奶们，小半是我等小把戏。老奶奶记三五个工分，我等记一两个工分——开裆裤时候，我便自食其力，劳动致富了——致甚富？致一口饭吧（一碗饭，是不可能的）。

牧牛郎还有吧，牧羊女还有吧，可否还有少年，操着伞把，守护着稻花香，守护着遥远的村庄？

牛的屁股曾是我努力的方向

我曾最喜欢的是牛角。一对牛角分别从牛脑壳两边穿出来，再半弯，两只半弯牛角弯而合抱，那是一副顶角战斗的姿势。两头水牛狭路相逢，然后是头勾，勾，勾下去，再是牛角顶，顶，顶起来。您不知道（我知道），那是两头牛准备为前天那头母牛决斗了。我们便在旁边疾声呐喊：嗬咯嗬咯，撞。嗬咯嗬咯，撞。

没有我们啦啦队在旁边不怀好意地喊口号怂恿，两头牛也就睁起乒乓球大的牛眼珠子，情敌而视，擦身而过。因了我们“嗬咯嗬咯，撞”喂叫喂叫，牛的斗志被无限激发起来，田埂地盘小，牛们自找了一块开阔秧田，英雄用武。我们对人斗，喊的口号是加油加油；我们对牛斗，喊的口号是嗬咯嗬咯撞，嗬咯嗬咯撞。牛斗是角相撞的，牛的力量集中体现在牛角上。牛斗得厉害，溅起泥巴如雨飞。泥战之后是水战，从田里斗到塘里，从塘田斗到河里，乱石崩云，溅起水花飞岸。

牛角便这样成为我们的图腾，牛角也就这样成为画家的爱物。古往今来，画家最着力处是哪里？是牛角嘛，“神农氏，姜姓也，人身牛首”，头顶生角，好斗哒；今来古往，知识分子决斗于论坛，最喜欢的最擅长的是什么？是钻牛角尖嘛。

齐白石齐老的《柳牛图》，我打赌，这是齐老成熟时候的成熟作品。齐老穿开裆裤，东方红，太阳升，牵着一头水牛，牧于江南水乡，让牛吃着青青河边草，看着另头牛来了，便大喊嘀咯嘀咯，撞。那是多壮丽的古战场景观。齐老少年好看把戏，唯恐牛羊不乱。乡村有甚风景？蚂蚁搬家搬高阁，鸡公斗架斗脑壳，水牛干仗干牛角。水牛黄牛春秋无义战，站在哪里好看混战？站在牛前嘛，看那牛角撞，砰砰撞，撞得砰砰砰响。

齐老，不画牛角了，不画牛角给我们看；齐老画什么了？齐老画牛屁股了，齐老画牛屁股给我们看了，那是齐老长大了，齐老成熟了。也是挨过不少打吧，不打不成熟，大打大成熟。我从栏里牵着牛去吃青青河边草，看到了文亚陀牵着牛来。文亚陀的牛与我家的牛，中间没隔一头母牛的恩怨情仇，却隔着我跟文亚陀一段岁月过节。我打他不赢文亚陀，他比我高一头；我的牛斗得赢他的牛，我家水牛牛角粗他家水牛牛角一圈呢。见了文亚陀与他的牛，我便嘀咯嘀咯，撞。自然是我家水牛惨胜。杀敌一万，自损三千。牛斗架去了，牛哪吃草来？我家水牛，瘦骨嶙嶙出栏，瘦骨嶙嶙回栏。讨我娘骂，讨我娘追了三里路打。

我本没有成长方向的，被我母亲打多了，我便有了人生方向了。我的方向，是再也不看牛的弯弯斗角，我全心注目所在，是看牛的圆圆屁股。牛的瘦弱与壮实，从何处最堪伯乐相牛？不从角上。我父亲去湖北牛场替生产队买牛，从来不看牛角的，只看牛背，只看牛屁股，恰如我老家老叔老婶，替伢子崽相亲，从来不看人脸，只看人腰子，只看人屁股。牛屁股浑圆斩齐，那就是一头犁田的好耕牛；人屁股壮实肥款，那是一个养崽的好旦角。

齐老画牛屁股以示人，定然在伢子时候，他已是一个好牧童，是一个戒了血气脱离了斗牛士气味的人，是成长成了一个有益于牛们有益于生产队有益于爹娘的人。你不相信？齐老自己说的：“余幼时尝牧牛，祖母令佩以铃。谓曰：‘日夕未归，则吾倚门。闻铃声则吾为炊，知已归矣。’”齐老诗曰：“星塘一带杏花风，黄犊出栏西复东。身上铃声慈母意，如今亦作听铃翁。”牛角挂铃声，是祖母心慈；戒之在斗，诫之在膘，牛屁股养得斩齐，是牧童心慈。

大晌午的，牵了黄牛出去，牵去斗架？自日当午至日落西，我牵牛去吃草。牛屁股成为我努力的方向以后，我再也不让我家老牛去斗架；我走向水草更深处，我走向山草更深处，放牧水牛与黄牛。我老家屋背后，有个地方叫高山岭，岭上蔓草丛生，芳草萋萋，那草深，那草嫩，那草密密麻麻，那草更行更远还生。把牛牵到高山岭上，牛一个劲地埋头。天苍苍野茫茫，风吹草低见牛羊。牛之天空之上，风卷残云；牛之瞳孔之下，舌卷青草。

牧童的最高境界，便是让牛吃饱，让牛壮实。如何知道牛吃饱了？看牛屁股。牛屁股斜下胯去，两瓣屁股吊起布片，晾衣也似，肉飘荡，那该以竹扫把追究牧童责任。牛屁股是斩齐的，垂放一根带秤砣的线下去，牛屁股与牛腿是一条线，那牛便是吃得饱，长得好的。你看，齐老《柳牛图》那牛啊，屁股多滚、多齐、多浑圆啊。牛肚子胀鼓鼓的，如吹了气，是牛吃饱了。你不知道，牛有两个肚子呢，一个水肚子，一个是草肚子，水肚子与草肚子，在屁股之上的牛背上，展现出两个凹的；草肚子吃饱了草，草肚子便与牛背齐，圆了；水肚子呢？水肚子永远不会圆。

我曾下了决心，吾貌虽瘦，必肥牛屁股，让牛肚子鼓鼓囊囊。水肚子我没做到，草肚子被青草鼓得如篮球也似，水肚子还是瘪的，我便牵着我家水牛，往杨柳照水处，摁下牛头，叫牛灌水，牛灌牛灌，牛再也不想灌，你还是不能让水肚子气鼓鼓；草肚子，能。我牵着牵向青草更深处，那深处野草蔓蔓，荆棘蓬蓬，我穿着一条盖腿根的开裆裤，牵着牛往灌木与荆棘纠缠深处钻，大腿巴子小腿巴子都是一身老皮了，针都钻不进了，不碍事；却是被藤蔓绊倒，一屁股摔到藤蔓之下尖尖石上，被划开寸把长的口子。弹指一挥间，三十余年过了，至今在我屁股与大腿交际处，还有一条疤子，蚂蟥也似，吸在该处，怎么捏也捏不去。

牛角好，好斗架；牛斗架，蛮好看，可是这不再是我的价值观。作为称职的牧童，我感觉牧童的意义不在牛角，而在牛屁股。牛的屁股，成了我当年努力的方向，为之，我奋斗不已。在我屁股与大腿交际处，便是优秀牧童的勋章，我不给你看。我可以给你看的是，在我右手的中指中处，那里还有一个非常显目的徽记，是为牛屁股奋斗而形成的。那时我是十三四岁少年，我牵着生产队的水牛，在高山岭放牧，云自在天游，牛自在啃草。马要夜草才肥，牛也是的，我要给生产队那头牛扯夜草。在山之腰处，荆棘丛中，我见了齐腰深的芭茅草，青，嫩，可掐出青色汁来，我披荆钻棘，手割茅草。芭茅草好锋利的，曾把鲁班的手都割了一条血线，自然不会顾忌我，也把我割了一个血流如放龙头。血放了不是事，恼火的是，把我中指上一根筋割断，使我至今无法伸直，弯成了岁月模样。我无悔。我父亲牵着水牛，一弯牛轭套上牛脖子，整个铁炉冲的水田，都搭在水牛上。多年后，我回想这个情景，我觉得我为牛值得伤，这是我活了几十岁唯一值得的事。除此外，没任何事值得我为之伤一根手指头，一件也没。

无悔。那时节我给队里牧牛，能每天挣三四个工分哪。大汉子一天十二个工分，大概是一毛二毛钱一天，我不也能挣三五分钱？三五分钱啊。八月桂花香，晒谷坪上分口粮，我也可以提一小包回家。我让牛吃口草，牛让我吃口粮。

“日之夕矣，牛羊下来。”牛羊从高山岭上，暮归下来，牧童见到什么？牧于山岭，牧于水泽，牧于柔条千尺下，那是牧童跟着老牛归，你能看到的是什么？看到的就是齐老白石先生的那只滚圆滚圆的牛屁股。示你一只冷屁股？不呢，那是一幅颁予牧童的圆圆奖章。

牛屁股塞满画面，人呢？齐老已归道山，留下牛屁股在人间。我睹着牛屁股回眸岁月，看到铁炉冲那头水牛，一直在回头望我，比我更情深。哞哞，哞哞哞，男高音，牛低音，草莽一牛鸣，一声声向我回哞。

跳　田

乡下叫跳田，城上叫跳房，这个游戏城乡都寓意深远。悠悠万事，乡下以田为大；万事悠悠，城上以房为大。乡下叫下，城上称上，一个游戏也有城乡之别的，城上一间房，抵乡下良田千顷；不过城乡也是没差别的，乡下人在田地上跳啊跳，城上人在房事上跳啊跳，都跳得裤带子系不牢，仓皇跳踉，一脸苦相。

跳田是室内运动，乡下房子，差不多都是一条屋脊两边房，一边住哥，一边住弟，乡村建设乐业安居，也合忠义孝悌之儒道。兄弟虽分家，还是同屋顶，屋顶下也有公用面积。我老家叫碓屋，碓屋宽而长，适合跳田。一支粉笔画线，从进门画到神龛下，中间画十字，田就筑建成功，最后两间较前宽，在游戏中别有作用。一、其他田间，当金鸡独立，单脚运动，到了此间，却可以双脚落地；二、到了此间，要转向跳另一边田了，像是劳动半天，干完了一丘田的活，要换田干活了，且歇肩半晌。这个设计，换到城上，许是阳台建构吧。

玩具简单，就是一块小瓦片，或是一粒鹅卵石，有点游戏含量的，是投之入田，训练惯了，准于投壶。我在人民广场，见了新男新女花十块钱给细伢子买圈套，投掷商家所设彀中。商彀是花花绿绿玩具，套中什么拿什么。我抻了鹅头，看了半天，没见一人投中，没跳过田的，没有眼色与准确手力的嘛。我们跳田，先投第一间（赢了，第二轮投第二间），单脚跳，跳脚将瓦片踢到第二块田，不能过田，也不能压线；不能过田，训练边界意识；不能压线，乡下孩子预知更预设了城上交通规则吧。后来我读了些科普，道是单脚站立，单脚跳跃，对身体是极好的，脑血管病啊、心肌梗死啊、血栓中风啊，都能起蛮好的预防作用。母亲怀我，嗜吃，母亲老了，爱回忆。她说怀我那会儿，田里的土，都想咬一口，填肚子，到底没吃辣子茄子土，观音土却是吃过几回。父亲见母亲饿得那个怂样，借了一毛钱，到三里外的供销社买了糖精，糖精甜度惊人，痧痱子一粒大小，能甜一酒罐子水，不过是骗口骗舌的，一点营养也没有。我在娘肚子吃糖精长的，体质亏，一年总要感冒几次，发痧两三回，其他却还蛮好，怕是跳田啊，骑太子马啊，拌四角板啊，发展儿童运动，增强小可体质了。我现在是宅男，欠锻炼，诸病次第上了身，并没百病齐发，真或是儿时游戏为身体打底了。

一块小瓦片，一粒鹅卵石，乡下游戏都是零成本。骑太子马不花钱，四个人伸出八只手，交错成载体，一个人坐上去，就是太子马了。我们这边太子马威猛，哦嗬哦嗬，向对面那头太子马冲去。那边那头太子马也不是吃素的，厉害死了，场面上不止两对的，院子里细把戏都出来了，各自组建自己马队，喊打喊杀，杀声震天。月光下的晒谷坪，大半夜都变成古战场。这游戏不花钱，只出了一身臭汗，花了一身吃奶的力。踩高跷成本稍高，到底成本也是零，虽然要砍竹子，山上却全是竹子，老竹子旧竹子，砍来或捡来做柴火，从竹尖裁截一头，留两个节疤，余者削得溜滑水光，一对高跷便大功告成，也等于是免费。四角板也是废料制作，哥哥姐姐过了学期的作业本，撕下，对折，折成四角板，搁地上，对手对着空穴，甩地起风，将那四角板掀个底朝天，你赢，这板归你了；翻不过来，那就轮到对手来掀翻你的四角板。这是个力气活。前些日子，我的小学同学群，有发小挑事端，说要跟我再开擂台，扳四角板。这家伙当年输了好几沓四角板，入我袋子，现在欺我文弱，要扳本。

我家跳田玩具比较奢华，不是小瓦片，不是鹅卵石，而是算盘珠子，踢之，嗖嗖嗖嗖响。踢得响的，还有扫珠再再，到得如今，我也还是不晓得这植物学名叫啥，我老家就叫扫珠再再，印象中，其生长在水潦边，细小，椭圆，比小板栗还小，里头有须，将其须抽出，以毛线串起来，戴手上便是手镯，丢碓屋便是跳田的扫珠再再了。这玩具比小瓦片，自是升级换代，却怎么着也比不上我家算盘再再。我爹当队里会计，算盘打得嚯嚯响，到现在，我只会打三十六个钱（从一加到三十六，答案是六百六十六），我父亲加减乘除都会。年底队里常来我家算账，有个大算盘，龙门阵也似，摆了一炕桌，一个人报数，两个人一个算盘上同时打，噼啪啪啦，噼里啪啦，响彻云霄，常常一个通宵，我在算盘声里酣睡如猪。

父亲当会计，也曾吃过一吓。队里说要查账，对面蔡叔，跟我家隔着一条田垄的，高兴死了。我老家院子，说是刘家院子，其他姓氏也有好几个，怪死了，小姓在院子活得活蹦乱跳，比刘姓还气壮气长。对面蔡叔，人称蔡太师，三十多年过去，我才晓得其名其来有自，大概是比拟其老祖蔡京吧。队里要来查我父亲会计账，蔡太师说："何搞要查？他崽早餐，一锅蒸红薯上，还蒸了一碗白米饭。"蔡太师逢人便说："看啦，颂泰（父亲大名）这回不吃亏，我不姓蔡。"蔡太师那天下午，笑笑对我说了："平宝卵子（对带把的小把戏，大人若嫌，多加卵子词缀），你怕以后没得红薯上蒸饭吃了。"我不知这话意思，没肝没肺回家，脚没洗，倒头睡如猪。

这话传到父亲耳里（不是我传的，乡村，何止乡村，到现在城里也到处都有传话的人），父亲哭了，伏在炕桌上哭。母亲素来坚强，骂他："哭腮啊，我死了，你可以哭个饱（没想这话，不成谶，父亲走在我母亲前面，母亲哭父亲，哭饱了）。睡觉去，跟猪一样死睡死睡去。"父亲不去睡，伏在炕桌哭，哭了半夜，母亲陪他半夜。那一夜，一向睡得如死猪的我，心上心下，半夜无眠。后来，什么问题都没查出。父亲到湖北买牛，同去的都要睡招待所，独有父亲和衣睡阶檐，回来一分钱住宿费都不补的，能有甚问题？父亲从湖北买回几头牛，队里分我喂一头，蔡细师（喊他爹作蔡太师，自然喊他就是蔡细师）一头，一天两个工分，我俩看牛看得认真死了，早上、上午、下午，都牵着牛，哪里青草青，牵牛哪里去。年底了，我跟蔡细师一样看牛的，都记一样工，父亲叫起来了："要从平宝工分里划六分出来，记蔡细师本子上。"我娘听到，骂他发神经了。"表哥讨婆娘，回门，又回家，平宝陪着他表嫂小弟，去探了哒，牛要蔡细师放的嘛。"这细事，都分得门清的父亲，能有么子问题？父亲的问题是，他从不吃晚饭，晚饭是一碗井水，奢侈时候，是一勺子水酒，咪西咪西，甚是享受。

我没弄明白，父亲那夜干吗哭呢，哭得伤心欲绝，父亲有什么好哭的呢？我现在回想，蔡太师那下午的笑，我父亲那晚上的哭，都让我毛骨悚然，玄而难解。

队里算盘烂了，算盘珠子没上缴，归我玩了，要是蔡太师以这个说事，指斥父亲公物私用，父亲怕有一劫，其劫是我制造的。还好，还好，没此劫。蔡太师有满女，最喜欢到我家来，她爱跳田，她家碓屋比我家宽，更好跳田。她跳的是扫珠再再，没我家算盘再再高档奢华。我，我妹，蔡家满女，蔡细师，还有院子里一大帮伢子妹子，都往我家碓屋里赶，一块儿跳田，跳得不知太阳正照屋顶，跳得太阳渐落西山。来得最多是蔡满女，满女嘛，有点娇娇气，记忆中的模样，鹅蛋脸，蜜蜂腰，麦秆长子腿，手臂擦了麦粉也似，长相怪爱人的。其他妹子伢子，跳田要狡耍赖，我都要争一场，严重时候，要打一架。独有蔡满女，我都让着她，其他人也必须让着她，谁不让她我凶谁。

我读师范那年，伯母给我做媒，做的就是蔡满女，我不晓得她肯不肯，我是咬着嘴巴，没点头。

我堂客说起跳田来，也是眉飞色舞。她出身半边户，爹在老家一所百年老校教书，娘在村里当接生婆，生活安逸多了，打猪草也打，捡干柴也捡，看牛不看，看羊，她爱玩的也是跳田。小时候没跟我跳过田，现如今来跟我跳床啦，冥冥之中，有你有我说不出的玄密。

我跳田的算盘再再，挺高档是吧，您不晓得，还有更奢华的，想起来，算起来，当年我制作跳田玩具的物什，到城里可买半边楼房了。算盘再再固响得好听，珠圆玉润的，我还有响得更悦耳的，可是金声玉振，那是门钱做的。父亲卧室里，摆放着一只大柜，上头装衣，衣里说不定很有内容的——母亲走亲戚，可能会带回来糖包手巾，解开手巾，里头是饼干呢，被我小偷小偷，一天偷一块半块，最后顶多留三四块，被我母亲打个贼死。母亲挥舞的是竹条，这玩意儿是天然刑具，最适合长辈对晚辈的施暴之道，吃肉不吃骨，伤皮肉不伤筋骨，打得哇哇叫，打得鬼哭狼嚎，我也觉得赚了。柜子下头，装猪油桶什么的；上头下头的中间，是抽屉，里头乱七八糟，针头线脑，还有很多门钱呢，铜的还是镍的？镀金的还是镀银的？中间四方空，外面溜溜圆，穿针引线，正好做跳田之具。

门钱是什么？我要晓得是什么，我还拿来跳田？找要卖儿卖女卖田的，我当恶霸地主去。父母卧室柜子抽屉里，门钱不是很多，排起来也可成一两列的，我找来红红绿绿的放炮线（煤矿用的，我姨父是煤矿工人），将门钱给穿了，拿给蔡满女踢。那多门钱哪儿去了？被我跳田给踢了吧。我家穷得洪湖水，浪打浪，门钱何来？母亲说，你奶奶厉害，她守寡早，一个人到资江河，撑船渡人，给你爹起了屋，讨了婆娘，还赚下这些门钱。这些门钱干吗用？吗用都没，换不到红薯，更换不到白米；母亲也是睁眼瞎，门钱是换不到麦子面粉，到现在怕是可以换栋小楼，让他儿子躲进小楼成一统哪。

昨日，我自谋食归来，半途上才晓得忘了带钥匙，转道去堂客那里拿。半路上拿着堂客钥匙要，猛然间，见到三个门钱，圈内有点黑有点灰，周边光灿。仔细看，最细的，里外都光鲜的，是嘉庆通宝；大的，稍光亮的，是康熙通宝；比较起来，甚暗淡的，是顺治通宝，背面都有蛇一样交缠的文字，是满文吧？这些门钱，久的有三四百来年了，被我当年做了跳田玩具，被我堂客现在做了钥匙挂链。

堂客晚归，我问了她三个门钱何来。堂客说："你娘给我的。你娘说，家里原先有很多的，不晓得何搞没得了，只剩下这三个，都给了我，我听说越古的门钱越辟邪，就随身带，做了钥匙串。"

我本来要扇堂客一把的，这般通宝不好生收起，藏起来待价而沽，往古物市场里去，可换一扎扎白花花票子吧，偏用作这低端活。手要从袋里抽出来抽她，还是缩进袋里去了。要抽人，要先抽我的。母亲搞不清楚，原先家里有许多，单剩下这三个，那是败家子我败的家。跳田，跳甚田？可以买好多田，当地主了。

听说，居里夫人获了诺贝尔奖，她将金质奖章给儿子当铁环玩，人道是，那是居里夫人轻名、潇洒。我将通宝当玩具，是什么？暴殄天物哪。

想起来，童年还是挺昂贵的。

谷箩或畚箕里的童年

张公子那头打电话，乱发感慨：哥哥，大千世界，广袤无限，没地方耍啊。我晓得张公子酒醉饭饱了，饱暖思无聊了。别哭，别哭，哥哥我，就是你的地方。

两个两不着（前不着少，后不着老）汉子，泡了一壶龙井，相看两生言，乱扯淡，谈得不着边际。魏晋那班人，也是在月之下，于竹之影，这么有一搭没一搭，白发老汉在，闲坐说玄天的？

这回乱扯，张公子扯到了一个哲学话题，说，男人哪，都有弑父情结。张公子说，小时候啊——时候是真蛮小的，三五岁吧，他捡了石子，尖的，尖如箭镞，望他老爹背，拟射他老爹后脑勺。

张公子说的是这个事。嘟嘟嘟嘟嘟嘟，队长吹哨子，队员们出工了。他爹与他妈吵起来了，他妈要装他放谷箩里，他爹朝他妈发火：担么搞担，他生了两只狗脚，自家不会走啊。顺手一操，把张公子从谷箩里提出来。他妈骂他爹：没叫你担。他爹嗓子高了八度：我怕你担嘛。张公子被他爹，提猪崽般，丢地上，这厮也不哭，捡了石子，一头钝一头尖的，要往他爹脑壳上飙。正引而待发，他妈反手一夹，夹腋窝，小心轻放，放在了谷箩里头。他爹捡了土砖坨，丢另只谷箩，从他妈肩头，抢过扁担，他爹一头担着张公子，一头担着土砖坨，往田谷坳飙走。

风吹稻花飒飒响，两边稻花挤拢来了，路都只剩稻草绳一样一线天了。乡间路，稻草绳一样细，也稻草绳一样蜷，曲曲弯弯，弯弯曲曲，曲而弯，非团团转；弯而曲，通远处。担在谷箩里，稻花拂过爹，拂过妈，拂过的是爹妈的脚；稻花拂过你，拂过我，拂过的是你我的脸。公社队员们，一队人串线，人头攒动，扭麻花也似，舞长龙也似，行走乡间小路，很有节奏，蛮有动感。这时节，还不是生产舞蹈，单是一支劳动过门曲。

小背篓，晃悠悠。我童年没在背篓里晃荡过，只在谷箩或者畚箕里打过秋千。队长哨子吹得紧，吹得猛。哨子便是鞭子，伯伯叔叔、婶婶姑姑，都被抽着，上田谷坳种芋头，去高山岭挖红薯，去后垴冲扯秧插禾，割麦扮谷。门前无河，屋后有塘；白天无鬼，黑地有人。三五岁的家伙，独个儿丢在空荡荡的村庄，何搞放得下心？我爹我娘便提领起我，丢谷箩，跟着浩浩荡荡劳动队伍，去参加集体劳动。劳动生产场面盛大，我爹我妈、我叔我婶，都在场面中央，太阳对着他们聚焦。我被丢在大场面旁边，旁边是草丛，是干麦子土，是浊水淖淖泥巴黏糊的水稻田。大儿锄豆溪东，中儿正织鸡笼，最喜小儿亡赖，田头乱捉毛毛虫。纨绔子弟，提笼架鸟，看歌星舞星歌舞；无裤子弟，耍泥玩水，看劳动人民劳动。

担在谷箩里，晃晃悠悠，那感觉爽。大清早，我娘把我担去高山岭，一头担着我，一头担着砖；月黄昏，我娘把我担回土砖房，一头放下我，一头放下猪草或垫牛栏的茅草——队里出工，上午工与下午工，中途都会歇一晌，我娘这时节便去打猪草，或割茅草，草们跟我一样，享受我娘肩挑待遇。到家，我与草，被我娘齐齐卸下，一个卸猪栏里，一个卸阶檐上。卸阶檐上的是我，我嚷嚷，一嚷更比一嚷高：我要我要我还要担。你是碰碰车没玩足，嚷嚷着还要玩；我是谷箩里没晃足，嚷嚷着还要坐。我爹一巴掌劈过来，把我脸，左脸劈到右脸，把我颈，前颈劈到了后颈。我倒是没张公子坏，要捡石头瞄老爹后脑勺，只是哭啊哭，哭得不晓得日落月升，世界之既黑；单晓得月落日升，东方之既白——太阳每天从东方升起，小子我每天在谷箩里坐起。

也不全是我娘担我，我爹担我也多。荷婶也担过我一两回。荷婶蛮喜欢我的，中午吃饭，端着一碗饭过来，先放下筷子，摸我头，喊“好崽”，或还低下腰，往我脸上一个啵：好崽。再搛起筷子，身子摇摇摇，胸脯晃晃晃，大踏步走我家堂屋，筷子夹得嚯嚯嚯响，一夹，非常准确，夹一筷子豆角，垒碗上，垒一座碗丘。荷婶便走了，走过坡，走过沟，走过十八条田埂；到家，盛了一碗干饭，走过十八条田埂，走过沟，走过坡，又来我家，摸我头，喊我好崽，上我家桌，一筷子下去，我家菜碗出现天坑。

荷婶刚生了妹子，胸脯大，胀的。荷婶妹子包袱里包着，替我指袱为婚。荷婶霸蛮叫我做他女婿，也是有故。我嗓门大，哭声嘹亮，哭声起，屋上青瓦，嗖嗖嗖，往屋檐下掉。荷婶说：这崽要得，长大了，怕是要当队长的。以前队长发号施令，播放行政出工令，嘟嘟嘟嘟嘟嘟，是吹哨子的——铁哨子，很难见了吧，哨子吹，也能震落瓦。声音即权力，权力都是要靠声音的，是吧。主席台上领导讲话，声音不大，要借麦克风；队长院子里发令，声音不大，要借铁口哨。荷婶嫁到铁炉冲，恰是选了新队长，新队长嗓门大，晚上跟队长娘子说个悄悄话，对门院子也听得到。队长喊出工，是不用哨子的，就用嗓子。我嗓门那么大，荷婶见我就对我娘说：咯个好崽，将来指定是队长。嫂子，这崽给我当女婿，咯个定了，好不。

荷婶，人高，胸大，肩宽，劲足，一畚箕担百把斤猪牛粪，挑到高山岭，不歇肩。高山岭，岭高，草蓬，道窄，山路十八弯，荷婶挑猪栏粪一个回合，咕噜噜喝口水，又可以去挑红薯种一个来回。那回，我娘崴了脚，挑着我往铁炉冲那冲冲深处去，脚一瘸一瘸，荷婶仗义：福嫂子，这蛮崽，我来挑。接过扁担，往肩上一撂，晃晃悠悠，悠悠笃笃，你不晓得，坐里头多舒服。三老筋是山花子，本在队伍尾的，蹿到前面来：荷妹子，一头担着龙伢子，力气费在地方；一头担着石头砣，力气白费了嘛。三老筋顺手操石头，提起，丢山边，身子一缩，缩到筐里了。荷婶也不恼，好咧好咧，挑两个崽呢。

荷婶兴奋起来，步态夸张，扯起了秧歌步——走两步退一步，走三步转两圈，扁担也软得很，两头闪，晃如秋千，我跟三老筋各自紧扯竹索，由着荷婶当村舞演员。我站起来在筐里跳，三老筋蜷起来在筐里笑。扑通。荷婶扁担溜了肩，双手扳筐底，一掀，一翘，扑通，但见三老筋，掉到了新塘里，咕噜，咕噜，水面里泡泡咕噜咕噜翻。大家未笑，荷婶先笑。荷婶笑，笑，笑，啪嗒，身子突然失重，仰面朝天，摔了个年猪吹气煺毛样；担在另头的我，一头栽进水田里，变落汤鸡。三人摔地，众乡亲拍手板笑，和声唱山歌：懵里懵懂，担担粪桶，掉了一头，嗯（不）晓轻重。

新塘是铁炉冲一口山塘，互助组时候，队长吹哨子，队员们吭哧吭哧两三个冬天修建起来的，两边山，一条冲，水深深，水清清。三老筋水性蛮好，顺便塘里洗澡了；荷婶一身白肉，摔成了泥菩萨，除两只眼睛发白光，浑身泥糊糊。荷婶自个儿爬起，去塘里洗。三老筋一个猛子扎水底，如条青鱼，钻荷婶两腿间，蹿起，抹脸，抓手，抱脚，把荷婶拖塘里，阿噗阿噗，荷婶吃尽塘水。三老筋喊：荷妹子，哪个来擦背嘛，我来擦背嘛。水洗荷婶，手擦她背。温泉水滑洗凝脂，众人扶起婶无力，洗出了猪板油一样的荷婶。荷婶湿身，走出新塘，凸的凸，凹的凹，白的白……（我就省略号，我就不形容了），一边笑，一边骂：三老筋，你咯个剁脑壳的，生个崽石屁眼的，明天摔哪山底下，大家吃你豆腐。这个吃豆腐，与你想的吃豆腐，不一样。人过世了，我老家叫吃豆腐。

这回，荷婶担我的工具，不是谷箩。谷箩细细密密，竹线条箍得紧，坐里面，安全性高，是小轿车。乡亲们担谷箩去劳动，不多，打谷，才担谷箩；挖红薯，有时也担谷箩，多是担畚箕的，坐畚箕是坐拖拉机。出猪栏牛栏，担猪粪牛粪，我娘一头担粪，一头担着我——我也是黑黑乎乎的——我娘恨我了，骂我是一副牛粪。这回荷婶担我的，是畚箕。畚箕担三老筋，倒新塘里，才倒得那么利索嘛。

乡亲们哄地笑了，笑得裤衩都绷开了。只有我在哭，哭得伤心。好几天了，我都一副病恹恹样，果然像副湿牛粪，提不起来。我娘说：崽是吓着了。到了傍晚，借来荷婶家畚箕，去新塘里我摔泥水田的地方，捞，捞，捞，喊：崽，回来咯，跟我回来咯。这是楚文化，楚地巫性文化，叫喊魂。喊魂也是各有各景：掉水受了惊，便用畚箕捞；入山挨了怕，便用背篮装。我娘替我喊魂，我姐一起去，我娘喊：崽，回来哦；我姐应：回来了。我娘我姐回来，娘便在我额头上，由印堂往两边擦：崽，回来了。三魂七魄归体，七魄三魂归身。

喊魂，这话题玄不？我与张公子坐在城市月夜，城里的月光把童年照亮，话题转向空空的畚箕，空者，能容物。人世间里，真个雅不封顶，俗不保底的，唯有畚箕，俗，可装粪；雅，可载人。真个实切尘间，虚致玄远的，唯有畚箕：实，可托身；虚，可招魂。

张公子开始与我雅，与我玄，一起谈哲学，一下子便俗起来了：兄弟，队长我晓得你是没当上，嫂子可是荷婶娇娇女？兄弟有所不知，我哭，屋檐掉瓦，是真的，那不是我喉声高，那是我家屋漏。不是我嗓门大，是我住房差。我老屋，两边都是木头撑起，秋风起，北风吹，老屋如大海中的纸飞船，如尘间世的纸老虎，飘摇、惊恐、慌乱、无助，远无坐箩筐或畚箕里的安然与舒适。

偶尔回老家，山间地头，屋前屋后，时不时转转；高山岭，背带山，田谷坳，后垴冲，三不三走走。唯有新塘里，不太去。我魂曾失落其中，捞回来了。我有三姐，曾跟我娘一起给我喊过魂，一个春雨淋漓之夜，跳了这里，到现在我都不明白是甚鬼扯了她去。我娘在新塘里，捞她捞过很多次，都没见她魂回家，那时，我三姐没满十八岁。她寄身居，是新塘右侧山坳凹处，其处茅草丛生，翠竹青青。

长老后我就成了你

几位哥们，坐在茶馆里，有一望没一望地回望少年。茶是淡的，帘是淡的，外面的阳光是淡的，各位都是要老不老，人也是淡的。忽有一位起身，问：当年我们最爱说的话是什么？老爹老娘最爱说的话是什么？

这可是公共话题，大家从茶杯里泅渡，往岁月里洄游，你一句我一句，鸡一嘴鸭一嘴，给出了很多答案，每个答案都无共识。我们回忆，再回忆，从记忆的胶卷深处调出当年与父母的对白，答案清晰了，大家公认了，年少青春，最爱说的一句是：莫管我；老爹老母最爱说的是：莫要去。

同感同感。当年我娘我爹老是对我叽叽歪歪。夏日里，我要去河里洗澡，老娘喊：你爹没回来，莫要去；我偏着头：莫管我。我回话回得飞快，只是脚步更快，三个字里，“莫”字落在屋里，“我”字已风飘在路上了。我们村里有位公子哥，大家喊水老倌（湘方言：小流氓），穿喇叭裤，戴鸭舌帽，叼绿嘴烟，田是从来不下的，土是从来不锄的，走路是两手大幅度摆的，模样酷毙了，我们经常跟在他屁股后面，做跟屁虫，每次放学回来，我就往水老倌那里跑，我老爹喝住我：莫要去；我歪一歪嘴，蹦出一句：莫管我。老爹往门背后找竹扫把，我已从“北京”跑到“南京”去了（老家话，说的是人跑得快，一溜烟不见人影子了）。

跟老娘拗，跟老爹拗，拗的结果都不是很妙，比如我那次拗着老娘去洗澡，像秤砣一般沉到河底，亏了秋伯从黄土坳烧山灰回来，揪起我后脖领子，将我提出水来。比如我跟水老倌一起去供销社玩，水老倌喊营业员：拿个打火机我看看。营业员来招呼他，水老倌事先叫一位手脚利索的伙计，手伸进柜台拿了一块手表跑，被人给抓住，我们被一网打尽，全抓进派出所……

跟老娘拗，跟老爹拗，虽然拗的结果不是很妙，但我们还是拗。拗得说不出道理，还是拗。后来读了张爱玲的一篇励志美文，叫《非走不可的弯路》，那个高兴啊，好像茫茫大海，见了灯塔；好像漫漫黑夜，听了鸡鸣；荷戟独彷徨，好像盲目的革命行动有了革命的理论。

> 在青春的路口，曾经有那么一条小路若隐若现，召唤着我。
>
> 母亲拦住我："那条路走不得。"我不信。"我就是从那条路走过来的，你还有什么不信？""既然你能从那条路走过来，我为什么不能？""我不想让你走弯路。""但是我喜欢，而且我不怕。"母亲心疼地看我好久，然后叹口气："好吧，你这个倔强的孩子，那条路很难走，一路小心！"
>
> 上路后，我发现母亲没有骗我，那的确是条弯路，我碰壁，摔跟头，有时碰得头破血流，但我不停地走，终于走过来了。

有张爱玲撑腰，我自是拗得更厉害了。老娘给我买来新衣，叫我穿，我心里喜欢，嘴里硬：我不穿。老娘带我去舅舅家走亲戚，夹大鱼大肉往我碗里塞，我向老娘号：夹么子夹？我不吃。老娘请媒婆给我做媒，这妹妹有些姿色，我内心好喜欢的，因老娘插了手，我梗着脖子：我现在不想讨婆娘。

我感觉我好有主见的，我好青春的，我好励志的，我为自己叫好。只是我母亲不曾有张爱玲老母的那份宽怀，不曾对我说：那条路很难走，一路小心。我老娘见我拗，寻竹扫把要打我。我大了，小汉子了，我老娘见我拗，不打了，常走到一边去，独自抹眼泪。

后来，我娶了妻子，生了孩子，慢慢地，我有点像我老爹一样，话絮叨起来，对小孩也渐渐爱说：莫要去。小孩有时听，有时不听，看到小孩听我话，乖乖地在家里，心里头喜欢。看到小孩拗脾气发作，心里想：去吧，由她去吧，人生路上，有她非走不可的弯路，让她去走走。只是让她去走了，会有无数晚上，漫漫长夜，辗转难眠。

我姐将其女托我给管，我给她找了一份临时工。我对她管得要严不严，下午下班，叫她按时回家，她顶我嘴：你也是老古董啊？我赶紧闭嘴。她临时工不干了，非要去跑保险业务，我跟她说：莫要去。她说：趁我年轻，我得去闯闯。年轻是个最充分的理由，由她去吧。跑保险却不是她强项，白赔了两年青春，啥都没赚……

外甥女最大的弯路是，她找了男朋友，认识个把月，就要谈婚论嫁了。这让我有点急，什么弯路都可以走，婚姻是人生一条最重要的路，哪能轻易乱走？我说过她，骂过她，手段最狠的时候，还叫她不要出家门。僵到后来，僵不过她，外甥女说了一句非常青春的话：让我赌一把。

我担心的弯路，终让外甥女走上了。最初，我不是不让她找爱人，我们担心的是，对那男人不很熟悉，人生岂能轻易相许？人生短短，七八九十年里，有五六七十年，是与爱人一起走的，当得慎重再慎重才是：若是其性子暴呢？若是其心性花呢？若是其吃喝嫖赌，若是其不学好，吸毒呢？

让我赌一把。好。还有甚话可说的？回想当年我老娘，总是对人絮絮叨叨，不招人待见，从青春里走过的我，也想莫做讨厌的人吧。哪壶不开恰提哪壶，这人正是没学好，多年吸毒，是瘾君子。

外甥女过的日子，不是人过的。半夜三更，我睡得好好的，她打电话来：说他拿刀出去了，说他进监子了，说她吵架了，说她挨打了……这样组合，哪会有好果子？吵了多年，闹了多年，纵或有孩子在，也绾结不了脆弱婚姻，两人还是离婚了。

这弯路，不也走得弯太大了？一生能走几次这样的弯路？或许婚姻之聚合离散，谁都难未卜先知，不得不走的，自是可走。而过来人，晓得其中陷阱，其中弯道，前一代曾经走过的弯路，叫你莫走，干吗偏要走？

回想我老娘，当年我下河洗澡，母亲心律跳得将有多快？当年我不辞而别母亲，乱上火车跑江湖，母亲有多少个不眠之夜？我渐自向老，孩子不在身边，夜里总要多起身几回：孩子吃饭饱不，不为减肥饿肚子吧？她说夜里去赴同学聚会，路上车子多不多？路灯亮不亮？城里治安状况好不好？与人吵不吵架？与人吵架了，心胸大不大？想不想得开？谈没谈爱？爱里有没有伪君子？有没有坏小子？常常是孩子要去干吗，我与她妈打电话诫她：莫要去。这家伙不听话：我大了呢，莫管我。

管多了，还真不敢，只好莫管。只是莫管的那个夜晚，手机不敢关机，侧着耳朵，守株待兔，秋虫声里，辨听铃声响。有声窸窣，立马弹身，却原是一只晚睡的蝴蝶撞窗户，原是一缕起自梧桐树下的秋风，漫不经心吹书页。

少年听雨歌楼上，红烛昏罗帐……而今听雨，一任阶前点滴到天明。一样听雨，不一样感触，一样读《非走不可的弯路》，也是不一样心境：当年读《非走不可的弯路》，恨不得从书上撕下来，贴在自己脸上，招摇过市；现在读《非走不可的弯路》，恨不得从书上撕下，团扔张爱玲脸上，去塞她一嘴。

给父母发工资

我曾对一些老板有先入为主的宿见，总觉得老板吧，恼吾老以及人之老，幼己幼不幼人之幼，对别人是为富不仁，对自己爹娘也多是为子不孝。心多比我们老百姓硬些。

我们去外面考察学习，当然，“考察学习”大家心里都明白：文雅说是去旅游，直白说呢，就是去玩。单位只“给政策”，反正是自费，自己不去老婆去，老婆不去孩子去。高老板自己没去，老婆没去，孩子也没去，报名去的，是他爹他娘。

一路上，大家都蛮开心，大人说笑话，小孩唱歌跳舞。最活跃的，不是委员，不是机关干部，甚至还不是小孩，是高大妈与高老爹。他俩唱歌，唱湖南花鼓剧《刘海砍樵》，一个唱：刘海哥哎，我的夫啊；一个唱：胡大姐哎，我的妻啊。他俩跳舞，跳《十八摸》，老夫老妻的，表演“色”得很，“流气”得很。在车厢里，在房间里，甚或在风景区，就唱起来跳起来了，那开心模样，让我这个长着一副牛肉脸的人，也是常常嘻嘴大笑。

两位老人的快乐，让人暗暗羡慕。而两位老人的大方，却让人酸酸生妒。这两位老人啊，见甚吃甚，见啥买啥，海藻，买；玉器，买；银镯，买；真真假假的玛瑙，买……有人忍不住感叹一句：有个老板崽，还是不一样啊。

高大妈笑了，说：这跟我崽没关系，他只给我出路费，买东西用的是我自己工资、我老头子工资。

工资？高大妈有工资？高老爹有工资？哪里领工资？他俩六十开外了，身份是农民，这几年搬到城里住了，衣饰带花带绿，比一般市民穿得档次高些是真的，但手臂上露出一截黑皮，看得出是农村泥土色，两位老人洗脚上城，还没洗出农村大爷山里大娘气息呢。没有工作，谁给他俩发工资？

我崽呢，高大娘说，我崽给我们两个老家伙各办了一张工资卡，工资都一样，每月三千。

不对，高老爹说，今年才涨到三千的，去年只有两千八百。涨工资，是我跟我崽争取来的。物价涨得那快，工资哪能不涨啊。我崽听话，乖乖给涨了呢。

高大娘与高老爹心中透出的那份喜悦，让我等既羡且愧。旅游回来，我跟高老板一次闲谈，问起了这事，高老板说：确实是的，我妈我爹，在我公司领工资，已有三四年了。开始，我是过年过节都给他俩钱，每年让二老外出一回到两回。他俩在外面玩，我叫二老用钱就是，但他俩都是很节省的，说不是用自己的钱，用钱用不开。听了这话，我想了一个办法，我给二老开工资，每人办一张卡，叫公司会计每月打到二老卡上。每月十五日，会计通知二老。二老感觉奇好，逢人便说：我享受老干部待遇了。

高老板是从深山深处走出来的。高老板说，他家有四姊妹，他是老大，小时候穷得锅里揭不开锅，腿上穿不上裤，他老爹老娘吃尽苦头将他拉扯大。高老板发狠誓，以后一定要让父母过得好。他后来考上了大学，分到一个偏远的乡政府，那份工资只让自己胀不死饿不死，要尽心尽孝，就心有余而力不足。他下了狠心，下海了，多年摔打滚爬，现在成了我们这城里不大不小的老板，开了好几家4S店，聘用的员工有三四百人。

我也是农村出来的，我晓得做父母的当年那份苦。但是，我现在无法给老人发工资。父亲早几年亡故了，母亲现在虽然跟着我在城里，管吃管饱，不管吃得好；其实我娘在我这里算给我工作的，洗衣煮饭，抹桌拖地，干的是保姆活计，惭愧，我没法给老人家开工资。我母亲在我这里，常常不很开心，天天闹着要回老家。我有时也很不解，我虽然没多少钱孝敬老人家，但我心意还算有啊，管饭也管饱的。

高老板另外一席话，让我开悟。他说，孝顺父母，起点在孝，落点在顺。孝敬父母，当然得有物质表示，不能单是空口。父母冷了，给父母衣，父母饿了，给父母食，这是孝；但不一定是顺，以为甩了几个钱给父母，就是尽孝了，那不对；孝顺孝顺，关键在顺，顺就是让父母开心，让父母快乐。比如说，我给父母钱，我可以一次性给老人家，但我分开给，以工资形式给，父母那感觉真的不一样。

听人谈孝顺，我不是一次了，高老板这话，说起来并没太大的新鲜感，但听了高老板其言，看到了其行，却让我心针灸似的，扎了一下。我突然觉得，我对母亲算孝，但远没有对母亲顺，在如何让父母高兴上，尽孝法子较少。

也许我们不是老板，只是老百姓，老板可以给父母发工资，我们发不了。然则，在孝顺父母上，老板有老板的优势，老板有金钱，老百姓有老百姓的优势，老百姓有时间。老板给父母发工资，我们老百姓可以给爹娘花时间啊：比如，不能陪父母外出旅游，却多陪父母上街，多走走亲戚，多跟父母说说话；我们少跟别人打牌，多跟父母玩些游乐；我们到家里少蹙些眉，多些笑脸；我们改变平时给父母孝钱的习惯，改为变着花样给老人家物品……我一位朋友说，他从乡下接来母亲，他母亲天天闹着要回去，说是城里话听不懂，人混不熟，连说个话的老姐妹都没有。我朋友晓得问题所在了。他到处打听住家附近老乡，有老乡接了父母来的，他就给母亲介绍做朋友。这一下就好了，解决了母亲寂寞无人陪的困局。我这朋友说：我们不能只给自己找朋友玩，我们也应该给父母找朋友耍……

我相信的是：我们可能没多少能力给父母很多钱，但我们有万千的办法去顺父母意，让父母开心与快乐。

凉鞋套丝袜

材叔对我的幸福生活瞭望到眼的时候，我却还是一片茫然。一九八三年，我初中毕业考上了师范，材叔说，你肯定会凉鞋套丝袜的。我说我一定不会。材叔说，那我们打赌，如果凉鞋套了丝袜，何搞？我说，那我脑壳归你砍。如果没有，那你怎么办？材叔说，那我喝农药。

也许这毒誓根本就不毒，那脑壳不一定有一块几块钱值价，没几个人拿钱来做赌注，拿钱做赌，输了不就是要人的命？干脆拿命来赌，到了见输赢，是不会来拿命的，而如果是钱，若谁赖皮，只要赌赢的喊声话，会有很多人帮忙，不给钱也会给抢出来，所以，对一些搞笑似的赌注，多是拿命做抵押，但是，我把脑壳抵押可不是虚晃一枪，我是真的这么发狠的。我与材叔在打赌的时候，我俩正在挑牛屎粪往队里的田里去，中途歇息，坐在田埂上，材叔吧着旱烟，看到一个周末回家的工人模样的人，穿着塑料凉鞋，套了一双银灰丝袜。材叔说，你以后也会跟他一样。我怎么也想象不到我将会那身时尚，我就跟材叔下赌。我打着一双赤脚，从春分到立冬，我白天好像就不穿鞋了，到学校里去读书，打的是赤脚；到外婆家里去走亲戚，打的是赤脚；到满是荆棘的田谷坳山上去打柴，打的还是赤脚。

我对凉鞋充满了无限企望，我特别想穿白色凉鞋。我的一位初中同学，是县城里的人，县城流行穿喇叭裤，流行凉鞋套丝袜，他爸爸怕他学样变坏，把他送到乡下学校来读书，他白白的脸，白白的手，白白的脚，穿上一双白凉鞋，特别帅。他穿了凉鞋，但没套丝袜，凉鞋套了丝袜的，不是流氓阿飞，就是资产阶级公子哥儿。我们院子下面的石家院子，有个叫海崽的，顶了他父亲的职，到县城上班，原先也常常跟我一样打赤脚，到了县城没半年，就“变质”了，“忘本”了，居然凉鞋套丝袜了。材叔说，这海崽，不是个好家伙。果然不是个好家伙，他没在县城上两年班，就犯事了，犯了流氓罪，准备要枪毙，家里连棺材都给备好了，后来只是判了个死缓。海崽凉鞋套丝袜，材叔一看就说不是个好家伙，怎么说我一定也会凉鞋套丝袜呢？

我想我一定不会凉鞋套丝袜，但我特别想白凉鞋。我的那位初中同学，好像姓王，他是唯一能够在我们学校穿上白凉鞋的人。我们的脚都是墨黑一只一只的，穿凉鞋的也有，但都穿灰的或者黄的，与黑腿巴子相去不远，唯独他是白脚白塑料凉鞋，白得触目惊心。我做过无数次梦，梦里都是穿着一双白凉鞋，在街上走，有次我还做了一个特别美的黄粱梦。我一纵，跳到我们大队部的那戏台上，坐在大队队长用课桌拼成的主席台上，我的穿着白凉鞋的脚从课桌下面伸了出来，脚丫晃，晃，晃，下面的禾妹子与桃妹子眼都看直了。这个梦让我变得有点不可理喻起来，几乎疯狂地想占有那双白凉鞋。我多次对王同学的那双鞋子起了歹心，几次下手都未果。有次上体育课，大家都到操场上打球去了，我发现王同学穿了一双白运动鞋，把凉鞋放在教室里，我就悄悄溜到教室，把他那双鞋子偷了出来，藏到学校对面的那座山里，用茅草盖了。这几乎酿成了一个事件，学校开展了全校大搜索，吓得我几天都不去上学，请了“病假”，学校对这事后来不了了之，那白凉鞋呢，过了个把星期我趁夜拿了回去。我穿过一次，是在夜里穿的，不但是“锦衣夜行”，而且是睡在床铺里穿的，睡着穿了一夜。醒来吓得我冷汗直冒，我好像被学校抓了，被揪到校长做报告的台子上，亮相公审，不但给我安了个贼名，而且叫我流氓。天不亮，我就把这双白色的凉鞋丢到了村里那口山塘里，挖了尺多深的烂泥巴，埋了。

与材叔打赌的时候，我已经接到了师范的录取通知书，还没进学校，材叔对我的前途一眼就看得见了。他看得到我能够凉鞋套丝袜了。而我无论如何也缺乏想象力。我最远的地方是到过我们镇上，镇上赶集的时候真的也很繁华。我娘带我去过，别的东西多不多我记不得了，我记得的是摊子上摆了一排排一溜溜的塑料凉鞋。穿凉鞋的很多，黄的、灰的，带紫色的，带开草籽花、油菜花的，都有；套丝袜的有，多是女的，妖里妖气！对凉鞋套丝袜，我真的挺恨的，我骂她们是妖精！而男的穿呢，我恨不得用石头去击他的背。我家茅屋坐落在村口，我常常坐在家门口，我看到每个礼拜六的傍晚，都有一个男的，从我家门前过，脚上穿的是凉鞋套丝袜，而且还挽着一个女人。对于男人挽着女人的胳膊走，我们村里个个很气愤，大人常常骂：那个骚鸡公！我常常看他俩来，就躲在柴垛子边，捏块小石子，瞄着他打，打过他几次背，有次正好打在他的后脑勺上。他“哎哟”一声，骂，哪个兔崽子？脸都被气扭了，鼻子挤到眼眶上来了，撒腿往我这里跑。我吓蒙了，待在那里不动，被他揪了出来，看到他的手举到半空，好像要劈下来，一晌，就松了：下次，你还这样，看我两个耳刮子，把你扇到南天门。而这样，也没吓住我，到了下个周末，他挽着他老婆从我家门前走过，我躲在茅坑里，在茅坑里一边喂了牛，我抓了一小把牛屎，扔到了他的白衬衣上。对于牛粪，我从来就不叫作粪，种麦子或者埋红薯种，我常常像抓山火灰一样直接用手抓，往田里圃里撒，我不觉得是粪。那工人却觉得臭不可闻，捏着鼻子，气得脸色铁青，到处找人要打。他没找到我，他没想到我躲在茅坑里面。

干吗要打他？我其实也不知道。我只是恨。我们院子里，老老少少，好像都恨，谁穿了喇叭裤，谁就不能进我们院子。下面院子的海崽穿着喇叭裤第一次回来，他娘追着用竹扫把打，撂出了一句狠话：下次还这么流里流气穿衣服，小心打断你的腿。我们院子里，有个莲妹子，跑到广东去，不知道干的是什么，钱是一张汇票一张汇票地往家寄，她爹她娘整天脸上像开了花。过年了，莲妹子回来了，那长长的辫子不见了，吹了一个蓬蓬头。她娘大骂她是个“鸡妇窠”。我们把正在孵鸡崽的母鸡叫“鸡妇”，“鸡妇”孵鸡崽，那模样看不得，羽毛散乱，那样子是特别丑的，我们管那叫“鸡妇窠”。她爹把她牵到大队队长那里，说是要脱离父女关系，叫队长开证明。我不知道队长给他开没开证明，而那一年，莲妹子却没在家过年。不知道那个年，她是在哪里过的。

我对我特别自信：我不会凉鞋套丝袜，我想我难以买得起凉鞋。我拿到师范的录取通知书，我都不知道师范出来是干什么的，我更想不到，什么叫作工资，而且阳春高照，穿上袜子干什么呢？凉鞋是为了凉快的，袜子是保暖的，一边要凉快，一边要保暖，我穷尽我的想象，我理解不了这么一个卖矛又卖盾的问题。况且，我对男人穿喇叭裤，女人理“鸡妇窠”是那么恨，我哪里会凉鞋套丝袜呢？

三年师范，平时都是穿我母亲给我纳的布鞋，到了五六月份，我不能打赤脚啊，我还是穿着布鞋。我望眼一看，几乎整个学校好像就我穿布鞋，其他的都穿上了塑料凉鞋，有几个还穿着皮凉鞋。三年里，我最怕过五六月了。毕业领工资，我首先给自己买的是凉鞋，后来我也穿过了丝袜，但我一直没有凉鞋套过丝袜。那时节，我已经对这样的装束满怀期望了，但我还是不敢，我记得我那个毒誓，我不敢那样一身行装。工作了好几年，我终于凉鞋套了丝袜。我现在依然常常慢时髦一拍或者几拍，但什么样的款式，我都看得惯了，不恨了。你敢穿，我就敢看，你穿得越“那个”，我越是养眼啊。

穿上凉鞋套丝袜的那年，我回到老家去，走到我原先与材叔挑粪打赌的那条田埂，我忽然有点心虚，我生怕碰上材叔，万一材叔还记得我们那个赌呢？我在那田埂上蹲了一晌，想好了办法，很简单，敬支纸烟，哈哈一笑，就可了却此事。到得家里，一连几天，我都没有碰到材叔，他原先是特别喜欢到我家来打字牌的，常常跟我父亲他们赌一赌博，一天输赢几毛块把钱，但我一直没看到他。我问父亲，材叔哪里去了？父亲说死了。死了？怎么死的？父亲说是喝农药死的。原来材叔那年，到广东去打了工，回来之后，穿着打扮大是不同，也是凉鞋套丝袜了。材婶子就与他吵，说他一定是在外面偷了野婆娘，所以就吵，吵得厉害，材叔就喝了农药。

材叔死的时候，正是五六月份，凉鞋套丝袜的季节。乡亲们说，材婶子哭得昏天黑地。给材叔下敛的时候，大家凑钱给他买了一双牛皮凉鞋与一双尼龙丝袜，给他穿上了。材叔凉鞋套丝袜，走在了一条叫作“异乡”的路上，再也没有回来。

材叔，现在，你可以回来了啊，凉鞋套丝袜，城里可走，乡里可走，随便哪里都可大模大样地走了啊。

菜豆子冬豆子

淫雨霏霏，连月不开，星期天，开了。早晨开晴的，等了一个上午，想来，山上水汽也散逸了吧。走。人间早已芳菲尽，走，山头去。那里草会青些，树会绿些，地会软些，空气会鲜些。

楼外青山，离我所居，有座佘湖山，远我三五千步，不曾乌云遮望眼，叠叠青山也难见。眼睛望得穿山川，望不穿楼盘，嗯，乌云不曾遮望眼，楼盘几乎全遮了泰山，须得穿过好几条街道，脚亲芳泽，才可以青山养眼。山上有座庙，庙里有个老和尚，我是不大去的。有些时日了，不再以为彼处是仙居，那里也是人间的，穿城过市，本来想的是脱人间一晌，自然不用再去人间复印半日。便到山间草处抱膝坐，便在山间树处信步走。

山不高，山脚之下，非山，是园。市区扩了很多年了，洗脚上街，农民早做了市民。市民依然还是农民，田是不做了，菜还是种的，山脚，一脚脚往上走，他们开了一块块土，种了萝卜，种了花生。入冬，冬渐渐深，依然可见矮矮的辣椒树，挂着一树树辣椒，很多红了，有的依然还是青。辣椒在前不久，还在开花吧。辣椒，真不服老。

冬天里，辣椒怎么着也是老了。其绿，是生命在挣扎最后一把。看那棵高大的梧桐树，早已不敢张扬生命，服了秋风之肃杀。秋风过耳，你不在意，秋风过地，树们草们包括人们，都怕了。冬风呢，还敢让它过耳吗？冬风过地，都被吓死了，你也吓得不太敢出门了。

有没被吓死的，菜豆子便是。菜园有点黄，是新辟的菜园吧。我看到了菜豆子，在菜园里兀自绿发，一蔸蔸地绿，一行行地绿，一园园地绿。菜豆子，叶片铜钱大小。我去时候，一蔸已然一簇了，也许刚刚破土而出的那会儿，仅是一根两叶，如体操运动的伸展动作，向着天空，取抱太阳之姿。此时，却是一蔸一窝，好像是一群叶娃娃，簇拥着，凑堆子，冬天里太阳风轻吹来，是谁读了一句《诗经》？嘻嘻嘻嘻，我刚转身望别处，便听到菜豆子们，笑起来了。

我知道的菜豆子，是很柔弱的。也是在秋冬，我娘便叫我上山砍灌木，不大不小，不长不短，灌木有标准的，非国标，非省标，是我娘定的标，这标，是菜标。一人多高，拇指多粗，剁枝，削根，一根根，一排排，插到菜园去。有好几种菜，能长得很高，能结很多果实，却是自个儿撑不起自身，需要灌木搀扶着生长。

南瓜需要更高更大的灌木，冬瓜也是，一个南瓜一个冬瓜，动辄二三十斤、四五十斤，贡献太大，它们承不起自己了。豆角也是的，豆角一线线掉璎珞也似，其对人类的贡献大于其对自身的设定。菜豆子也是藤蔓生，却比南瓜藤，比豆角藤更弱不禁风。南瓜藤摸上去，很粗硬，菜豆子却是软毛毛的，感觉是，树阴照水爱晴柔，若有蜻蜓立上头，菜豆子便会身子一软，软落地底似的。

是大奇，你说银杏树是武二哥，菜豆子是林妹妹。春天来了，生命都一样蓬勃，甚或，梧桐与银杏，它们活得更英勇更豪纵，而到了冬天，很多树们都怯场了，都投诚了，菜豆子却赴一场生命之约，唱一曲绿意之歌。

长大了的菜豆子，身扶灌木，柔若无骨，绿如无忌，放肆地绿。它们喜欢群居，喜欢挨挨挤挤，也许是它们无甚不可告人的秘密，也就用不着防着什么。它们群居终日，言皆及义。及甚义呢？我非豆，我不知。

菜豆子虽则要扶木而生，却并不如何缠木。山头常见藤缠树，到后来，你都弄不清楚是藤缠树，还是树缠藤，藤勒进树里，入木三分，藤长得比树木更粗壮，好多英雄好汉都被绿罗裙勒死了脖子。菜豆子或是别一样淑女，它小枝依人，它大心自立。

菜豆子绿意盈盈，它开的花，影影绰绰，或绯红，或鹅黄，或纯白，叶两瓣三片的，张开，微微朝上，蝴蝶一般大小，蝴蝶一般艳丽，其绯红或鹅黄的底色间，正是花蕊处，常常圆点红，且叫点绛唇吧；常常一点青，且叫青玉案吧；常常落了一颗黑珠子也似，且叫卜算子吧。菜豆子开花，真的，是真的，如一曲宋词中调，一阕宋词小令。若蝴蝶来，在花上伏着，让人弄不清花是蝴蝶，蝴蝶是花；而若蝴蝶飞呢，你也弄不清是蝴蝶在飞，还是花在飞。

乡野的冬也罢，春也罢，都是那么丰盈而生动。时间分配给每个人都一样的，你不多，他也不多，一天二十四小时，一年十二个月四个季节，春夏秋冬，从城市也过，从乡村也过，你感觉你在与时光同行。真的都能一样吗？不一样的，城里的四季已是瘦损腰，热了，要脱衣了，春天来了，夏天是了；冷了，要加衣了，秋天来了，冬天在了。城里是四季，只剩下两个字，热、冷，只剩下一样动作，穿衣或脱秋裤。城市说繁华，市列珠玑，确乎奢华，可是呢，四季走城市，只有一个感觉：触觉。风，触到你身子了，你觉得是冬了，是春了，是夏与秋了。

在乡村，四季可丰富了，春夏秋冬，到城里，是千篇一律；春夏秋冬，在乡下，是千红万紫。菜花花绿绿，那是视觉摆着盛宴；风吹吹停停，那是触觉给你按摩；香飘飘逸逸，那是听觉赶赴春晚。人，你有多少种感觉，乡村会给你多少样满足。

别怪我扯得有点远哦，因为自然离我们有点远了。这里，菜豆子开花，那些花中花、色中色的，是菜豆子；而纯白纯白、纯粹纯粹的，是冬豆子。菜豆子与冬豆子，都是一起下种，都是一起生长，都一样盈盈绿，都一样柔弱弱，两豆藤蔓生，难以辨别是雌雄。

菜豆子是春天里的第一味蔬吧，青黄不接，春节过后不久，日子蛮难熬的，腊肉好吃，吃多了也烦；坛子菜有味，吃多了也腻；菜豆子，解人意来了，解民愁来了。菜豆子跳下藤来，扁长扁长的，青翠青翠的，不是叶子菜，也不是根茎类，有叶子菜之绿，有根茎类之韧，色青翠，味清脆，单炒，好吃。乡亲们都是厨师，当然是乡厨，不是国厨，他们都是没评职称的，他们下厨没职称，他们上厨却很称职。每个乡亲、每个母亲，都是好厨师。他们也很会配料，菜豆子单炒，出味，菜豆子加红薯粉，可入菜谱，也可入饭店呢。

菜豆子里的豆子，小、扁、青、嫩，随叶炒，生脆入口。冬豆子呢，当然也小，小如鸟睛；却是圆的，圆如鱼珠；不青，黄的；不嫩，老劲。冬豆子剥出来，要晒，晒得干干的，大小一样珠，落砂罐里，落玉盘里，蹦蹦跳，脆脆响。

菜豆子现摘现炒，当一盘蔬菜；冬豆子是随摘后炒，当一盘零食。黄豆子也可以炒着吃，味道差远了；冬豆子粒粒圆，粒粒燥，砂罐炒熟，蹦脆且松，疏松且粉，比葵瓜子，比炒花生，嚼起来更来劲。

夏至，我老家有炒豆子风俗。老家不远，叫石泉，那里做砂罐很厉害，砂罐炒出来的冬豆子，硬是香些、脆些、疏松些。夏至这天，家家都要炒一锅的，寄托的意思是，身子要如豆子一样，粒粒蹦。

现在，我倒不是觉得这里头含有身体的祝福，意蕴尤其感觉深者，冬至，豆子下种，夏至，豆子下罐，时节这么呼应得好啊。莫只说春种秋收，冬种春可收，冬种夏也有收。

霜华是一味

蒹葭苍苍，白露为霜；玉立亭亭，小不点为大姑娘。若说露是霜的未成年，那么，雪便是霜的未长成，霜，养在乡晨人未识。唐朝温庭筠有一首霜诗，极得味，鸡声茅店月，人迹板桥霜，长亭外的游子读了，是要落泪的。

霜随形转，形塑霜状，板桥上的霜，茸茸的，有如蒲公英吧；蒹葭上的霜，圆圆的，有如鱼眼珠吧；而狗尾巴草一排排长在田埂或山脚，霜挂其上，便像极了撒上白粉的棒棒糖。张九龄写霜景是：潦收沙衍出，霜降天宇晶；伏槛一长眺，津途多远情。霜景正是天宇晶，霜降的那些早晨，高高低低的乡野，弯弯曲曲的乡野，是浅浅的白，是疏疏的白，是薄薄的白，是田田的白，绿白相间，黄白相间，不是山头厚雪，当算草间雾凇。

茄子是没得摘了喔。霜来了，乡亲们悠悠兴叹，这时节，绿色蔬菜退场了，南瓜早没了，冬瓜不见影了；辣椒坚持着，辣椒也不开花了，结的辣椒也是前些日子的。前些日子结的，不葱茏，不舒展，辣椒们拢起袖，缩了脖，蜷了形。有俗语说的是，霜打的茄子。霜打后的茄子，个子小如老鼠崽不说，摸起来硬邦邦，吃起来也苦滴滴了。

萝卜却是甜起来了，菜市场卖菜的大妈，嗓子亮得不行：来来来，打霜了的萝卜呢。霜前萝卜与霜后萝卜，外形并无不同，都一样长长圆圆，都一样白白胖胖。萝卜表里霜降露，霜前萝卜，生嚼有一股辣味，兼一股涩味，霜后萝卜，便很甜了，便很脆了，萝卜不仅是蔬菜，也是水果了，吃起来有梨子味了。打霜的萝卜，里头水是脆脆甜的，自来水煮萝卜，自来水也是微甜微甜的了。霜，是萝卜的玉液琼浆，是莱菔的春风雨露。

红薯也是霜后佳，霜前红薯也是梆硬，蒸也好，煮也好，或是烤也好，粉是粉的，粉中有点涩，不过经藏，要让红薯过到来年，得霜降前挖红薯。老家屋里，多在客厅里挖一个大窖，一人多高，双手之宽，深深邃邃、四四方方。平时是空的，到了秋冬，满了，窖里全堆满了红薯。乡亲像是蚂蚁们，秋天从土里挖来红薯，全藏起来，过冬。

风雪日子，那一窖红薯，便是一屋子的幸福。风雪夜，人都归了，一家子都坐在火炉边，火炉上架了四方桌，桌上铺展了印花被。不知谁嚷了一声，饿。娘便翻开一块木板盖，从窖里拿出两三个红薯，铁筛子上盖木板，焖烤红薯，鼓鼓的香、汩汩的香，也是满耳咕咕的香。若说粮食香，没什么香过烤红薯。

乡亲们猫冬的日子，红薯是深冬里的舌尖。冰寒雪冻，窖设正屋，正正好。围炉话桑麻，想吃夜宵了，不用去山脚窖里去，伸一脚，便拿了红薯来烤；到了初春，红薯日渐见底，须是跳下去，才捡得上了。我姐曾害过我一回，她怂恿我去捡红薯来烤，待我跳了窖去，她不伸手拉我了，还把木板盖了，说：把红领巾给我，我就拉你上来。读了好几年书，我没戴过红领巾，欠死了。便偷了姐的，学校里、家里、村子里，是不敢戴的，放牛山上去，才戴着向山麻雀们显摆。我姐早知我干贼牯子事，骂我我也不给她，她自己哭我也不给她。她便想出这个绝招，我招了。

霜后红薯，不禁收，容易坏的。现在，我姐总要留一块红薯土，不到霜降不去惊动红薯们。好大一蔸霜啊。夜来天气冷，要盖七八斤被子了，赶早起来，冷得打战，便见田野里，白了。便有人喊，好大一蔸霜。霜华论蔸，大概早已秋收，稻田里剩一行行禾蔸了吧。霜落芨芨草，一根霜；霜落稻草蔸，一蔸的霜。秋黄世界，冬灰天宇，着了芦花白，着了雪花白，白绒绒了，白晶晶了。

好大一大蔸霜啊，便要开挖红丘陵里那块最后的红薯土了。太阳出来，霜华隐去，土里，到底凉了，挖出红薯，手剥红薯身上土，手都冷僵。红薯好吃呢，浑身来劲。霜前红薯，如嚼铁砣，有些夸张，如嚼木头，却是写实；霜后红薯，松了，脆了，软了，甜了，生吃出味，熟吃味出。

霜后红薯，蒸着，蒸锅边上都有老红色结团，如牛皮糖，刮了，手拿，手都黏黏糯糯，沾往嘴唇，甜甜如蜜。若说，霜前红薯，一条条烤，烤得四面黄，却是硬邦邦，不如木棍，也是牛骨，狗啃骨头，吃它，费好大牙齿劲。霜后红薯，一个个烤熟，筷子拣上，都两头闪，软如面团，甜如柿子；卖相也佳，老红老红的，糯糯条条的。

很多年了，我姐和我妹，秋收那会儿，田野与山头，庄稼都收得干干净净，她们都会留一块霜红薯，洗净，晒干，烘烤，密封，制作干红薯，一袋袋装着，天天问拟上城者，托其带给我。晨起上班，堂客煮面，吃了，肚子是饱了，舌尖没饱，便随手拿几根烤红薯，路上嚼，嚼，嚼味。嚼之味，那是绝味。

霜华不只是冷味，霜华也是甜味，白菜也是借了霜，滋味从此悠长。白菜先前，多是青菜吧，叶叶舒展，蔸蔸青绿，白菜们只顾着舒枝展叶，待到霜来了，雪来了，白菜内向起来了，注重内里品质酿制了，注重味道提炼了。霜里拔蔸白菜来，雪里挖蔸白菜来，搁砧板上切，响声都脆很多，炒起来水分足得很，入口更是甜滋滋的。

不只霜华，比如阳光，比如雨水，都是一味。今年阳光足，橘子甜呢；今年雨水足，梨子脆呢。别说大铁锅炒翻炒出味，大自然更是蒸馏有道。把佳肴弄出味的，不是厨师，不是柴米油盐，而是老天。厨师出小味，老天酿大味，其以风雨霜雪，调和鼎鼐，烹制万千人间美味。

草 鸡 蛋

我自乡下归，左手一麻袋，右手一纸袋。麻袋里装的是萝卜苦瓜芋头，纸袋里装的是鸡蛋鸭蛋鹅蛋，惹得对面美少妇含酸带醋：又是鬼子下村啊。不是鬼子下村，是儿子回村。

儿子回村，我娘都会把两只手塞满，背上背满。肩上不好挑，一根扁担把东西挑肩上，在城里貌似是丑事；把东西背背上，小把戏背书袋一样，五六十岁可以装嫩一把，城里挺时尚的。出土豆掮土豆，出豆角提豆角，出红薯背红薯，一年四季，儿子回村，都是一个纸盒子，装满土鸡蛋。对面美少妇见我就妒。她是城三代了，我还是城一代。她乡下再无亲戚，她只能是见我背回我娘的农产品而大嚼。后悔哪，当年若嫁给你，如今有个乡下公婆。美少妇不由分地，从我袋子里抓一把红辣椒，转身就莲花碎步，跑了。

美少妇幽然兴叹，不是假矫情，或是真抒情，喝的是地沟油，吃的是注水肉，买莵菠菜都怕农药超标，炒的鸡蛋担心是人造鸡蛋，乡下白菜露水溜，水底鱼儿慢慢游，叫城里美少妇如何不想有个乡下公婆？好多城里人兴叹，原来谁家有个乡下亲戚，感觉蛮羞；现在啊，若有舅爷是村汉，若是姨妹是村姑，那可是前世修福。

我娘八十多岁了，原来在城里住过几年，怎么留也留不住，她要再一次上山下乡。落叶归根还是老辈割不断的老念想，让子女无可辩驳。

我娘的另一个理由是，要去土里种菜，菜园不种菜，园子就荒了，田园将芜胡不归？我娘吃过城里肉，煎过城里蛋，她皱着老眉问：城里肉何搞不甜？莴苣何搞不脆？开始，我娘以为这是城里科技发达，后来才晓得其中有诈，非要卷起包袱，收拾行李，不做市民要当农民了。

我娘好几年闪了腰，腰肌劳损，也曾进过正骨医院正过那把老骨头，挥锄挖土，真让人揪心。我姐与我妹比我孝心大，劳力活都赶回家，给我娘做了，下辣椒秧，给挖茄子辣椒土，插红薯苗了给挖红薯芋头园。生活场景已然倒了一头，子女在前面挖土，父母在后面下秧，几十年前的情景是反着来了。我娘弯了半时辰腰，站起来，双手捂，揉，搓，感慨万千：老了。

我娘老了，看管了很多菜，养了很多鸡。蔬菜下土了，倒也不要太理，鸡们却好像儿时的我们，放养是放养，却总让我娘牵挂。我娘去我姐家，她不会担心蔬菜在园里长不长，那不是她嘴里碎碎念要赶回家的理由，而鸡们却让我娘挂心。一天不看在眼里，便心里长了金樱子刺，屁股下面安了锈钉子阵，慌慌忙忙，拦都拦不住，要往回赶。

这个节日回老家，门是打开的，娘却不见在家。人不在家，门不上锁，乡下依然有这般人心古风景啊。鸭子嘎嘎开老腔，母鸡咯咯如旧时。却是，不能满村子满屋子乱跑乱蹦了，我娘给编了竹篱笆，把鸡鸭们都关在里面。鸡鸭好吃屎难理，鸡鸭跟细把戏一样德行，随地大小便，入得家来，脚要插花一样踩，一不小心就中了鸡屎雷。现在好了，鸡鸭与人分居，各居其屋。农村房屋，蛮多建得城里套间一样了，更喜的是，也跟城里人一样讲究软件建设，蛮讲究卫生了。

我开了大腔，喊我娘，我娘从对面园里应了声。我看见了，看见我娘从田埂下露出了白发苍苍的脑袋。她手里持一把镰刀，背上背一只背篮。“等下，割几把草就回来。菜柜里有南瓜子，炒熟了的，先剥去啊。”鸡们被关了起来，鸡们不能土里捉虫，田埂啄草了。我娘好像喂猪一样，打猪草改为打鸡草了。我娘晓得我口嗜，平时爱嗑瓜子，隔那么几个月，就用砂锅炒一把，木罐子里装着，放菜柜深处，她晓得我会回来的。不过很多次，是失算了。我迟了些日子回家，我娘在家着急：熟瓜子要起霉，何搞还不回。

我娘扯了一篮子草，还是旧姿势老情景，袖子揩额，也不管我，放下篮子，便剁草。篮子里还有南瓜藤啊，粗壮，溜青，节节长条，也随着杂草切。堂客见之，大惊：切南瓜藤干吗啊？我娘答：给鸡吃。堂客赶紧从我娘手里，刀下抢藤：莫切了莫切了，我拿回家切菜吃。堂客没本事，不能与民争食，堂客有能耐，与鸡争食。

我娘坐在矮凳上，握刀切草，远不是当年运斤如风，刀起刀落，有如放电操作。现在是一刀一刀，一刀时距如放慢动作。我跟娘说，我来切吧。我娘手指不灵活，手臂倒利索，手肘顶我，力气还蛮大的：你来？你莫把手给剁了。小时我剁猪草，确实剁过一次手，鲜血淋漓。从此我娘再也不让我动刀，切菜都不准：仔细你的皮肉。

田埂上，山头间，去割草，也许是小事，八岁孩子干，没事；八十岁老人干，麻烦事啊，草里面有没有蛇，这个倒不怕，老农民都有老茧，路有水，滑，路有石，坎坷，摔一跤可是要命。我多次跟我娘说了，叫她别干了。村里发小向我检举，你娘还抡锄头挖土呢。这可把我给吓着了，我娘去正骨医院，前两年去过两次，我脸也来相也来，训了我娘一顿。她也晓得厉害了。现在挥锄干五岭银锄起落，倒是少了。而不管你如何数落，如何规劝，我娘却是劝不住，要去割青草喂鸡。我娘自豪：没用一粒饲料，都是谷米与草料，猪是草猪肉的，蛋是草鸡蛋的，草猪肉味道是甜的，草鸡蛋味道是醇的。我现在吃的饭与菜，都是传说中的特供？我娘心里始终都顺：喂养其儿女与孙辈，她心情从来没有不顺的。

我叫我娘自己留着吃，我娘抵死不肯：你费脑，要吃点好的；草心在省城，大城更吃不到农村好菜。草心是我女，是我娘孙。我娘便把草鸡蛋分了两篮子，管崽一代特供，还要管孙一代。我娘操心得宽哪。这个没甚让人生感慨。

最让人感叹的是，最好的东西给人，在同事间不见，在朋友间难见，或者，在夫妻间也是不易见了；而在母子间呢，这是最常见情景，这景致可能还是单向的：难见儿女如此对父母，常见父母这样待儿女。

一碗汤的距离

好像除了春节，我们家是难得板板眼眼坐在炕桌前吃饭的。我爹持了一只酒壶，去了屋背后田里看水去了，禾喝水好像我爹喝酒，我爹喝酒好像禾喝水，禾是我爹的酒友，我爹是禾的水友，他俩好像有说不完的话。我娘没上桌，嘁里咔嚓，茅檐低小，地上青青草，我娘在剁猪草，那是我未曾尝试过的危险动作，一手捏草，一手挥刀，刀落草上，离我娘的手，隔指甲片距离，刀飞落，草前送，精准有如机器操作。我姐呢，她端起碗，鬼才晓得跑哪儿去了，有时是边跳绳边吃饭，有时是端着饭，飞奔三里，去赶我家那头水牯子。水牯子会赶趟儿，正在偷吃莲婶家的红薯藤干，莲婶骂人，我村首席角色。

乡村都是这样的，只有到了城里，才晓得什么是坐席，桌子四四方，菜碗摆中央，碰杯脆脆响，没完不离场，这在乡下是难见到的。开饭了，各人端起碗，村里村外跑了去，菜尽饭没完，一脚拐进别的家，夹一筷子萝卜白菜，又走了。没走的，也锅子里盛了饭，走到屋外，蹲在阶沿，隔着几条田垄，与对面伢子妹子，扯开喉咙吃一口，扯来喉咙说一话。回得屋来，公鸡跳上了炕桌，在那板板眼眼，啄菜，很是津津有味。

难得坐席，多是走席。我所居这个城市，有个词特有味，叫走骚。走骚，妹子仔，自是主角，阿嫂公更是女一号。我这里造词有点别致，比如阿嫂公。阿嫂本是母的，硬也叫公。妹子仔与阿嫂公都爱走骚，没事了，穿得花枝招展，动起莲花碎步，摇摇摆摆，摆摆摇摇，明星模特也似，在街头花枝招展。去哪里了？在街上了。又走骚去了啊。闺密间常是这样对话的。当年闻骚色变，如今听骚色喜。骚，既是姿，又是态，走骚便是走动着的姿态。走骚何所似，走秀差可拟。只是，走秀是在T型台，走骚多在步行街。

乡下妹子莫笑，城里有走骚；城里妹子莫笑，乡下有走席。当爷爷了，当奶奶了，当外婆外公了，脚板不方便了，牙齿咬不动了，走不了席了，便复古周礼，坐在自家炕桌用膳。老了，还讲硬气，崽、媳妇喊他来一起吃饭，不来，喊不动，这便生发乡村另外一景，但见小孙子，双手捧碗，野惯了的小脚，也走起了格子步，一步一步，都踩点也似，中规中矩的。嘴巴嘟嘟的，窝着嘴巴吹汤汤水水。有个成语叫如端热汤，如履薄冰。小把戏本来端的是热汤，步子指定小心。

他去给他奶奶送鸡汤。家里有了小喜事，或是舅舅来了，或是节日来了，有时没亲戚来，也不是什么黄道吉日，只是昨夜里照泥鳅，煮了泥鳅钻豆腐；或是今天河边捞了鲫鱼，煮了鲫鱼紫苏汤；或好些日子没吃肉了，屠户师傅对面打起哦嗬卖肉，便去剁了斤多腿巴子肉，炒了一碗辣椒炒瘦肉，等等，便打发孙子孙女，给爷爷奶奶送将去。爷爷奶奶住老屋子，隔了鹅颈田，隔了鸭掌丘，隔了一条高坎，中间一条田垄，田垄上去，又一个小山头。菜是滚热滚热的，不好端手，送过去，恰是温热温热的，正好下嘴。儿子大了，或爹也在老去，都是打发小孙子去行孝的。乡下，伯伯叔叔、姑姑婶婶，自个儿很少直接表达孝心，多是通过自己儿女。崽对爹，大声大气，冲得要死，却不容许孙子孙女对爷爷奶奶起半声高腔。爷爷奶奶也是，对崽对女，常常死骂，对孙对外孙，亲得好密。

我羡慕隔壁石巴砣，他常端着一碗菜，鸡肉煮得好是稀烂的，小鱼仔煮得好是粥样的，喷喷香香，热气腾腾，打我家门前走过，我在屋里头，都感觉一股股热，一缕缕味，暖烘烘，香飘飘。他娘叫他端去送给他奶奶吃。我飞脚跑出屋来，朝他喊，石巴砣，我帮你端去。石巴砣惊了一下，汤水差点荡出来，他斩钉截铁，昂过头去，不要，就不要。给你一个四角板好不？十张我都不要。我便坐在我家门槛上，静静地，怔怔地，看石巴砣身子摇摇的，步子碎碎的，端着碗，走田埂，走高坎，走进茅檐矮矮的小屋子去。我没听见，我耳朵里却十分清晰的，一个声音传进来：崽，放下，放着，莫烫了手。

我没爷爷，我也没奶奶。我父亲只是两三岁见过我爷爷，我奶奶我姐见过，我没见过。我奶奶不很喜欢我姐，我娘生我姐那天，她一直守，守，守在我娘身边，待姐出啊的一声大哭，问世了，我奶奶叹了口气，走了，回她娘家去了。我奶奶的爹爹妈妈不在，回了娘家也住不了几天，回铁炉冲了。我娘说，要是你奶奶在，你奶奶肯定抱起你跄。这里的跄字写没写对，我也不知道。只晓得这个跄字，是晃的意思。好多黄昏，我独自坐门槛想象，奶奶抱着我，抛了接，接了抛，我笑哈了。

我是欠抱的人，我一二三岁，正是想钻怀抱时候，我娘常把我丢在凉凉的竹筐里，四面相围，四面皆空，中间一个空间，刚刚容身，一点回旋余地都没有的，坐下去，倒有块烂棉衣啥的；里头一根斜棍，可把胯分开，一泡尿撒去，倒也不会撒裤裆，直接撒了地；胸前有块小板，板上放些算盘珠子，拨起来嚯嚯响。我娘意思是，爱耍你就乐，不爱耍你就哭，分配了座，悲欢喜乐都由你。这个就是所谓摇篮？

这一生，没什么不满的，只感觉欠了奶奶怀抱。我老家叫欠，换普通话，大概是羡慕嫉妒恨。看到石巴砣给他奶奶端菜送去，目光追他两三里路。这也欠？去，给你外婆送碗去。我没奶奶，我有外婆，我外婆在水竹冲，离我家二十多里地，好像有公路的，不过公路还要转一趟车。去外婆家，我从来没坐过车。五十里路内，我爹我娘都不坐车，我没亲戚在五十里外的，哦，有个二姨，在百里外的煤矿。我爹是去过，坐绿皮火车去的，我估计我娘，前七十年，她没去过两次。我姐大了，要谈婚论嫁了，我娘有个死原则：不能超五十里。超过五十里，我娘说，你是叫我丢了女啊。我姐我妹，都嫁在周边，方圆十来里的地方，我娘好像是一棵树，打了个桩立定，我姐我妹如树叶，落在树边边。

那天是，我爹捉了一只野鸡。我屋背后有两条冲，有两座山，冲不大，长；山不高，青。山上乔木蓊蓊，灌木蓬蓬，翠竹苍苍，野鸡野兔有很多的，我还看到过野狼，在高山坳上，站到了稻谷田埂上，对着我们嚎。我爹是圆手板，我娘骂他时常说的，意思是心不灵手不巧，野味东西抓不到。那天，我爹居然捉了一只野鸡回家，我娘眉开眼笑吧，兴冲冲把野鸡宰了，放了两三片姜，还放了不知何处弄来或是收藏小半世纪的当归，没加他料，原汁原味，满满一菜碗。我娘匀出来小半碗，朝我喊：给你外婆送去。

六月的花儿香，六月的好阳光。那不是六月了，是秋天了，是深秋了。我只会唱这一首歌哒。这首歌，一直没有好好唱过，老师教我们唱，都是有口无心，和尚念经，这回唱得很真心的，真的，是很用心唱的。一路唱，唱得路人侧面，对着我笑，大家不是讥笑，大人对小把戏，都不讥笑。我去外婆家，有几座丘陵，有几条小河，弯呢，数不清；你那是山路十八弯，我这是乡路八十弯。一个弯拐去，就不知道拐到哪个村里去了。对这条路，我蛮熟，一条弯也没拐错。乡路弯弯，多是这里耸一个石头来，那里拱起土坷垃来，都没事，这般路，很是应景，也很是对心，平地，我都是蹦的，都是跳的。

到得外婆家，外婆吃一惊：崽，送么子东西来？鸡汤，外婆，野鸡汤呢。我外婆把碗给放了桌，不管，拉我过去，先把我抱一下。崽，咯个重呢，抱不起了，不跄你了。我外婆对我抒情完毕，便去掀看菜碗，菜碗上盖了一只空碗，空碗与菜碗间，罩了一块纱布。我外婆一一打开。崽，汤呢？我伸过鹅公颈去，一点汤也没有了，只有三五块刀芭豆一样的鸡肉，干巴巴地，胡姿乱态，待在碗里。

汤，全被我跳啊蹦的，晃荡在二十里的来外婆家路上。

是鸡汤呢，野鸡汤呢，鸡汤要比野鸡肉更有营养、更好喝的。

不能怪我，怪的是这碗汤的距离有点远。

那是我唯一一次，给外婆送鸡汤。

外婆故去，也有很多年了，现在叫我送鸡汤去，我保证一滴汤都不掉，坐个车去，半个小时搞定。

半个小时，夏日里还好，若是冬天，也凉了啊。鸡汤，要趁热喝，鱼肉要趁热吃。再煮，再热，味道就失去五六分了呢。

跟一位朋友闲坐，东南西北，胡乱闲侃，扯到了买房事。他说他在他小区，又买了一个小套间，五六十平方米样子。一个小区买两套，怎么着也要花三四十万喔，什么情况？给老娘买一套啊。老娘老了，不肯跟他住一起，只好给老娘买个房。他算精准了：几十万买的这套小小房，煲好了滚烫烫一碗汤送去，到达老娘家，恰恰好，是温温热的。

亲情年间操

自从得了精神病，我就精神得多了；自从得了小孙子，我就孙子得很了。

有了孙子，我就当了孙子；痛并痛快着，孙并孙子着。

儿子，你给我当儿子，我给你当孙子。六月花儿香，七月的暴脾气阳光晒着，我对门马爷对着马嫂，踢马脚，门儿踢得哐当哐当。放暑假了，马爷的马儿，送回来了马孙，丢下话：您俩给带好了，秋季开学再来接。话丢在铁门边，跐，马儿脚踩油门，刺溜一屁股烟，北上广奔事业挣前途去了。

你的暑假，我的儿科班。放暑假那些天，我搭了一趟火车，这火车顿成爷孙专车，老翁老太，牵一个带一双，哭爷叫婆，喊孙嚷甥，火车都被抬起来了。暑假与寒假，小把戏变候鸟，从父母那里，纷纷然，飞往爷爷奶奶、外公外婆老巢去，一老一少，二老二少，老老少少，少少老老，世界风景，一夜之间都是老少配，爷孙俩。

熊孩子没老师管了，不用上课了，你让他往哪里去？关套间里，家里怕是天都翻过来；放屋子外，那是放野牛啊；培训班是好去处，一者教育部门不准了，二者谁接送？最佳去处是，送老人那去，吃的、穿的、用的，都是免费的，比保姆尽心，比保姆放心。

这就苦哉老汉，烦死老头。累了一世，熬到退休，刚到二度青春，重回两人世界。白日还在梦里做梦：樽前免被催迎使，枕上休闻报坐衙。过什么暑假呢？樽前，刚免被催迎使，酒杯没放下，又被喊去给小爷系裤带；枕上，想来不用设闹钟，被人催命也似喊上班上班，放什么寒假呢？正是回笼觉时，却被召去给小爷热牛奶。

添了孙子后，大爷您是当了老爷没？当了孙子。

寒暑假里，重回二人世界的爷们婆们，忽然发现，并没有寻到自己的独立时间，大半生活被孙子孙女、外甥内侄捆绑起来了。要给他们洗衣做饭，要给他们搓澡揩臀，要给他们讲故事、批作业；半夜三更了，老汉我是呵欠连天，小家伙精力充沛，在那里大闹天宫。

这烦不算烦，烦有更麻烦，门前有马路，屋后有池塘，嘀嘀嘀嘀，微信警报响：有人专门来小区带小孩走呢，把人吓出一身冷汗。给孩子吃了、穿了，玩具也给买了，花了一身老大力气，得什么好？媳妇嘴巴在撇啊撇的：屁股后生了个疖子，也不管啊？去了一回你爹家，养成了好多坏习惯。孙辈生了，老爷没当上，当上了孙子。

寒假暑假，你道是亲子亲密时光，我感觉是人伦冲突时刻。对门马爷，不爽，真不爽。他说，他带了一代人，他人生任务已经完成，不想“加儿科班”，不想“延长退休”，在单位当了好多年孙子，退休了，当爷爷了，又因孙子当了孙子，不干。马儿将马孙送到马爷这里，马爷没发马脾气，发了点牛脾气。与上辈比，与上上辈比，马爷自然有了人伦新观念。马爷说，一代对一代负责，不为儿孙做马牛，先过自个儿幸福生活。

荷花阳光，大好时光，何时开始，暑假不是假，暑假是麻烦？

想起了我那会儿系开裆裤，到了暑假，高兴死了，一大兴奋点，便是喜洋洋、屁颠颠，往外婆家赶。外婆无抚养我之责，外婆却有亲我之心。外婆听说放暑假了，老早带话来，叫我们这些外甥狗去，再前溯几年，外婆颠起她那三寸金莲，先两天放假日，老人家亲自动脚，接我去。自然，接了我去，给我吃饱外，什么都不管，不管“作业”，不管“安全”，不管“教育”，由着我床铺里打架，泥地里打滚。

外公，在土里埋葬；外婆，在土里流汗；外甥，在土里洗澡。过去的亲子时光，很自在，很逍遥，很轻松，不用担心安全，不用担心埋怨，不用担心衣服烂了让媳妇看到，不用担心脸没给洗干净让女儿知道……当年老人乐于管带儿孙，原因大概在此。

爷爷奶奶，外公外婆，寒暑假里带养孙辈，不是大不了的事。带孩子麻烦是麻烦，麻烦非他人，是自家血脉嘛。活着本麻烦，如有麻烦，还不活了？带孩子，太操心，一年，才操多少心？夏秋，一个暑假，冬春，一个寒假；一年里头，满打满算，也是两个节点。要外出去玩，不安排寒暑假，退休了，时光有大把；想多睡几个懒觉，也不在乎这些天哒，照我老家说法是：早死三年，多睡蛮多。

不要以为，有了血脉名分，便有血脉亲情。亲情是在亲密接触中生发、发酵的，亲情是在距离与疏远间，熄火、熄灭的。若爷不带孙，孙不烦爷，虽是血脉所流，却难有亲情相系。没有回忆，就没有亲情，回忆是亲情的陈酒；没有亲情，就没有记忆，亲情是记忆的火种。兄弟姐妹，若多年不来往，还会有多少亲情？一样的血脉，不一样的感情，感情之有无，源自当年有无亲密接触。

亲情定律：亲情的深浅，正比于亲密的多少。亲密多，亲情深；亲密少，亲情浅。

亲子时光，不会占你生命多少。别说爷孙，便是父子，便是母女，一起生活的时间，都不会太多。十八岁以后，他们翅膀硬了，飞得没影了；毛没长成，飞不了，待父母身边，也待不了多久，白天要读书，夜晚要睡觉，眼对眼，亲情对视，手拉手，亲情同行，这般时间也屈指可数。

没多大事，不会太多麻烦你，小把戏有几个寒暑假呢？一晃，没让你怎么感觉，他就长大了。带吧，这个暑假，就答应，带孙子吧，权当亲情年间操。一年才做一两回操，才操一两回心，可以多费点心，多尽点心，多精心点。磨脑有苦，绕膝有乐，将小把戏当个玩具，玩一玩，也是蛮好玩的。

金樱金樱酒

对父亲行孝，想起来，好像没有。

想起来了，好像也有。我当烧火小僧，便是专事行孝父亲的。父亲好酒，父亲的酒都是自产自销、自喝自酌的自然经济。一去二三里的三溪桥，有几家酒店，拿着空瓶子可以去打酒，我没去那干过打酒事。再后来，院子里也有人开经销店了，板凳上摆些糖粒子，窗台上排竖虎骨酒国公酒啥的。再有，便在炕桌里放个坛子，烂棉絮封着，卖零酒，这就是经销店。

父亲有回憋得有点慌了，舀了一勺井水，往酒瓶里灌，使劲摇，使劲荡，再往杯里倒，闭着眼睛，抿了小口，先前沉醉的脸色，急色起来，改抿为灌，父亲意思是，抓一把小沙子，淘不出金来，挖一船沙来，还不会有几个金分子？父亲咕咚咕咚，一瓶都灌了，看那脸色，貌似舌头不曾沾染半个酒气分子；父亲有点急，操起竹刷，家里刷碗的竹刷，蹲在酒坛子边，刷，刷，刷。

有其父必有其子，类似事情我也干过。过年过节，我从母亲招待舅舅的碟子，抓了一把瓜子，兜在袋里，把一粒二粒压在口袋缝里。母亲走针细密，口袋本无缝，奈何袋子被我插烂了，烂了几个缝。过节瓜子富足，我按几粒瓜子进缝，待过三五天，我可以再从缝里挖出几粒来，细嚼慢咽，感受半天。父亲刷，刷，刷酒坛，坛子也有缝隙是吧，可以刷出酒分子。父亲蹲着身子刷酒坛，我在旁边冷笑，别刷了，刷几次了。

父亲抬眼瞪我，又埋头苦刷，刷刷刷，再倒了一勺井水，摇，晃，荡，咕噜喝。啪。父亲把酒瓶蹾一边，父亲酒瓶是一把锡壶，禁得起蹾，蹾起来响声清脆。父亲转身对我吼：给我打酒去。父亲扔过来两角钱。我把钱给丢回去，谁要喝谁去。父亲口气软了：崽，请你去，行不？父亲对我没客气过，这回客气用了请。请我也不去，要去你去。父亲脚力足，三五十里地，一溜烟打来回。父亲不去打酒，我晓得他心思，钱从他手上放出去，父亲那手伸不出去。借我的手，送与经销店，视而不见，眼不见为净。多年来，我不逛街，不去超市，不去菜市场，要去也是叫我堂客去，钱不是我送出去的，心里安些。我堂客常骂我，你这是哪儿来的毛病。我不好作声。

父亲憋不住，自个儿去了。父亲没要回去钱，我钱丢哪儿，钱还是躺哪儿。父亲去了经销店，喊得福太公，打二两酒。得福太公，踮起脚，打酒，得福太公脚早些年瘸了，农活干不上，开了这个经销店。得福太公脚踮啊踮，打了二两，递我父亲。父亲使劲嗅，嗅，嗅，捂着鼻子，包着唇。摇手。父亲给得福太公打的手语是，不要了。得福太公把酒哐当一声，倒回坛子，响声大得心惊肉跳。父亲掩鼻，包唇，回来舀了一勺井水，含唇半晌，井水兑酒气，父亲终于喝了酒了。

父亲不抽烟，爱喝酒。父亲喝酒，这情景出现几次，也不是很多。母亲每年要给父亲酿几次酒。父亲也是蛮奢侈的，晚稻怎么着也要种一块糯米田，种糯米不符合父亲习性，产量低，父亲种稻子，要的是产量，不是质量，要的是能吃饱，不是吃好。父亲种几分糯米田，一者，过年要打糯米糍粑；二者，要酣（我老家都是方言土语，没几个好词语，酣即酿，是难得有的几个好词）酒。糯米酒不多，多的是红薯酒；父亲对酒算是贪享受的，对门菜园子里，种萝卜白菜、辣子茄子，也匀出一块地来种高粱，他要酣高粱酒。高粱形状混淆甘蔗与甜蔗，我嚼过，丢到水沟好远。父亲便不太种高粱，父亲给我种甜蔗。顺便说一下，湖南地质，好像不活甘蔗，活甜蔗，貌似还行。甘蔗皮是带紫的，甜蔗皮是青的。

父亲酣酒最多的是红薯。红薯多，山上一山，坪上一坪，秋收红薯，红薯掉在牛脚凹里，都没人捡的。父亲一担一担地，把红薯洗净，蒸熟，捣碎，掺和秕谷，倒入黄桶。黄桶一人高，两三抱大，滚筒也似圆。上面厚厚实实盖了层稻草，一把木盖子盖了，盖子有缝隙，缝隙稀泥巴糊了，一点气也不透的。十天半月，两旬月半，一股子酒气自黄桶中逸出，母亲便给父亲酣酒了。

想起来，我对父亲行孝，唯有一事，便是当烧火小和尚，给父亲酣酒，远点说，还当了打柴樵夫。母亲给父亲酣酒，叫我烧火，往灶里送柴。窝嘴巴吹火生，嘴巴气息不足，操起吹火筒，鼓起腮帮子死吹，吹得火熊熊旺起，火旺起，火灰四处飞，落头上，落脸上，鼻涕流将出来，袖子横脸揩，一脸皆灰，若要演戏，不用再化装，早是小丑角色。红薯酒糟倒入蒸笼里，蒸气腾腾，蒸笼之上罩了大铁锅，担一担井水，倒入铁锅，铁锅是冷的，铁锅热了起来，要掺冷井水。酒气遇冷，冷凝成酒。父亲在蒸笼与铁锅接榫一处，安了斜筒，斜筒接罐子坛子，酒便热乎乎，细汩汩，绵绵不断流进酒罐子酒坛子。

给父亲酣酒，我还算尽心的。秋凉秋凉，酣红薯酒；糯米酣酒，还是东风凛冽，不用谁喊去劳动烧火，也自然身子向火嘛。我讨厌红薯，却不讨厌煨红薯，母亲与父亲酣酒，我烧火，塞几个不曾洗的红薯往灶里，火灰焐起来，烤红薯喷喷香，满肺腑都是香气。煨红薯吃上去，比饼干，比肯德基，比麦当劳，味道更佳。我喜欢烤红薯，不喝父亲红薯酒。给父亲酣酒，不喝父亲酒，想想，我也算孝。

父亲的酒，没甚好喝的。我曾到过一个酒厂，配酒师教我们配酒，什么酒与什么酒，以什么份额配，那酒便什么味。父亲也是配酒师吧，蛮蹩脚的配酒师。父亲配酒，一锅头二锅头三四锅头，都一起倒入坛子里头。酣红薯酒，铁锅先倒第一轮井水，酒气浓郁；铁锅倒第二轮井水，酒气便淡了起来。我伯父也酣酒，伯父酣酒我也去当烧火和尚，伯父酣到第二轮倒井水，便拆蒸笼，不酣了。父亲不是，父亲还是要酣。一酣浓，二酣清，一酣二酣，两样酒配起来，酒味清香，还算醇正。母亲到了二酣，要卸蒸笼，父亲骂母亲，红薯还有酒气呢，都挤出来。红薯便三酣，或至四酣，还有甚酒气？都是水汽了。父亲酣的酒，寡淡，寡淡味是：君住长江头，君杀了一只鸡，鸡汤顺流而下，流到长江尾，被我父亲截流，坛子装了，可以用很多很大的坛子，父亲给当了心灵鸡汤，一个人喝。

我从不喝酒，滴酒不沾，我家兄弟姐妹，坐起来满满一桌子，没一个喝酒的，许是父亲红薯酒，不带酒味，带的是水味。喝甚酒啊，喝水，更醇正呢。父亲每天都离不开酒的。父亲有把锡壶，长条，细颈，持在手中，手感蛮好。父亲每日清早，都持着锡壶，里头灌半壶，春夏不用温，秋冬要把锡壶往温坛里温半晌。我家有温坛，我老家谁都有温坛，温坛是一个铁罐子，埋在灶边，灶里每天都生火，晚上把炭火封了，火还在，倒入水，冬日晨起，舀温坛水洗脸。父亲起得早，把锡壶置温坛一时半刻，冷酒便脱了寒气，温了。

父亲持着锡壶，另从坛子里，捏一块萝卜皮，大清早的，往菜园子里看一回菜，往水稻田里看一下稻，要不，村东头、村西头闲逛。母亲便骂，你看你哥，挑牛栏粪窖洋芋了，你逛你娘只脚。我伯父最勤劳，除夕三十，大年初一，不上山打柴，便上园锄麦。我父亲却持着一壶酒，耍公子一样，闲逛。母亲骂父亲：铁炉冲的蚂蚁子，都是你踩死的。

父亲一生唯酒，我到现在，想不起来父亲吃过饭没。好像没吃过。

早餐一壶酒，中午酒一杯，晚上我们吃红薯，父亲温一壶酒，母亲给父亲端饭，明天去小南山挑红薯种，吃碗饭。父亲瞪一眼母亲，没见我喝了酒？印象蛮深的，父亲高山坳里捎树，煤矿里挑煤，回得到家来，坛子里挖一调羹糟酒，打一壶井水，筷子搅得嚯嚯响，喝他几碗。糟酒，是能见米样饭的，不比水酒，单见水，不见米。父亲吃过饭吗？大概吃过糟酒里的米糟吧。

父亲喝水酒，光喝，不用菜。菜，多是坛子里捏一块剁辣椒腌的萝卜皮，挺享受的。我见过父亲最享受的喝酒场面是，母亲给父亲炒了一碟猪耳朵，猪耳朵切成长条，长若手指，细若稻草，中间一条白色筋，想起来都有嚼劲。雪夜，天生寒，灶生火，我们烤糍粑，父亲一个人一只碟，碟上摆三五根猪耳朵，抿一口酒，捏一根猪耳朵。红薯酒含喉咙，咕哝咕哝喉咙间来回响，猪耳朵锯齿颊，嘣脆嘣脆响来回。半壶小酒，一晚上，一碟猪耳，半个月。现在我可以把两只猪耳朵，狼吞虎咽，大快朵颐，一顿消灭，父亲有本事，把这份幸福时光延长到十天半月。一年也就这一个十天半月吧。我家一年，能杀一头过年猪，已是小康生活。

父亲爱死了酒，我翻遍记忆，连衣服袋子缝隙都翻检遍，给父亲行孝的，就是母亲给父亲酣酒，我给母亲打下手，当烧火小和尚。我没给父亲打过酒，没给他买过酒。工作后，给父亲买过一件军大衣，还好像买过一根拐杖，那是父亲中风了，就是没给父亲买过一瓶酒。可能是我跟父亲一样，不能见钱从我手上送出去，我手头有工资，没给父亲买过一瓶酒。第一次领了一份稿费，《湖南日报》的，十二元，这钱意义很重大，我激动好几天。这钱怎么花去，才是重大意义？我想了三五天，先是想给父亲买瓶酒，我发现我内心蛮讨厌父亲喝酒。罢罢罢，我最后买了一盒鹿茸精，虎骨酒、鹿茸精，其时蛮流行的，鬼才晓得真假，买了，骑上自行车，飙地往岳母娘家去了——婆娘我已经讨到手了呢，现在都想不起来何搞要去行贿岳父岳母。

再往后几年，我教师转行，到了机关。我不喝酒，居然一年到头，也有三两个给我送酒来。缘故是，有人叫我给他写材料，拿钱不合友情之道，不带点东西，不合劳动之义，便给我送酒。我又不喝酒，这酒谁喝？岳父也是喝酒人，瓶子酒给岳父吧，父亲只喝散装酒。

我没想过，要把高档的值贵的酒，送一瓶给父亲尝尝。不晓得我姐么子意思，有回，给我背来半麻布袋金樱子，绯红的金樱子，一个念头闪过，我要金樱子浸酒，浸药酒。金樱子，开白花，金樱子，结红果。金樱子，四五月开花，开起花来，蛮好看，纯白，粉白，很灿烂。老家地头长得多，山上更多。金樱子看是好看，却不好摘，其身上都是刺，刺很尖，刺很硬，打金樱子身边走过，挂衣裤，挂手脚，衣服被挂着，衣服要划破几条棉缝，手脚被挂着，手脚要剐破几道血痕。入冬，金樱子结了椭圆形果，果上都是刺。若说金樱子叶间刺，如图钉，那金樱子果上刺，便如穿衣针，扎手，疼死人。

金樱子浑身是针刺，却是一味好药。不怕死，赴身灌木丛，摘下金樱子来，入冬老了的，果实鲜红，脚踩，踩去其刺，咬开，去掉里头毛刺，碎嚼，水汁不多，也是蛮甜的。金樱子不是一味好果，却是一味好药，《本草经疏》说："此药气温味酸涩，入三经而收敛虚脱之气，故能主诸证也。"其浸酒，是好药酒。我姐给我摘来半麻布袋，我赶紧去市场买了几个大玻璃瓶，揭开瓶子，把酒哗啦啦都倒酒瓶里，再骨碌碌，把金樱子倾其中。拧了盖子，捂紧。我不喝酒，我泡起了药酒。

没想浸金樱子药酒要给谁喝。后来，我想了，我是想给父亲喝的。父亲行年六十花甲，七十古来稀，他爱死了酒，充其一生，也就喝过水酒，红薯酒、糯米酒，顶多是高粱酒，不曾喝过药酒。有回好像喝过瓶装酒，我替人写材料，人家送了我的，本想推辞，却良心发现，我要父亲带回去。父亲不喝，叫我给领导送去。父亲说：在机关混了咯个久，么子都没弄上，给领导送个节去。我没作声，过下，父亲又道：算了，你不是那个货，给你岳老子送去，不用再花钱了。岳父送过好几次了，就没送过酒给父亲。我对父亲从来不解释，只发脾气：叫你喝，你就喝，啰唆么子？父亲也发气：叫你送去，你就送去，你啰唆么子？推推搡搡，推了两下，啪，酒落地了。父亲操起棍子来打我，发现我不人高马大，也是虎背狼眼，便丢了棍子，返屋里，拿了勺子，从地缝里舀酒，舀上来半调羹，没喝。父亲气呼呼的，哪有心思喝？母亲后来说，父亲喝了，半夜里喝的；还听母亲说，父亲独自嚷嚷，说若见了我，还是要打我一顿。这么贵的酒，谁摔地打谁。

那瓶酒掉地后，我更不想起给父亲买过什么酒了。我姐带了金樱子，想起工作这么多年，没给父亲送过酒，有点愧。这回我孝心一次，给父亲浸个药酒吧。酒不高档，比红薯酒要好，比糯米酒要贵。

我不喝酒，想不起有这酒。一晃两三年过去，某日，翻箱倒柜，寻甚东西，猛然间发现玻璃瓶里还浸了金樱子酒，最先酒是白色的，纯白纯白，已赫然变色，红彤彤的，药气都浸出来了吧？我跟婆娘讲，两瓶药酒，一瓶给你爸，一瓶给我爹，拜年就拜这个酒。

这酒，给岳父是拜上了，没给老爹拜上。一个夏日清早，父亲端着锡壶，村东村西转了一圈，转回家漱口，一头栽到门槛上，父亲脑出血了。还好还好，送医院送得早，从阎王府上打了一转，父亲回家了。回来了，酒呢，父亲一生爱死了酒的，喝不上酒了。静静竖立柜里的金樱子药酒，见一次，想一次，想送父亲喝，父亲不能喝了。

前几天去旧屋，推开柜子，猛然见玻璃瓶里还装着金樱子酒，颜色深了，深红带紫色；端出来一看，看到我还在瓶子上贴了字条：2002，重阳节。这是二〇〇二年重阳节封坛泡的？我记忆记不起来，漫漶的字迹记着呢。这酒，浸了十五年，算是陈年老酒了吧？父亲脑出血后，起死回生，又活了七八年。医生治得了脑出血，治不了老时光，父亲到底走了。又七八年过去，金樱子酒还在，父亲早不在。

父亲坟头之左，之右，之前，之后，漫生着金樱子。这个年，本想带回这瓶金樱子药酒，往父亲坟前洒半杯，还是不带了。父亲若是晓得我把酒往地上洒，不举棍打，会骂死我去。春夏，父亲坟前开满金樱子花；秋冬，父亲坟前结满金樱子果。金樱子落地，无谁捡，入土深处；岁月的雨水，淋漓浇在山头，也是渗进黄土。雨水与金樱子，遇合山头故土，也会浸一坛金樱子药酒的吧，父亲可以慢慢喝。

向晚意蛮适

我咕咚咕咚喝了一整天，喝了一肚子的氯气、氨气与汽车尾气，待向晚，驱脚紫薇山，悉数，一口气不留，呕心沥气，全吐出，与草与树。我张开嘴巴毫无保留大放一肚子气，放眼望，望见一山的草与树，簌簌簌簌，枝叶笑，乱颤。

日落西山头，人约黄昏后。我与紫薇山向晚有约，互相换气，互不付费。满腹的气、满腔的意，掏肝掏肺，我向草树倾吐，草与树不嫌这般肥料成色不佳，照单全收；满山的草、满山的树，它们比我更无私，唯树间之清风，与草上之绿意，耳得之而为声，目遇之而成色，我呼之其无禁，我吸之其不竭。我以满肚子废气换其满山间氧气，我吸，草吸，我喜，树喜。相处两不输，只有草与树。

穿过一条街，再横过一条街，我可望见紫薇山了。不晓得此山以前芳名，有某老板盘得此山，便广种博栽，栽了大片紫薇树。紫薇树，藤缠藤，叶交叶，花若盛开，漫山遍野，看呢，煞是好看，还能看多久？此路公家开，此树是私人栽，山名被人买断了，山景被人垄断否？目前倒没有，有放风了，以后上得紫薇山，去看紫薇树，要付钱了的。纵树间之清风，与山间之明月，取之要付款，得之要付资，是老板之无尽藏也。

莫管远虑，且趁近无忧，紫薇山那边，尚没收费，红男绿女挤满山，是不是趁机在占便宜？这便宜我不占，我反方向走，人迹稀少，堪我龙吟虎啸。这草非谁种，天种；这树非谁栽，地栽。天地仁，视我为雏子，任我在其间欢腾跳跃，不离不弃，不厌我。做客东家，做客挚友家，再自由再放松，谁能无忌？你来，山不请你；你去，山不留你，来来去去，山都不管你，任你在其间翻天闹，任你在其间打滚吵。无屋处，是屋；无家处，是家；无人处，我才感觉我是人——人多的地方，你觉得你是谁？

左瞅，无人，只有草；右瞅，无人，只有树，还瞅还瞅还瞅瞅瞅，只有落山的太阳穿过林间的黄昏，只有拂面的清风吹过草尖的绿意。领导的眼光，没在；女士的眼光，没在；对面楼头，伸出鹅颈来，骂神经病的那三角眼的眼光，没在。那就撕文啊，撕，撕，撕，把捆贼一样打包包裹的文雅，撕他个稀巴烂，我的形象就这，薄秋裤外全天然。我想赤条条一丝不挂那什么文雅，还我放诞、放纵、放任、放浪的形骸。

赤条条？倒是不敢，却敢旁若无人，哦呵，不是旁若无人，而是旁本无人。有人处且自沉默，无人处还不赶快放歌？哦呵，哦呵，呵，呵，呵，呵，呵。我每一声哦呵，如狼叫，如虎啸，如龙吟，如鬼嚎；如阮籍那声呼号，还是如王粲那声驴叫？我那声在街头与办公室憋了一日三秋的郁闷与孤愤，撞到一棵老枞树上，弹起老远，碰上了一棵枝叶婆娑的梧桐树，树叶纷纷受惊，乱摇摆。我起嗓子，鼓腹运气，气运风，风运气，满山树叶纷纷传情达意。我哦呵呵呵呵呵，我看到一只鸟从对面山上飞来，藏在叶间觑我，也是啾哦哦哦哦——这鸟觉得地上这两脚鸟好怪——鸟认定我是怪鸟，来看稀奇。我哦呵呵呵呵，鸟啾哦哦哦哦。那声哦呵，弹，跳，弹，跳，弹弹跳跳，最后落到那片叶上？我看到满山叶子，蒙络摇缀，齐齐律动，那是怪鸟之我与我见之怪鸟其哦声在同声共振？

无琴。王维独坐幽篁里，他长啸，他短号，是要配一把琴的。我无琴，我的琴是满山的树叶与满山的芭茅草。摘一片株树叶，搁嘴巴，吹拉弹唱，不发琴音，也发一片琵琶吉他声。不，我不摘树叶吹歌。趁这非人间而是山间的当口，我要当主角。我要放喉，歌喉不好，谁晓得？草知，没事，草不笑我；树知，没事，树给我踏节拍。我没放肆过，我在人间没放肆过。青草与绿树，是我知音，我要在山水知音怀里，作死地放肆一回。如果你在人间缺少可以放歌的朋友，那么，你到山水间来吧。

琴是无，老妻却有。老婆旧旧的，也还算过得去。她在前头，给我瞅，瞅着有人，便叫我躲一躲，我那烂嗓子放出去，哪躲得了的？我不躲声，我是要躲身。我只想让我那声音传远，不想让这身臭皮囊在人间示众。上面马甲全脱了，这回暴露老青皮，肥肉肥，瘦肉瘦，鼓鼓的肚皮，嶙嶙的肋骨，我无遮无拦，没甚保留地，坦诚天地间，有不待人见者，几片树叶捂过，谁也莫想见。嗯，紫薇山，我是来隐一下的。山不是我的，人家买去了。我只能偷得黄昏片刻，逃离人间，趁着主人不在，趁着主人没设收银台，山水暂不收费，隐山一晌，纵歌一回。

山不高，树也不密。山脉有山顶，山顶是起起伏伏一顶又一顶。其他山顶，都被老板栽了紫薇树，紫薇树逶迤而栽，栽成一条蜿蜒的龙。我不去，我不占人家便宜，我要去的是一处光秃秃的山顶。山顶不高，足够瞭望这个城市，瞭望这这那那街街道道上的车水马龙。我瞭望城市干吗？我不瞭望。我只瞭望山风，瞭望白云，瞭望太阳落山的黄昏。脱掉上衣当旗，空中舞，对风号。国际悲歌歌一曲，狂飙为我从天落。光条条一身，居光秃秃一顶，舞舞舞，舞衣襟；乱乱乱，乱心绪；唱唱唱，唱山歌；吼吼吼，朝天吼。自从上山得了神经病，我就在山上精神多了。脸面放开了，动作放开了，衣襟扯开了，心情放开了。我朝老妻喊：婆娘，你走开，我要骂了。在汉字里头，洁词或都乏力，或只有脏语，才蕴含无限爆发力——我面目被雅词包装日久，兄弟，可否让我长空一啸，吐一个脏词？吐一回脏词？就一个，就一回。

我能在会议上脱掉膀子吗？不能；我能在办公室撕开喉咙吗？不能；我能在街头巷尾汗水与泪水混流，独魔乱舞吗？不能。我只有到得山顶，我撕掉斯文，扯开衣襟，从丹田运气，从唇边送气，将一股股压缩在腹间的恶浊气，托与山风，排泄一空。嗯，只有到得天地间，我才可以像个野孩子，向山野撒撒野。没有地方可以安放我的性情与心情，只有这山那山，只有这水那水，只有山间之明月与江上之清风，许我自由，容我自在。

下班了，吃饭后，天色向晚，我拉着老妻，穿过街，穿过道，穿过人间，去紫薇山一条小道上，如一只怪鸟，啸傲山林。要记的是这一回，夕阳西落，我啸完了，心情大好，我从山间回人间，没村笛而唱山歌，呕哑嘲哳，一路放歌。停了。歌声放完了，冷不防听得一声：对面兄弟，唱哦，继续唱哦，好好听呢。眼光投去，是位翻割麦子的老哥，从一人高的麦地里走出来，向我遥遥招手：唱哦再唱哦，我来帮你伴舞。这老汉，晒得一身古铜色，双手擎麦穗，在我对面兀自扭腰摆胯，自家自留地里边跳起山舞。

伯牙遇了钟子期，蔡锷碰上了小凤仙，诚龙今天相逢了老农，好快意事。我朝老婆喊：你先走，对面老哥在跳舞，我还要留山上替老农伴唱。老婆走了。老汉舞，诚龙唱，歌声嘹亮，歌曰：诚龙对老农，两个神经病，不病即如丧家狗，病了便有精神抖。

哟西。哟西。哦呵。哦呵。惊起归巢对对鸟。不知日之既黑，我俩相搀扶着，摸黑下山了。

路之缘

人生短短几个秋，你能走过几条路？双脚履过的大道与小径，无数，无数，仿佛一碗饭里，来数米粒数。爬过的山，蹚过的河，走过的桥，拐过的弯，谁给自己数过？可是，亲爱的，一条路走过三次的，你有多少？一条路走过百次、千次、万次的，君有几条？

一

我给自己算了，走过百多次以上的路，没超过十条。最初的路，是一条阶檐，很短，跨过门槛，便到阶檐，跨过阶檐，便到家里。这条路，不是走的，是爬的。母亲屋背后田里、土里、菜园里，插秧去了，窖洋芋去了，摘茄子辣椒去了，便把我丢在屋里。我望着纵横交错的条条阡陌，无限神往，从谷箩里（谷箩里垫了稻草，垫了烂絮被，那便是我的褓褓）爬出来，再爬过门槛，把爬过去是十米、爬过来是十米的阶檐，当成了人生第一条路。

我知道，这不叫路，只叫阶檐。真正的第一路，或许是求学路吧。我背起书包，父亲拉着我，蹦蹦跳跳，往一个叫东岭的学校蹦跳去。路不长，两三里地，上一个小坡，拐过几道弯，先走一条土路，再走一段沙石路，便到了学校。这条路，最初是新鲜的，每日清早，背上背个书包，袋里兜个烤红薯，便上路了。什么路，禁得起重复走呢？我不想拐弯了，拐弯是因为路上有个山包。江南丘陵，平地起个包，便叫丘陵。我从丘陵上，穿过茅草丛，走出一条新路，算是不拐弯了。不拐弯吗？其实是将“C”字路走成了“几”字路。

路不长，三两里地，我却感觉始终没有尽头。一天一天，一周一周，一月一月，一年一年，一条路无限重复，你不会觉得这条路太遥远？怎么走，似乎都走不过。很多次，我走到中途，不走了，在一处丘陵窝窝里，前不见来人，后不见去客，我躲在这处窝窝里，捉青蛙，扯一根茅草，茅草带刺，我当刀片，割青蛙之肚，当解剖。至今我偶尔回家，仍有叔伯笑话我：叫你读书，你把青蛙当阉猪。

这条路没有尽头吗？那时绝望，如一只蚂蚁爬爬爬，始终原地踏步踏；如一只飞蛾，飞飞飞，始终在一个玻璃窗上，撞撞撞。好像命运就在这条短短路上打圈圈打转转。这条路，我能走过吗？多年后，小学同学在微信上喊，呼唤，连连发号召，叫着嚷着再去东岭学校，寻一张书桌，按照原先座位，再一起坐一次，就一次，坐四十五分钟。没去了。去不了。纵使去了，所有同学都能来吗？好几位老师已作古了，千请万请，也请不到他来讲台上了。多少年没再走过那条路了？有三十多年了。一条路，就这样消失在人生之中。

二

还是一条读书路。这条路，不用背书包了。这条路多长？从家里走去，不是脚丈量的，是一列火车运我过去的。或许在人生里，从此地到彼地，千万里地，千万条路，但不是你走过的，是车托运你的。那还是路吗？

我是在一个小县城读的师范，那已不能叫上学路了。我回想起的，是一条环城路。每到下午，六点钟吃完晚饭，便绕着城转。县城叫梅城，挺好听的名字，只是混过三年，我都没见过一朵梅花。梅城里，最堪忆的是一条青石街。水泥街道与青石街面，那是全然不同的两种感觉。青石泛着古香古色，路面被人踏得玉石一样的光滑。青石街的韵味不是光滑，而是袅娜女子穿着一双带掌钉的皮鞋，袅袅娜娜打街头走过，嘚嘚嘚嘚，嘚嘚嘚嘚，那声音，很多年过去，依然让人遐想。梅城街道不宽，街两边是木板楼，支起很多很多的窗格子。梦里头多次有过一幅场景，穿着碎花格子衬衫的一位宋时女子，吱呀一声，支起窗格子，忽然失手，那木质的支棍，砸在我头上。走啊走啊，我无限次地从青石街走过，什么都没发生。我无数次打江南走过，嘚嘚的落窗声，没发生美丽的错。

梅城坐落在资江边，资江边有一条古道，古道多古？不晓得。古道临水，水边一排排、一溜溜、一道道，生长着柳树，杨柳依依，雨雪霏霏。是的，是每个下午，我和何君、廖君、谢君，总是一次不漏，走过小巷，走过青石街，绕到资江边古道上，绕城一圈。毛毛雨无须带伞，年轻真好，淋点雨，都不擦，由着江南细雨湿衣衫，也不感冒。雨落大了，带着一把伞，依然是重复着来时路，去时程，转到资江杨柳处，睁着迷蒙的眼睛，望辽阔的水面，望落日山头，出神。偶尔，见柔条千尺，也折一枝柳。送谁？好像有人可送，好像无谁可送。

也是很多年以后，有一位女同学问起我：“你还记得我曾经向你要过诗吗？”“我忘了，怎么回事？”她说：“你给我递过来的句子是，‘衣带渐宽终不悔，为伊消得人憔悴’。可惜诗不是你的。”

诗不是你的，人也就不是你的。

三

生命中有一条路，你无数次走过，你是不是以为，你永远会徜徉在这条路上？忽然，这条路将彻底地从你生命中消失。或许是，这条路还在，你不再在这条路上。资江边这条千尺柳条的古道，再走过不？没了。

我娘嫁到铁炉冲，铁炉冲便是她的家，她的娘家呢，是我外婆家。自我娘从水竹冲嫁到铁炉冲，这条路便注定成为生命中无法绕过的。路程有点远，不算远，二十多里地。恰恰好。太远了，路不再是路，那是车次；太近了，路也不再是路，那是对门。这条路，我将重复多少次走？这条路，拐过很多弯，几乎所有路元素都有，有好些田埂路，有水泥路，有沥青公路；有好几座桥，木桥、石桥，貌似还有一座藤编桥吧，噢，有点记不起了（离我记忆多久了?），山道、水程、土路、石板路，以及开满鲜花的花径，弯弯曲曲的，笔笔直直的，羊肠小道的，一条路，集聚了所有的路元素。

这条路，我走过多少次？与每天重复的路不一样，去外婆家的路，那是一条走亲戚的路，所有走亲戚的路是这样的：走，不天天走；在，不天天在。在暑假，在寒假，偶尔你必须走；还有的是，或者外婆生日了，得去拜寿，或者我家杀猪了，得去送肉；或者，我娘打我，我想吓我娘一跳了，便或慢腾腾，或急匆匆，走到这条路上去了。

这条路，始终摆在大地上，你什么时候，开始不再走了？二十年前，我外婆过世了，这条路，从一条月路——每月要走一次的啊，顿时变成了一条年路，一年才走一次吧——那是因为外婆不在，舅舅还在。可是舅舅若也走了呢？余生，你还会起心从这条路上，再走一次吗？从我家山背后，翻过一座山，山路弯弯，山路上鲜花开，山路上鸟声开，那曾经是一条亲情通道，山那边是我姑姑，常常往我袋里塞糖粒子的姑姑，现在也多年未走了。我姑姑作古了，这条路在我生命中，貌似作废了。

有一条路，我曾经走得最多的，那是我老婆娘家的路。要想老婆到，脚板底下要起泡，没有无限次地重复一条路，你哪能缔结一段情？路与情是正相关的。按人家笑话的是，那条路是我踩烂的。白天走，晚上走；春天开满鲜花走，夏日烈日炎炎走，秋高气爽，正好走路耍子，冬天一路雪花飘，也阻挡不住我往还这条路上的热情。好多好多次，伸手不见五指，我骑着一辆自行车，顺脚溜路，路下面是一条小河，河岸乱石横陈，我从没将自行车溜进河里，那条路，好像是我掌心纹路，生长在我生命上，熟视无睹，熟视无须睹。

走过了很多次，依然在走。我小孩出生了，我走得更勤。从抱在手里走，到让她骑在脖子上，到她蹒跚着学步走。想着这条路，想起我那臭小孩，骑在我头上，忽然间脖子滚热滚热，她尿了我一身，从后脖流，流了我一背。

这条路，现在还走吗？岳父岳母还在，却是搬家了，路还在。二十年后，我再与小孩走过一回，那是坐轿车走的，小孩从外地回来，我去接，特地绕路，绕到这条路上，再也找不到那条路的感觉了——我坐的是车，不是走路。

四

而我现在走着的这条路，或是履历里最无聊的，从家里到办公室是千把米，从办公室到家里是千余米，下个电梯，脚落小区坪里，拐过几栋楼房，转入街道，街道有什么呢？闹嚷嚷的，好像什么都有，好像什么都没有；嘈嘈切切，咚咚啪啪，比以往任何一条路，都热闹，都繁华，置身其中，却是最为寂寞。

路不远，过了一条直肠也似的街，到得一家公司前坪，再过一盏红绿灯，便是我安身立命之所。走过去是千余米，走过来是千余米，来来回回走的，是千余米，是千余次。一条千余米的小路，何止走千余次？我在这里重复了多少次？望望四周，我看到高墙，没看到铁丝网；没铁丝网，全是铁丝网——我想路上踢一粒石子，敢踢吗？我想路上吼几句，能吼吗？我姐嫁到山外青山外，我走去看我姐，有歌唱歌，没歌乱吼，不吼了，操起一粒石头，往山林掷去，惊起一只山麻雀，叽的一声，从这丛灌木飞向那丛竹篷。

这条路，无灌木，无竹林，无麻雀，有的，只是我的同类。人，在异类那里，可以得到自由；人，到了同类这里，得到的都是拘束。每一脚，每一步，都是一样尺寸，都是一样姿势，我蹦过吗？我跳过吗？我飞起一脚，转过圈吗？都没有。这条路上，走了那么多步子，每一步子都是一步之无限次重复。

是的。我暴走过。无须上班之余，我绕城暴走，提着一把水壶，我从街东飞脚至街西，五里、十里、二十里，乱走。我悲哀地发现，我暴走的线路，又是一个圆圈，老圆圈，几乎每次走的都是同一条线。店子或变了名，路遇或变了人，那路程变吗？有十多年了吧，上班路没变，我暴走的、这条臆想中要改一改变一变的道路没有变。

这是路之缘，还是路之怨？如我小时候读书走过的那条路，这条短短的路，感觉是那么悠长，悠长得没有尽头，是人生真的短路了？一个人与一条路结缘太久，是人之乐，还是生之悲？道路若太重复，前程或缺质量吧——世上本没有路，走的人多了，便成了路；世上本来有路，走的次数多了，便没了路。

五

翻开地图，你看到的是，世界上纵横交错，全是路；站在山顶上，瞭望大地，人世间沟沟坎坎，全是路。你屈指算，人一生，能走多少条路？走过一次的，数不清吧；走过三五次的，有几条？童年时候，听过一个传说，人死后，是要算账的。我老家如今还坚持这样的习俗，老人入土几日，还得给他打搭帐篷，帐篷下面放一只算盘，叫他把人世间得失算一次，不过是给两天时间噢，他在人间几十百年的账便算了一清二楚。

也是这两三天啊，他还得到人间去收脚迹。收脚迹，或许是活者想到的最浪漫的事吧，是不是如林黛玉一样，背着一只香囊，拾花，又葬花？我曾经替魂魄担忧，人，天天在外面跑，走过那么多路，他要多长时间才能收回脚迹？

如今想来，这或是蛮轻松的活，一生看来貌似漫长，你走过的路，又有几条？拿着扫把与撮箕，从几条路上扫过，便把在人间的足迹，扫了个干干净净，不留一点痕迹。

最是那一勾头的害羞

我表姐要结婚了。这个幸福时刻，或许，我表姐夫见到的是秀才娘子的宁式床，而我见到的是满地的鞭炮与满桌的佳肴。尤其是佳肴，你说我对鱼肉有多热爱？我娘赴人家喜宴，讨来一张小学生作业纸，纸上涂满了黑字，我娘用它包了一块两指大的肥肉，我给吃了三天，每次咬下跳蚤大一粒，在唇边卷，在齿上嚼，转到舌尖上反刍，反刍了三天，才让其消失于肚腹，让我后悔半天，不该吃肉吃得那么快。

我表姐要结婚，我爹本来要带我弟去的，我跳起来哭，我爹没法，哄我老弟说，要舀一海碗肉，让他胀得像个鼓气蛙崽，这才让我们脱身成行。我一路都是蹦跳着的，到了姑妈家，却让我傻眼，好多的人啊，好大的场面，堂屋里、碓屋里、阶檐上、晒谷坪上，都摆了桌子，红纸红门，鞭炮碎片满地红。我突然不走了，立在村头，站了个死桩，我爹扯我，我如固定了一般，扯不动，我爹扯多了，我反身就跑，往回跑。我爹一把把我抓住，一把把我提起，夹在腋窝下，如夹一卷稻草，把我夹到姑妈家。

姑妈见了我们去，十分欢喜，把我爹安排在上席，现在我才知道，那是老规矩，娘亲舅大，舅家来人了，自然要坐上席。我表姐、我表姐夫，一一来敬酒，一见他俩那么光彩照人，我忽然跳下了桌，钻到板凳下去了。何搞呢？我听见我姑妈在问这家伙何搞呢，我爹答：没事没事，莫管他。

直到喜宴开宴，我都一直蹲在板凳下，看人家的脚。我爹一把把我提鸡一般提起来，一蹾，把我蹾坐在板凳上，这桌上什么人，我一个都没看清，我爹提我那会儿，我是闭着眼睛的；提我坐了板凳，我脸示人，示众，不超半秒，我以超高速度，把我脑壳低了下去，低到桌子下去，下巴抵着脖子，抵出一个凹坑，纵使那额头，也抵到胸口（原先身子好柔软啊，现在骨头老化了，耍不了这特技）。

满桌的鱼肉啊，还有鸡呢，还有鸡巴子（鸡腿）呢，只听得我爹在诱惑我，我姑妈本来初当岳母，事情忙不清场，也撂下事，先是笑话，打哈哈：看这个崽，看这个猪崽崽，何搞咯个出不得湖。后来晓得我真是出不得湖了，便没一个人笑话，都蛮严肃地当回事了，夹鸡巴子来诱我，拿糖粒子来惑我。什么诱惑都诱惑不了我，先前我还勾着头，余光外瞟，后来越是劝我，越是诱惑我，我索性把眼睛都死闭着，额头贴到胸口上了。

我姑妈跟我爹打了个耳语，便把我夹在腋窝下，夹一般卷起的稻草也似，搭上楼梯，把我单独送到没人的楼上，我爹没那耐心，举手要扇我巴掌；我姑妈一把扒开我爹，叫我爹去喝酒，姑妈一个人来劝我，来哄我，来掰开我的嘴，往我嘴里塞鱼。在桌上我没吃，在这里我还能吃吗？我死闭着嘴，姑妈威逼利诱，软硬兼施，都没能撬开我那腊瘪的嘴巴，送一块肉进嘴里去。

何搞呢？我打小就出不得湖。出得湖，出不得湖，是甚意思？湖南有个洞庭湖，湖南人出得了洞庭湖，就是龙，出不了洞庭湖，就是虫；出不了湖，那是没用的人，是一点出息也无的。我何止出不了湖？我还出不了屋呢。在家里，我有老恶（恶霸）之称，到现在，我回老家，很多人都喊我老恶；但一到外面去，一旦见了外人，遇到生人，便脑壳夹到胯下，比落水狗的尾巴夹胯下，夹得更深更紧。我这点出息，我爹常常骂我：锅里争肉吃。我表姐结婚，我爹在那儿做舅舅，做了两天，我硬是没进一粒米。我爹本想多待几天的，赶紧带我回家，回到村头，有里把路远，我站田埂高处大喊：娘，我要吃饭了。我娘骂：你只会锅里争肉吃。

我把这桩糗事，差不多忘了。我爹作古了十来年，英姿焕发的表姐，也两鬓染霜，早带孙子了，生涩的童年杳如黄鹤，飘荡不晓得去了何方。在这个最寒冷的冬天，我却忽然接到我表姐电话，声音哽咽：你姑妈走了。我领着妻子，赶往熟悉的庄院，再也见不到我那一见我去便嘴角挂笑的姑妈了，她已躺在黑黢黢的棺材里了。我表姐眼袋泡泡的，一把鼻涕一把泪，回忆起了当年往事，记忆倒带，倒到了她出嫁那天，我头低到桌子底下那情景。童年的世界已成破局，如今的亲人也已崩天，世破天惊，把我眼泪也逗出来了。二十来年前，我伯父过了；十来年前，我老父过了；这一年冬天，我姑妈也弃世了，我爹三姐妹，已无存一人。听到起柩那一声“升起来呃”，我眼泪在眼眶里转，久久不堕。

我实在就是那一点出息。多年以后，我读了师范，那年国庆节，班主任石老师要弄个舞蹈节目，给班集体争荣誉。跳舞？上舞台？下面是几百上千人的观众？那不把我羞死去？石老师可不是我姑妈，没那么多耐心来劝我，他只以“威胁”来降我。我软硬不吃，硬是没去，全班就我一人，孤零零一人坐在教室，看同学们在操场里，欢欢喜喜跳舞，嘹嘹亮亮唱歌，光光亮亮展现正面、侧身与背影。石老师本让我当了寝室长，一下把我职务给撸了：这家伙出不得湖。

这么多年来，我混了很多世，脸皮已厚了很多。只是我依然出不得湖，也有很多镜头要对着我，我赶紧跑了；也曾进过一些大场面，我也是勾着头，找一个角落，落座最后排；有些大人物（不但是官场，文艺界也是有的），人人争着去合影，我是远远地，走远些，一边旁观去；

也赢得过在小型场合坐主席台，还叫我发言，我是未语脸先红，人家问我何搞脸红，我说我可能有点高血压。你没高血压啊。噢噢，中医说了，说我肝火有点旺；也有人赞我低调，哪是低调啊，我是害羞。

出不了风头，自然也就出不了人头，让我永远都出息不了。我也曾自卑，我也曾遗憾，可是，我也不恨自己：多少出尽风头的，不也栽了跟头？多少有出息的，不也出了事？这社会不缺乐感，不缺荣誉感，也许缺了点羞耻感。大言都无惭，大贪皆无惭，男盗已不羞，女娼也不羞，或许“那一低头的温柔，恰似一朵水莲花不胜凉风的娇羞”，自我高置来说：这最是一种稀缺的、稀有金属一般的品质了吧——我自以为是。

我家小公主，其他什么都没遗传我的，这一点没走火，与她老爹一个德行。这家伙小时候，每去她外婆家，一进门，便把头勾下，勾到桌下尺多深，用糖哄，哄不了她抬头；用玩具逗她，逗不了她抬头，她也是那么见生人就害羞，见场面就发怵，见到一些“意外之财”与一些“遗臭之事”，贪念未生而脸先红。这家伙长大了，在北京读了四年书，去香港读了一年研，毕业了，去一家单位竞争上岗，她打电话给我：爸，我不敢上台。我骂了她：你这个猪崽崽，出不得湖。骂是在骂她，其实我心里也有点喜滋滋的：吾家小女，这辈子或许难出什么息，但也不会出什么事的。

犹记当年写情书

月华如霜，共坐西窗，堂客突然发问：你写这书，你写那书，你欠我一封情书。现在我不曾酒醉鞭名马，也怕情多累美人，当年也是自相问，情为宝物，直教人生死相许，多情时节没写情书，可能吗？堂客倒柜翻箱，把她铁盒子搬来，一封封拆开，没有。这不是吗？我曾用拼音写短信，叫我学生带她学校去。堂客大叫：这是吗？这是下发通知。明天来我学校吧，或是，星期六，我来你学校。这也叫情书？

没写情书？我冤枉。情书，我曾写过。

我在一个叫梅城的地方浪迹三年，文绉绉说是负笈，坦荡荡说是浪迹。梅城之名甚是动人，确也蛮有古韵，街之中央，全是青石铺就，梅城人称之为青石街，听说，这街宋朝修的，每到周日，人山人海，摩肩接踵，青石板被踩得锃光瓦亮；平常日子，人少些，便见美女举着油纸伞，穿着高跟鞋，嘚嘚嘚从街头摇摇曳曳走过，有梅花三弄音韵，风情万种，梅城少女之靓少妇之美，湘省都著名的。

妙处还有资江，资江现在是居城市中央了，两岸高楼，那时却从城边穿过，资江从万山里奔腾而来，到得梅城，已是笃笃悠悠，清水微澜。城这边，有一段高堤，长约数里，虽是土建工程，却是坦荡如砥，也是茶马古道。随资江而蜿蜒的是，杨柳岸，晚风初月，资江岸边排排杨柳，使古梅城增添了无限妩媚。你走在青石街头，你头或是雄赳赳的；你走在柳杨古道，你心多是柔绵绵的。杨柳岸，晓风残月，总能生情，总是多情。

我们恰到了这时候，男生情女怀春。班上有一二对，已然是明火执仗，更多的是情流暗涌。刚进校园，多还是扭扭捏捏，到了毕业那年，怕的是此去经年，机会没得了，也便多情如雨中鲤鱼，跃出资江水面。几位一直跟我们放学后游街的兄弟，都不跟我们出来了，守在教室里，含情脉脉，未必表白了，却想着隔一张两张课桌，多看几眼，抒情。

我与何兄、谢兄，还有廖兄，人家自然多情我们貌似无情，无论是夕阳铺资江，还是小雨落青石街，甚或，冬风猎猎，雪花飘飘，我们都是晚餐后，先走青石街，后走杨柳古道，绕一大圈。也是借了青春阳火，纵使梅城是梅雨，吹面有寒，也一日不漏，绕梅城而慢走。华灯初上，月挂柳条，在资江边上信步闲道。月朦胧鸟朦胧，但见蓬然柳条帘里，总有一对男女拥拥抱抱、卿卿我我，有的是街上人，而好几次，看到同学一对，抱是没有，挨着坐。

我们在笑，其实是酸。那照月鸿影，正是首席班花，或是比肩班花，恰是自己梦中人。毕业好几个聚会了，我都不曾说出心中旧情暗恋，现在是油了，也只是一半玩笑一半认真，对一花或者二花，说我当年如何相思如资江边飘拂的柳条，柳动是我心在动。折过柔条过千尺，未吐半句心消息。

未及表白，已然毕业，卷起铺盖回家，家门帐饮无绪。毕业那年暑假，我们到处串门，四五个最要好的，今天去你家，明天去他家。那次是约去何兄家，白天逛山，玩溪，到了晚上，睡在一块儿。说得最多的，只关风月，不涉风云。你说你说，你喜欢谁？说起这些来，先是遮遮掩掩，后来不见外了，他说他喜欢班花，他说他喜欢班草，也不晓得怎么的，他们无一个来问我：你呢？听得他们爱谁谁谁，我心头怦怦怦跳，阿门，那是我最心仪的，是我无数夜里枕着她名字睡不着的人。

我却是跟着哈哈。末了，中有一人跳脚起来：莫睡莫睡了，再不表白，再无机会。她们都分配单位了，被别人追，一把给撸了去，我们三年白有缘了，日想夜想，白想了。听得这话，一个个踢了被子，跳下床来：是嘎是嘎。趁别人没下手，我们先下手。快快快，我们起来写情书。

胃口都吊了起来，情绪都特别亢奋。何兄翻箱倒柜，找信纸，没有。一个说，作业本也可以，看他急的；一个说，作业本不正式，还是信纸吧，信纸信纸，爱情信之。周兄平时懒得要死的，这回勤快了：我去我去，我去经销店买。周兄是我们之中家世好的，我们都穿布鞋，他家有些钱，每天都穿着黑油油的皮鞋，在校园里，踢踏踢踏，抖得很。

谁爱谁？我们五个人，三个是骚鸡公，周兄说，别的别分给我，我只想莉莉。这家伙，莉莉都喊出来了，我们都是连名连姓叫，他倒是昵称了。好吧，何兄，你呢？我随便。那你萌萌吧——急坏了吧，谢兄他想的是烨烨，这个我们都知道。何兄，你就荭荭算了。何兄心思，我是晓得的，他喜欢的是烨烨。何兄却说，要得要得。

廖兄心上人是谁，现在我们都不知道，他是一个纯阳人，也好像是从没长大，对男女之情，貌似什么都不懂，他一直在被窝里，也不知是真睡，还是假睡，有一搭没一搭地，只打他的鼾。估计是装睡，听那鼾声很不匀称。

谁写？众人一个劲儿，把写情书任务交给我。我内心里啊，打翻了五味瓶。这三个女同学，有一个是我辗转反侧无数夜的。虽然，三年读书，前两年我没跟她说过一句话，后一年她坐我前头，也没跟她说过几句，但真的真的，是我梦中情人。每次上课，我没看什么黑板，只看她的黑发，那双黑眼睛，亮亮晶晶。我跟她在生物课外小组，有回，老师带我们采集很多草木标本，叫我跟她整理。我俩在独立于世界的标本室里，整理一个下午，一句话也不曾说，眼睛偷偷去瞄，也看见她看我，赶紧勾头，及到晚餐铃响，她先我走出，回了一次眸，把我三魂六魄全勾去。

他们都去打牌，留我一人，坐在炕桌上，无限情意涌上心头。回想起来，那是我写得最动人的抒情文章了，好像写了三页纸，不敢继续写下去，还有另外两人要写呢，另外两人的，情也是有的，我对她俩也曾经想过嘛。我写完，他们就甩了牌，争着来看情书，一个劲儿说，给某某写得最动人，其他两人差些。你是不是也想她？那何搞另外两人的没那么好呢？我辩道：你们打牌好开心，我懒得认真写了。

次日买信封，买邮票，都寄了去，所有情书，都是我写，所有情书，都落他人名。

很多年后，问那三位女同学，她们一个个都否认，没收到。收到了的吧，那是她们心底秘密，不外示人。

这是一个游戏？也许真是我们捉泥巴时候摆的家家，只是这家家是蛮认真摆的。

回想那个夜晚，情操是多么高尚，还是有点混账？惘然难以名状。那时，我把友情看得天高，比爱情还高。若是现在，让我再写情书，不会写他人名字，定会落款：刘诚龙。且加一字：上。

鸟没良心

故人送我一只鸟笼，我就养了一对鹦鹉。

鹦鹉蛮漂亮的，雄蓝雌绿，蓝的蓝得发亮，绿的绿得发光，漂亮得要死，比我街头见到的红男绿女漂亮多了，街头也是雄的着蓝，雌的着绿，皆是粉墨登场，指定不及鹦鹉清水芙蓉，自然束装。

我堂客欢喜透了。我喊鸟，顶多喊名字鹦鹉，我堂客喊鸟仔鸟仔，喊个不停歇。诸位喊鸟儿鸟儿，鸟后加儿，儿化韵罢了；养哈巴狗的，喊狗儿狗儿，才真把狗当满崽；我堂客喊鸟仔鸟仔，心底处，是有把这对鸟当崽的无意识。给鸟喂食，给鸟端茶，给鸟打扫鸟笼卫生，比对她老公，尽心多了。

这对鸟仔，活得起劲得很。我等活得不耐烦，时不时要弄点有事愁或无边愁，以示活得有心有肺——也意在：赢得窝沙发时间，让堂客去菜市场买猪心猪肺，炒着吃。鸟仔活得没那多心思，它俩从黑夜走向黎明，上蹿下跳，左飞右绕，三不三，啾啾啾啾，叫得欢；四不四，噗噗噗噗，斗得欢。顺便说一下，它俩斗，不是斗争，是斗嘴；再解释一下，它俩斗嘴，非我们公知斗地主，那是要打架斗殴的前奏，它俩是亲嘴呢，营造的是团结友爱的局面。

我是蛮喜欢鹦鹉学舌的，我说一句：刘诚龙，你是大好人；鸟笼里有声向外传播：刘诚龙，你是大好人。我说一句：刘诚龙，你是大英雄；鸟笼里便麦克风也似：刘诚龙，你是大英雄。刘诚龙更喜欢的是，关起门来吼：朱三头，你是大坏蛋（朱三头曾与刘诚龙有过节，刘诚龙要骂他）；鹦鹉便跟着喊口号：朱三头，你是大坏蛋。刘诚龙吼：朱三头，你娶个大老婆是猪头；鹦鹉跟着喊：朱三头，你娶个大老婆是猪头。刘诚龙不爱死鹦鹉了？愿跟刘诚龙夸人的，不多，却有；愿跟刘诚龙骂人的，不是不多，是无。义气是什么？义气不是同甘共苦，而是同仇敌忾。

鹦鹉是蛮聪明的。不单是鹦鹉学长舌，且是鹦鹉学合作。鸟笼，有好几个出口，放食的，供水的，还有一个是放手进去的，鸟笼便有漏洞，漏洞给网格堵着，网格是铁制的。这对鹦鹉，一只上面提，一只下面顶，叽叽，喳喳，是喊劳动号子不？鹦鹉合力起来，力还蛮大的，能把铁锁门，都给提起闸来。我堂客曾用毛线给绕几圈，毛线都给啄烂；后来寻了根铁丝，捆将起来，鹦鹉只好咬铁丝。铁丝咬不烂，也未见影响鹦鹉快乐心情。

鸟非我，鸟不知我忧；我非鸟，我不知鸟乐。这对鹦鹉，活得这样快活，即使没有我，也是这么过。这对鹦鹉小康不足，温饱有余，车是没有，住房免费，它们过得快活，是我堂客喂养得好，还是它俩雄雌搭配？有聊不累，无聊不累，干活不累，不干活也不累，鸟仔将鸟笼当了天堂，最少当成了无忧堂，让我到现在，都下不了结论：鸟仔之三观，是给我们提供观念，还是给我们提供观赏？

堂客喂养了大半年，图的是新鲜，不想白奉献了，将鸟送出去了——谢天谢地，她喂养我小半辈，我早已不新鲜，她还在白侍候，貌似尚无将我送人的迹象。（我该乐呢，乐呢，还是该乐呢？）一个黄昏散步，我与堂客非纨绔，却也是穿一条裤也似，提笼架鸟，丧志不玩物，将鹦鹉送到我母亲那里——这对人模人样的男女，居心不蛮善——是叫我母亲去费心费力，侍候鹦鹉呢。

母亲一人住，寂寞得很，手也荒芜——手上没活干，人生便荒芜。有对鸟仔眼前晃荡，身边叫唤，目遇之而成色，耳得之而为声，也是老年一乐。我老娘比我婆娘，喂养起来，更起劲，尤精心，凉白开要换三次，粮食要寻五味。我婆娘买了鸟食，丢罐中了事；我老娘，上午去菜市场，下午去草丛中，菜市场给捡菜叶，草丛中给捉虫子，还三天两头，楼上楼下借锄头，去挖蚯蚓。荤素搭配，安全食材。让我都妒羡死了：我吃的是没安全保障的食物，鸟吃的是无公害食品。鸟比人生活好。

鸟儿叽叽喳喳，是不是在唱歌：咱鸟们今儿个真呀真快乐。

一天，母亲嘶哑嗓子，那头带哭腔电话嚷起来：何得搞何得搞，我何搞向崽交代。把我吓得毛发都竖将起来，不晓何事，让母亲如此惊慌。喊了堂客，直奔过去，原来是，一只鹦鹉给跑了。这对鹦鹉聪明死了，一只底下喙顶铁丝门，一只上面嘴提铁丝网，居然给弄开了，有空当，嘟——雌鹦鹉飞了个没影。

我老娘在那儿嘀嘀咕咕，絮叨个没完，我堂客尤其怒火中烧，怨声载道，臭鸟——都不喊鸟仔了，白养你白疼你了，养不熟养不亲啊，说飞就飞了。我堂客寻了墙角，觅了床底，跑到操场上去，瞭望树顶，瞭望楼顶，想着那只鹦鹉当在附近，即使跑了，也不那么绝情才是吧。堂客操场归来，伏在窗棂，守望一番，你这只鹦鹉，也该回个首回个眸吧。告辞仪式、拜别仪式，一样都无。我堂客便骂将起来：鸟没良心，待你差啵？真真是鸟没良心。

堂客骂不绝口，惜乎不曾当上愤青，腹中所藏骂语不多，此处骂语，也算剽窃贼没良心这词语。贼有甚良心啊，有良心不做贼了。钱是人家赚的，物是人家藏的，钱与物是要拿来吃饭的、读书的、治病的，贼可不管，一把给撸去，这就叫贼没良心。

鸟没良心，也是这意思不！水是你家的，却是你自个儿给它端的；

食是你家的，却是你给它喂的，鸟偷了你家水，盗了你家钱，窃了你家食？都没嘛。我堂客嘟嘟囔囔骂鸟没良心，养了它嘛，费了力嘛，劳了心嘛。我转队鸟之队，植入鸟心去，与堂客来了个鸟儿问答：

堂客，你喂了鸟是真，鸟没你喂，莫非活不成？它活得更爽心。你给了它住房，这住房者何？鸟笼焉。它本来拥有天空，你却给它关入鸟笼；你剥夺它飞天空，你收监它入牢笼。堂客，是人没好心，还是鸟没良心？

剥夺了鸟之天空，还要它给你感恩。你等这般人类，你们这般世界啊，一直都是这般行事逻辑的？多半是的，鸡是，鸭是，狗是，人或更是。唯有鸟们，再给它金制银制的鸟笼，它只要它风过雨过的天空，哪怕鹦鹉，都不曾跟阁下一样，患上斯德哥尔摩综合征。

第三辑　山居闲读

唐朝诗生态

白居易空手空脚，想来是没资格上长安的。老白应是去京漂，他的底气是他觉得自己诗写得好，搞书法的、搞美术的、搞歌舞的，或有勇气去长安居，一个写诗的凭什么呢？凭他能写诗。能写诗的，一抓一大把，搁如今哪个诗人凭诗在长安吃住一条街的？能写诗只有半个凭证，另外半个是能识诗，能抬举诗人。

白居易去了长安，找到顾况，没带烟酒，没带银行卡与健身卡，也没带山西特产，就带了一项劳什子写诗特长，撞了人家豪门。豪门居然没拒，豪门居然读了其诗，给高评："有句如此，居亦何难？"长安米贵，居大不易，然则，会写诗，米贵不算什么，便是房贵，也不在话下，要言之是，只要有才，粮食会有的，房子会有的，娇妻会有的，工作也指定是会有的。长安八字开，无财有才也进来。

白居易这个故事耳熟能详，不屑说。鬼才李贺京漂长安，复制的也是白顾故事。故事是一样，主角换了，白居易换了李贺，顾况换了韩愈。韩愈时任国子博士，政界有权力，学界是权威，位高权重，一言九鼎。"某日，送客归，极困。"送行嘛，要喝很多壮行酒，要跟很多人扯淡，别说挑粪是蛮苦的，应酬也是特累的。韩愈小夜半，迷迷糊糊回到家，脚提不起，眼睁不开，夫妻事也都忘到九天云外，一心只想梦入芙蓉浦。

不承想，李贺在韩愈家里，等了好些时候。“门人呈卷，解带，旋读之。”那么累了，还读什么鸟诗？心硬的，一句话回绝：给我丢远点。心软的，给人半点希望：今天累了，以后再研究。研究研究，烟酒烟酒，谐音词是双关语，含义丰富得很的。

韩愈打起精神，霸蛮读，一个“解带”，可见其漫不经心，边解裤子边读诗，我们都知道，睡前读诗读书，多是起催眠作用的。韩愈读了第一首，题目是《雁门太守行》，题目一般般，其中两句是“黑云压城城欲摧，甲光向日金鳞开”，这两句却让韩愈跳将起来，已经解开了的裤子，齐刷刷掉了地上，让门子掩鼻大笑。笑什么笑？快快快，给我把李贺请进来，一边厢把裤带子重新系好，一边厢端壶泡茶（却缓带，命迎之），精神焕发，瞌睡全无，一个是文坛宿儒，一个是诗坛新秀，两个亲切会谈，会谈在友好的气氛中，进行到了东方之既白。

韩愈提举李贺，有另外说法。李贺七岁善诗，江湖上早有名声。江湖名声不入朝廷，顶多是野贤，老死户牖而已。比如一个县市居的作家，在地方名气很大，若去了京都，京都那些峨冠博带者，也当缩头到脖子下面去了，那些二流者，更将头缩在裤裆里头去。然则，他在小地方，能叫他乡贤，还是好的，多半是会当成不务正业的疯子，丑婆娘都要改嫁。

韩愈听得李贺诗写得好，“始闻不信”，不信就讽刺嘛，就去群里编派李贺嘛：唐朝新闻多，又多了一个野鸡诗人李贺。这般诗生态，是后来才有，韩愈并不“据新闻”说，更不以“路透社”为是，他约了皇甫湜，以学界权威身段，登门拜访寒门李贺，“过其家，使贺赋诗，援笔辄就素构，自目曰《高轩过》，二人大惊”。惊为天才，于是大报大刊，写诗评，作印象记，一下子就让唐朝人民知道了李贺，记住了李贺。大家推小文人，一句顶七八千句，李贺“自是有名”。

不论是李贺拜见韩愈，还是韩愈登门李家，版本不一，推人同一。

也不论哪个版本，都没看到李贺送东西给韩愈。韩愈与李贺，素昧平生，此前根本就不认识。白居易去找顾况，顾况跟老白，八辈子都没瓜葛。一点关系都没有，也没什么人去引荐，李贺与白居易就冒昧去打扰文坛大儒了。此曲只应唐朝有，后世没得几回闻。

如白居易与李贺，即使不去拜会文坛首席，当然也是会脱颖而出的，青山遮不住，毕竟东流去，然则，若遮了呢？最起码的是，成名不那么早了，名气也未必那么大。更有些文人，没人赏识，自此沉沦，也是多的。不说官场，才华再高，领导不赏识你，更不提拔你，卿本盖世才，到头来却成了盖马桶物。文气当然与官场不全同，但有人举荐与没人举荐，情况是不一样的。

唐朝很多诗坛大咖，都曾有过这般大同小异故事。李白开始找一个叫韩荆州的。这家伙不识才，李白写的自荐信石沉大海。在韩某那里没起浪花，但李白依然不倦到处找伯乐。这个可证，唐朝不珍惜人才的，是个例；爱惜人才的，是普遍。后世情形恰好相反。李白一个人去京都酒家眠，遇到了贺知章。贺公没任何架子，更没打死李白唯我独尊之龌龊心。他不吝赞美词，呼李白为“谪仙”，这个评价高过南天门，经贺知章到处传说李白的传说，李白在唐朝名声盖天了。

白公如此，李贺如此，李白如此，王维也如此，最牛诸大牛，都曾经有过大人物给推荐，给抬举。这般推举，第一而且是唯一，都是看重才气。你可以说唐朝拉关系，然则，白公与顾况是何关系？一笔不能写白与顾，白公也无姑姑或姨妹嫁与顾家；韩愈提举李贺，先前跟李贺没一毛钱关系。第二，李贺、李白、白公与王维，去拜见这些大家，也没一人提酒夹烟，更没一人带钱送卡。那些大家，没明码标价，没红包评论，纯粹只看其诗，只看其诗才。

读唐朝诗，读唐朝诗人，特别是读唐朝诗人与诗人故事，会有一个特别感觉：唐朝诗人间，都是诗人抬诗人，不见诗人压诗人。李白高名天下闻，没人臭李白。杜甫与李白，作诗不是一个路子，杜甫没斜眼看过李白，对李白简直是崇拜；李白与孟浩然也是各立门户，李白却无门户之见，而是“我爱孟夫子，风流天下传”；杜甫作《八仙歌》，所歌颂的诗人，有名气比他大的，有名气比他小的，有名气和他一样高的，没见他对名高于我者讽，名齐者贬，名低我者压，而是一样的歌与爱。可见唐朝诗人精神健康，心态光明，没有阴暗；心态纯净，没有龌龊。

唐朝人才辈出，唐朝诗歌璀璨历史，源自唐朝诗人心态好，唐朝诗歌生态好，非一般好。

王维可以不当杜甫

唐诗璀璨，群星耀眼。李杜文章万古传，王孟诗歌传万古，有谓唐朝天、地、人三才，归了李白、杜甫与王维，曰：李白是天才，杜甫是地才，王维是人才。若从智力来说，谁天才谁地才谁人才，真不太好说。王维曾是科举状元，让李白、杜甫去考科举，会被取什么名次呢？杜甫考过N次，都是昔日龌龊不足夸；李白没参加过科考，他不想参加科考，他想着的是拜门子走关系，一识韩荆州，升为万户侯。

王维先前也曾豪迈过，写过不少悲壮、雄壮、气壮的边塞诗。后来呢，“晚年唯好静，万事不关心”。王维构筑了辋川别墅，隐居终南山，友麋鹿而亲山水，吃斋饭而念佛经，也作诗，也作画，写物状景，都是牧歌情调，叙事言志，全为闲逸格调。写的是山水，画的也是山水。苏轼评之是“味摩诘之诗，诗中有画；观摩诘之画，画中有诗”。王维诗歌，因此获名山水田园诗。

开宗立派，是作家至高荣誉了吧，王维却曾受不少非议，“要言之，王维诗歌缺乏深刻的社会内容”。例子是，杜甫写过“三吏”“三别”，王维只写过“山梨山月”；白居易写过《秦中吟》十首，王维写的“山中吟”N首；天马行空的李白，也曾脚踏实地，李白自然多的是“举头望明月”，却也不忘偶尔“低头思故乡”。王维呢？月出惊过山鸟，兵出不曾惊人间，终日里，要不是“竹喧归浣女，莲动下渔舟”，要不是“独坐幽篁里，弹琴复长啸”。好像世界已是大同，人间一片宁静，“关心时事，反映现实，在王维的诗歌里是找不到半点影子的”，这个这个，“王维必须承受后世的批评”。

王维时代，岁月静好吗？不静好，是乱世。王维生于七〇一年（有说是六九九年），跟李白同年出生，比杜甫大了十来岁。王维生在大唐盛世，却跟李白与杜甫一样，经历了唐朝翻天覆地的大事——安史之乱是也。这个乱，乱了七八年，战火连绵，生灵涂炭，岁月不曾静好，王维何以去玩山弄水，嘲风弄月？

王维亲身经历过安史之乱，王维该成杜甫，竟未成杜甫。在王维笔下，人间是那么安详，岁月是那么静好，王维怎么当作家的？王维够不上良知作家；王维怎么当士子的？惊天动地的朝廷大变局，居然在王维诗词里找不到一丝一缕一字一句的痕迹。王维家国情怀民本主义，放哪里去了？

杜甫吃了安史之乱蛮多苦，颠沛流离，饥寒交迫，乱世偷生，替史家记事，给百姓代言，写了无数展现百姓战乱之苦的篇章。这当然是杜甫的伟大。王维在安史之乱，他过的苦，跟杜甫也许不是一样的。王维与杜甫，身心受尽了苦，然若苦可以分比例，那么，王维更多的是心苦，杜甫更多的是身苦。

安禄山攻占长安，唐玄宗带了杨贵妃等核心人员，逃之夭夭，狼狈逃窜，单顾自逃，根本没有组织广大干部群众有序撤离。皇帝带妃子是偷偷摸摸跑了，把大批唐朝臣与民留在长安。王维惊慌之中，被安禄山捉了，捉到安伪政府，任命为伪政府干部，当了一个“给事中”。唐王朝没完蛋，胡汉三又回来了。王维因有“叛敌”履历，被押长安，按律当斩，但王维曾经写过一首《凝碧池》，抒过亡国之痛，可证王维身在安营心在唐，因此刀下留了王维。

曾出任伪政府，这是贰臣啊，他的心里当比杜甫更苦。唐玄宗回了长安，杜甫是漫卷诗书喜欲狂，王维是何心情？杜甫所受苦，随战乱结束而结束；王维所受苦，随战乱结束而开始。当然，也许从外物来言，王维不太苦，事后，王维到底恢复了官阶；而从内心而言，王维心头有一处永远的痛。

王维走进山水间，吹山风洗涧水，以清风明月来疗治内心的伤口。您对王维，还要那么高要求，逼他再捅伤心处吗？王维愿意来写伤痕文学，我们欢迎；王维不想再触及隐痛，我们尊重。王维诗中，有个字出现的频率很高：空。空字具有禅意，王维诗歌里，世界是安宁的，心情是空灵的。一个近禅的人，干吗要把他赶出来参加政治？

现实主义有杜甫，浪漫主义有李白，自然主义当然可以有王维。唐诗不仅有高原，而且有高峰，不仅有一座高峰，而且是群峰竞秀，何故？无他，没谁去逼李白要做杜甫，没谁去逼王维须做李白，更没谁强迫所有人必须是杜甫。杜甫做了杜甫，李白当了李白，王维也成了王维。故，杜甫成了诗圣，李白当了诗仙，王维当了诗佛。

一流作家常读三流作品

晚清名士王闿运，身体形态倒也周正，不曾天赋异禀，精神长相大别常态，比如项高于顶，一双眼睛长天上去了。您说，芸芸众生，衮衮诸公，王闿运瞧得上谁呢？铁中铮铮如袁世凯，王公骂得他一佛出世；庸中佼佼如曾国藩，王公骂得他二佛升天。王公巨眼，如你如我，难得入其法眼。

非仅官场大吏，所谓文坛大家，王公眼里，也不过四脚撑地的蛤蟆，蛙鸣句句。王公是这般谁都轻慢吗？王公是瞧不起你，也瞧不起我，但王公瞧得起他。

他是谁？

他是一个铁匠师傅，叫张正阳，“本锻工也”，白天抡起铁锤，打铁，打铁；夜晚一双打铁手，拿起绣花针，作诗，作诗，作五言四句，作八句七言。春耕或双抢，出脚全是两脚泥，出脸全是两面土，出诗却是两面光。某春夜，夜色朦胧，月如钩，张铁匠水稻田里，趁月色牵牛犁田，月光下，忽见陌头杨柳色，桃之夭夭，桃花芬芳，忘了牛，忘了田，忘了牛耕田，忘世，得句，句云：“天上清高月，知无好色心，夭桃今献媚，流盼何情深。”

此诗如何？大作家刘勰文成，要“取定于沈约”；老农民张叔诗成，欲取定于王公，张铁匠脚没洗，手没洗，脸没洗，以秒杀五十步

（您百步，可以笑他），直往王府奔。衣衫不整，不得入内。王府高朋满座，哪容鸡立鹤群？“阍者见其面垢衣蔽，拒不为通”，狗眼素来看人低。张铁匠是老农，张铁匠也是诗人，诗人来激情了，“则大呼曰”：我是诗人，我是诗人，你晓得啵，赶快放我进去，“我以诗谒王先生，乃却我耶?”耽误了我的诗歌发表在王公眼里，这个责任你负得起不？

诗是甚玩意？发了天隆起，不发天塌下？这责可担不起，“阍者不得已为通”。进得王府，果然谈笑有鸿儒，左眼是衣冠楚楚，西装革履；右眼是楚楚衣冠，长袍马褂。“方筵宴，邑令邑缙绅咸在”，绣房里钻出个大泥猴，让儒雅士吃惊不小，“延之上座，座客愕然，正阳泥淖满身，而座客貂狐裘丽”，座客跑得远远的，恼他满身泥，污了貂皮衣，“嫌为所污，莫敢与酬对”。

王闿运却与之酬对，倒茶，斟酒，吟诗，对哦，文界大V与诗界老农，打通了心灵界限，融为一体，“闿运则殷勤问讯”，问他读了么子书，还作了什么诗，读了“三礼”，读了《春秋》，读了《尚书》，读了《诗经》——您别小看农民诗人好不，你是甚书都不读，只是一个劲儿写诗；铁匠张师傅，什么书都读，然后再写诗的，其诗灵气不比你差，文气尤比你足，地气更比你盛——王闿运瞧不起你，瞧得起他，您别以为无厘头，王公是有因由的。

王公对张师父张徒弟（做铁匠是王公师父，作诗歌自然是王公徒弟），鼓励有加，“闿运叹为前人所未发也”；提携更有加，“讲评孜孜”。其他有身份的人，都被王公晾在一边，王公一门心思都放在与张铁匠谈诗论歌上，一字一句，给点评，给推敲，给点拨，给修改，诲人不倦，“讲评孜孜”，大作家与小诗人齐吟，大鼓励与小批评共一体，“宏奖之中，不废规诫”。

取法于上，仅得中中，王闿运硕学鸿儒，他还要取法谁呢？取法于下，其下下不足论，王闿运那大国士，那大名士，何搞费心巴力，要读三流作品？王闿运对所谓一流作家不放在眼里，那是因为他不用学习先进了；王闿运对三流作品，深深眷注，那是因为他要提携后进矣，“大吏造拜，或偃蹇不见；而引接后生，则温蔼逾恒”。对那些农民诗人、青年作家，王公是不遗余力，鼎力相助，“位高而齿尊者，菁华已竭，不如后生可畏也”。后生纵使文章写得差一些，诗歌作得弱一些，王公也是：“循循善诱，即陋劣不中律，未尝不为改窜。”

有人对王公不解，对初出茅庐者，何必如此费心费精神，“余尝见有诗呈于先生者，其词之丑陋，实等于七字唱，而湘绮必为之改窜”，为什么呢？“此太不像话，先生何必费力？”小兄弟，你有所不知，王闿运诚然高傲，却也有高情：“人之好学之心，即有诱之之责，若因其丑陋而却之，人之兴致已绝，不但不求长进，即丑陋之词，亦不肯为矣。”

这或是一流士与二流子之大别吧。一流国士，有一流心胸，他是要引天下之人，都来文化文化其野蛮，精神精神其文明，都来人文人文其素质，化育化育其格调。二流子不太同，二流子只对一流大家毕恭毕敬，诚惶诚恐，让舂米便舂米，让撑船便撑船，叫跪下便跪下，叫折腰便折腰；而对稍微比他差些的呢，本不比他差，他认为比他差的呢，那可是一副牛肉脸，一副骷髅相，一双无神眼，长到耳根边。两片发黑唇，闭得嘴巴臭——聚会里，你双手伸去，他手不是缩到裤裆不肯掏出，就是转了身子，去握聚会主持人了；微信中，你万言送去，他要么装不上网，要么转了群圈，去撩漂亮女群主了。

国士王闿运，“玩世不恭，是其本色”，他玩袁世凯，他不恭曾国藩，他对脸不红而自诩国士者，或包甚红而他赞国士者，嬉笑怒骂，让人笑不得，哭不得，哭笑不得。王公一生只有玩世吗？若我言之，“济世甚恭，是其本质”，其对后学之关爱，非一般人与二流子所能比拟，“觉其平易近人，有问必答，故以教导奖励为己任者，宜其历主尊经、船山等书院讲席”。已经成长起来了的，无须他人提携；正在发展中的，须要扶他一程，此或王闿运之国士风。

学习张照的学习

张照捷才，文章快手。我等捏了笔，一字一支颐，一句一挠腮，一段，白头搔更短，一章，得等白发三千丈。不过，要说摩笔磨洋工，没谁比得上贾岛，贾老师作文捋胡须，两句三年得，新娘十月怀胎，儿子都蹒跚走路了；另外若还等着两句完工，儿子都读小学了。

我等一个字，戳上方格子，半天才见苔花如米小，羞答答开得静悄悄。张照行文，万千文字犹如缝纫机扎针脚，嗒嗒，嗒嗒嗒，嗒嗒嗒嗒，织锦成篇，满篇锦绣，“少顷伸纸和墨，下笔如飞，倏忽间，一卷书竣矣”。

“照字得天，江南华亭人”，真是得天啊，智商天授，张照是神童，“张文敏公照，相传为断臂僧后身。初名默，后易名照。年十四入庠，十七举于乡，十八成进士”。十八姑娘嫁去公婆的，未知凡几，十八学子货与公家的，皆知几希，好多硕学好多宿儒，三十七八，六十七八，都卖不出自家。张照算得上科举异数，天厚之哉。

张照七步成诗，既是天赋，也是书赋，天赋予他智商，书赋予他学养。“年十八捷南宫”，进士要唱胪点名的，“天子临轩，宰臣进三卷，读于御案前，读毕拆视姓名，则曰某人。阁内则承之以传于阶下，卫士六七人，齐声传呼之，谓之传胪”。少年英才，康熙见了高兴，喊他聊天谈话，天子眷顾，提个去某地或某部“锻炼锻炼”与“学习行走”，挺正常的，张照确乎也是提了“进步”想法，“臣张照年幼，未娴吏习，恳恩教习，愿读中秘书”。皇上，十八当市长，我当不了，您还是安排有书读的地方去吧。若果十八当市长，那资历多厚实啊。张照不要资历，要学历。天赋之赋，赋在此；异数之异，异在此。

“张文敏司寇，天授异禀，读书过目不忘。充律吕馆总裁时，按卯进书。”你在规定时间规定地点交代问题，张照在规定时间规定地点读书学习。张照读书，很有自己一套，“令副宪取所征书籍，尽陈床上，拣其中关涉律吕者，折角为识，别堆两几，计不下百本”。从图书馆，从新华书店，先把书弄来，买回家，一并堆到床铺里。书之好归处是哪儿呢？不是书柜，不是书桌，更不是装饰之墙壁，而是床头。寂寂寥寥扬子居，岁岁年年一床书。让书如妻，与书同卧同起，书才如妻，相你老夫，教你小子。

给书分了类，将类书再别置书桌或书几，一一翻读，熟记于心，再是，“起而盥洗”。读书是神圣事，得洗手焚香的。香烟袅袅绕经楼，一卷诗书一回眸，“跣足于竹榻假寐片时，随即取几上书，浏览一过，仍置原处”。读书要有仪式感的，著述也是要举行仪式的。此处，有句话不可轻易放过，便是“仍置原处”。你道是其记忆力惊人，不用再来翻阅，我以为这是张照“尽信书不如无书”，读了书后要著书，是要把书忘了的。还把书摆在那儿，那是抄书，非著书。

张照著书，真正关键词，不是“仍置原处”，而是“计不下百本”。我等著书，多是一本书主义，读了一本书，看了一则资料，则急忙忙磨墨，慌张张动笔，不赶时髦，倒赶时评。申论政论，文论史论，有什么急如星火的？材料之不足，史料之未信，率尔操觚，过于轻率而轻佻，是我等通病，病之重矣。自然，生发此病者，有些人病灶并非急性子，而是偏头症：他只相信他愿意相信的，爱他偶像，若有人骂他偶像，他便寻老婆去骂，寻孩子去打；恨他，只读骂他的，颂他的，全掩耳，全遮眼。

与一本书主义作文，或稍好点的，是两本书主义。有兄曾扬扬自得云，我读诗书读史书，一定弄两本来读，一本是正的，是赞之颂之的；一本是反的，是骂之臭之的。欲持正反两读者，其读书心态是蛮正的，不想受人牵着鼻子走，祈求读真书，作真文，抒真情，发真论，其心可嘉，然则，单持两本正反书，可求史料之真相？爱之褒之，自然尽拣好话说，恨之贬之，自然拣尽坏话说，将好话与坏话比照读，假实同证，褒贬互参，可以推知事实真伪，可推立论正邪——想法是对的，能否如愿，也是未知数。

爱之者褒之，恨之者贬之，爱之者说这人某月某日上山打柴烧火，恨之者说这人某月某日杀人放火，你说某人某天到底在干吗？有人便曰，据史作文，秉笔直书，当行三本书主义，一是正的，非反的，一是反的，非正的，一是不正不反，持中持正的。读了三本书，则所持史料靠谱度高了，则以持史料而持论，公允度高了，那是肯定的。

取其精华，弃其糟粕，奇文共赏，疑义相析，三本书够了吗？也是未必，比如赞之者，也是有温差的，有的非常热爱，热爱而至于崇拜，有的却是爱则爱矣，是常爱而非痴爱，则所著史之史，色谱有差，则其持论之论，色调有别；同样，贬之者，征集事实，据事发论，也是有色差的，也是会乱你眼光的；不正不反，有良史风范，不起意造假，也或囿于材料之掌握，眼界之狭阔，靠近事实，而非事实，也是有的。

张照行文，奉行的是百本书主义。同一个话题、同一个选题、同一个论题，爬罗剔抉，广搜博求，将能弄到的所有书籍，都弄到书桌上来，然后全览，以选材焉；然后甄别，以归类焉；然后竹榻假寐，以独立思考焉；然后伸纸磨墨，以抒怀焉；然后下笔如飞，以立言焉。

张照这般读书与著述，且名之曰加权主义。阁下考一次试，分数跟你真实智商相去甚远的，两次呢，取其平均值，依然是不足为凭，只待很多次，将其成绩加减乘除，权衡权衡，便最接近阁下智力。读书，读真书，读可信之书，以加权法来读，乘以权重，乘以系数，也是最可信的。张照读一本书，不作文，读两本书，也不作文，读三本，还是不太作文，待“计不下百本”了，便假寐思考，便奋笔疾书，便下笔如有神，因此无甚差池，“往往终卷无讹，即讹亦仅一二字”。不单是错别字无讹，最喜的，是史料与立论多站得住脚。

张照握管著书，“无论分编，独纂，自必融会群籍，贯串钩剔，方能联缀成章”。他是一定要博览群书后，方才下笔著文的。是不是必须一百本呢？这个要求可能有点高，一般人是难以做到的。然则，读书以著书，一本肯定不行，两本指定不行，三本稍是勉强，怎么着也得十本八本的吧，“岂有今日阅某几本书，即可杂采某几种书，汇成一卷乎？”

今日情形，恰是阅某几本书，杂采某几种书，即汇成一卷了；还有的是，但阅一本书，单采一种书，还汇成几卷呢。书是越读越没味了。

学习的姿势

魏源头衔甚多，其中之一是伟大的爱国主义者。这或是让一些时人费解的，魏源不是一个劲儿地要师夷长技吗？便是“卖国贼”嘛；魏源师夷长技，用意在“以制夷”，便是“爱国贼”嘛；说一声外好，便是卖国贼；说一声为国，便是爱国贼。标签乱贴，帽子横飞，鸡鸭对骂，狮虎互撕，果然网络奇观。

魏源是爱国者，此话不虚。《海国图志》虽以外国为师，而魏源著书立说，其目的是要强国，“是书何以作？曰：为以夷攻夷而作，为以夷款夷而作，为师夷长技以制夷而作”。以现代眼光来看，这话可能有点不中听：称外国为夷，还是有着天朝王国虚骄气，尤其是“制夷”俩字碍眼，学师父意在打师父，这是什么话？世界要大同，便不能师夷而制夷嘛。

苛责古人是容易的，以当今国帑制顶帽子，逆时光而甩古人头上，让长袍古人穿西装，戴鸭舌帽，很滑稽，却很时髦。魏源说制夷，其意是反制夷帮入侵。鸦片战争后，夷人以坚船利炮破了国门，穿堂入舍。子弹所穿胸者，非他人，是阁下先祖辈；炮弹所落顶者，非他人，是兄弟先人。魏源说制夷，是制止夷，并没说要侵略夷，其中悲情，非饫甘餍肥、全仗唾沫以求名士职称者，所能感知的。

魏源不愧爱国者，既显影于“师夷长技”，更现心在“以制夷”

上。与那些以天朝上国自命之颟顸之徒比，魏源有瞭望世界的眼光与眼力，他是睁眼来爱国，不是闭着眼睛瞎咧咧爱国；魏源师夷长技，用心是在“以制夷”。这又比一些人爱国爱得更真切。有些人是师夷长技以爱夷，嗯，这也不好说什么；有些人呢，师夷长技不是制夷，而是师夷长技以制己，处处以夷之长技，来骂己，来讽己，挟洋自重，挟夷制华；更有些人呢，师夷长技是要灭己，要以夷文化灭华文化，要以夷新进灭华传统。这么一瞧，便知睁眼看世界的第一代人魏源与林则徐先辈，国人尊为爱国者，并没虚制帽子。顺便要说句的是，倡导学习外国先进科技者，先人并不乱扣卖国贼帽子，而是辨其本心，将其供奉于爱国者神龛上，可见先人眼光与气度，皆胜阁下多多。

魏源爱国，不但显影于“以制夷”目的，也显现于“师夷长技”之过程。师夷长技，便是月亮都是外国的圆？魏源并不如此认为。在魏源看来，师夷长技是必需的，其时最紧迫者，须在三个方面埋下头来虚心学习：“夷之长技三：一、战舰；二、火器；三、养兵练兵之法。”夷之长技肯定不止三，魏源单拣这三者，乃是这三者皆是军事之长技；夷以长技制我，首先是军事上；我要以长技以制夷，便当哪里跌倒哪里爬起，魏源将师夷长技锁定在这三点，不能算是急功近利，而足见其拳拳爱国之心。

魏源其心拳拳，叫国人矫正那拗到屁股后面去的天朝上国头颅，归位于虚心学习外国长技应有姿势上，但魏源也不曾矫枉过正，把国人头颅按到尘埃中去。魏源承认，夷人有长技，长技既长，又多，不学不行；但魏源并不因此认定，中华一切都不如人，无一所长，他依然认为：“中国智慧，无所不有，历算则日月薄蚀，闰余消息，不爽秒毫；仪器则钟表晷刻，不亚西土；至罗针、壶漏，则创自中国而后西行……”魏源还以为，不单是技术上中国可以有自信，在国民智力上，也不太低人一等：“风气日开，智慧日出，方见东海之民，尤西海之民。”

魏源留给我们的精神遗产，有人专注于他倡导国人低下头“师夷长技”，或并不能探得魏源真心思，魏源不是尽夸外国好，并不以自轻自贱、自我作贱来夸外国好，魏源以为，国人必须学习外国先进技术与制度，但不能数典忘祖，也要看到自有所长。这点很重要。鸦片战争后，国人输了仗，然则，他们没输心；倒是后来，仗没输，心输了。有的是文化他信，没了文化自信；有的是民族他信，没了民族自信。若有中国人说中国好，便有中国人起哄，谩骂，讥刺，众起围攻，爱国贼帽子满天飞。

魏源那代睁眼看世界之先行者，虽然输了仗，却多没输心。曾国藩是魏源师夷长技之实践者。他曾提出了“师夷智以造炮制船”，以此开创了第一个近代化军工厂——安庆军械所，他开设军械所，意在保家卫国。左宗棠爱国心尤其殷切，他在福州设局造轮船，意图很明确，“实以西洋各国恃其船炮横行海上，每以其所有，傲我所无，不得不师其长以制之”。纵或被一些人称为卖国贼的李鸿章，其心实质也是向着国家的，李鸿章学习外国先进技术，目的也很明确：“欲求制驭之方，必须尽其所长，方足以夺其所恃。”

向人学习，是不是非得全输了精神气，才算是虚心？学习他人，应该还可以，更必须有自我，所谓自由思想、独立精神，此之谓也。有人曾谓，魏源世界眼光还是很有局限性的，其局限在于，他所倡导者，只是师夷之部分长技，不曾全盘学习去，不算是真心学。这批评也是有些对的。魏源将西方长技锁定在军事上，学习面是有些窄了，但设若说，因此怀疑魏源学习西方长技之真心，那也是冤枉。我吃鸡，择其鸡腿鸡胸而食，不食其鸡屁股，便谓是厌食者，可乎？

学习他人长技，自得虚心；虚心得输心吗？不必。魏源著《海国图志》，国人当知其学习之真心，也当知其学习之姿势。魏源之师夷长技，那姿势是站着的，是坐着的，还可以说是蹲着的，但绝非是跪着的。

钱钟书书愤

书非借不能读也。果如是。N 多年前，一位哥们，背了一只大背篮，肩披了件干毛巾，往我家赶。他带毛巾没出汗，没带毛巾的我，汗涔涔出。这里的词语解释一下，老家所谓背篮，类背篓，皆竹所编制，却非背篓。背篓可篓装小毛孩，背篮可装对男女。

您就晓得，我何以汗出如浆。这哥们是来我家背篮装书，借回家读的。借书装门面，门面不满墙，那时节我没几本书，一只樟木箱子满打满算，书不满箱，这哥们背了这大背篮，来借书，肩膀上还披了时刻准备着擦汗的毛巾，把我心脏病都急出来。嘴巴鸭子硬：拿吧，拿吧，看上哪本拿哪本。心里公鸡急：这本别，这本是我嫩仔鸡；这本别，这本是我孵鸡婆……

书者何如是？书者，是农家锄头不？家无柴刀，偶尔去横塘姑娘家借，但是，但是，你若是农家，锄头镰刀都不曾有备？战士要打仗了，没枪，得去细柳营借把汉阳造吗？书或是妾吧。东坡兄乌台案发，梦绕云山心似鹿，魂飞汤火命如鸡。命都不自保了，唯书与妾可外送焉，“销魂，当此际，香囊暗解，罗带轻分”。东坡先生将自家房妾，不想自怡悦，只堪持赠君。

唯书与房可以外借，那是多美好的时代。余生也晚，赶上的是借书之代，未赶上的是借房之朝。借书之代是：你有书，你得借给他人一读。借房之朝是：他家有妾，你可以去借来一乐。到得哥们家，歌舞升平矣，美女款款，踏歌而来，美目盼，巧笑倩，我眼发绿，我珠拉链，直勾勾要勾出魂来，便有主人大方一挥：看上了是吧，你借去吧（此中风流，兄弟去翻读元、白故事）。肉包子打狗，书报纸借人，人间这两端事最是相同。我哥们背着背篮来我家借书，我那么紧张，无他故，乃是这借书是老虎借猪。到今都没见书皮渣渣了。

书是何物？书是精神食粮，是吗？你吃了，又与人吃？食粮是这特性？书是一般等价物之商品，孔乙己却说窃书不能算偷，什么商品，可以偷的？书，或真是妾，自己用过了，借给人用用，又没折么子。书作妾观，非当夫人待，我以为其中道道是：婆娘在家作河东狮吼了，公也在想，如想一年得安宁，得不盖房子；如想一生得安宁，得去姨太太。哥们借我那背篮书，我没再要，也源自我夫人高兴，在我夫人那里，书出了屋，好像妾出了房。

这般书，说来也是买来的，非自产的，千金散尽还复来吧。买来之书，好像本别人之妾，你借来，然后你借去，借来借去，借去借来，最后成了人家藏书，也想得通：本来不是自己的，让自己的书，去占别人的地吧。

若是自己的呢？哥们都信仰借书说，朋友更信仰求书说：书非求不能藏也。这头哥哥出书了，那头哥们嚷：送我一本。怎么啦，我们关系那么好，还说是兄弟呢，书，都舍不得送一本？我到你家来。

你买书，他借书，他说书非借不能读也；你出书，他藏书，他没说书非求不能藏也。他说的是，你没把我当兄弟啊。何搞那么小气？书是什么呢？书是自种红薯自收红薯吗？好像不是，我打了一担稻谷，没见隔壁邻居跑来：兄弟，要送一担我吧？我们这好关系，也不送一斗？书，或比种红薯植稻谷，艰难万分，然则，农民种了庄稼，没谁白要；作家出了书籍，上门讨要者，但见是，千手观音。

你出了本书，不送我一本？你能不能说：兄弟，我出了一本书，你能不能买我一本？世上多有求送者，求送者，理气壮；求买者，胆气虚。出书之友谊好像：你送我，是友谊；你不送他，是德亏，是做人不厚道。他，书非借不能读也；他，书非求不能藏也；你，书非送不能结谊也。

要书的，大大咧咧咧开嘴；送书的，勾勾耷耷咽着气。有个叫冒效鲁的，人称是翩翩浊世佳公子。公子佳，银子厚，自然不轻乞。农民种出一担红薯，冒公子不会追着农民喊：给我一兜红薯哒；老板制了皮鞋，冒公子也不会追着老板喊：给我一双皮鞋哒；而钱公钟书种出一本书，冒公子便一路追过来喊，喊起来风度翩翩：钟书钱叔，给我一本瞧瞧哒。

冒与钱算好友，据说《围城》之董斜川便是此公。冒仗与钱有旧，钱每出书，都来与索，一本都不放过。《宋百家诗存》出，冒乞来，钱送去；《堂吉诃德》翻译出，冒乞来，钱送去；一生心血归《管锥篇》，书出，冒又来乞索，钱公还签字“敬呈冒兄雅正”吗？钱公没这好心情了：

“渠五十时，我赠以曹氏《宋百家诗存》一部四函，亦四十元。我固不作生日，渠亦未尝记忆，即记，亦只以恶诗一首表意耳。今又向山妇（杨绛）索《堂吉诃德》，强聒不已，已寄之矣。”这本书，要；那本书，要。作家赠我心血花，回她什么？赤练蛇。未必点赞，未必转帖，不过是三五十五，四七二八，“只以恶诗一首表意矣”。

钱钟书《管锥篇》出，有多少心血浇注，心血白灌溉人去？自来水公司吸造物主无尽藏之江河水，都收自来水费。浊世冒公子不管这个，又来“复索《管锥篇》”。不给不给，叙什么旧，谈什么情？这回再以友谊相要挟，也别想得美：“我心匪石，不可转也；我耳如鼎，不能闻也；哀求怒骂，皆无动于吾中也。”这回钱钟书真发脾气了，打定主意，不再免费送著作了：“书岂易得哉。板桥润笔例云：凭他话旧论交谊，只当秋风过耳边。请为君赋之。”

钱钟书有书愤，呵呵，请君为他心记之。

书如妻与书如女

唯书与妻不可外借。真个看书看得比老婆看得还紧。明之范钦仿佛书皇，好书有甚于好色者，一双骨碌碌的书眼到处瞟，遍采天下，纳至阁楼。阁名“天一阁”，典出郑玄注《易经》“天一生水，地六成之”，阁前挖水池，水清清，枝叶扶疏；防火防俗防孔乙己也；既“天一生水”，自然便是“地六成之”，故其阁楼是两层楼六个开间。读书人筑读书楼，文化气息自然得从古到今潺潺流。

范钦藏书特多，至于七万余册，书中自有颜如玉，范钦傲做书帝，不为虚夸吧？唐明皇后宫美女如云，想必是千余；范钦宫阙万间，都藏了秀女，也不过万数。范钦虚打虚算，颜中玉却是袅袅婷婷七万多，春色无边，秀色何以吃得完？

范钦之奇，或不在于书妻书妾之多，而是其对书籍看管之紧。他在每一本书上，做标注，下警示：“清俸买来手自校，子孙读之知圣道，鬻与借人为不孝。”这些书哪，都是我自己花钱买来的，没让别人送人情费的。人家结婚发请柬，以人情做股票，都未曾见谁占有股份；我之书，都是我一个人花基本工资（不是灰色收入喔）娶来的，都要如事母一般，恭恭敬敬孝敬。谁给卖掉，谁给外借，都算是无孝之子、不肖儿孙。

范钦也是要入古的，谁无一日翘辫子时？生前倒是豹眼圆睁，日夜巡视，不让书妻脚过门外；而死去元知万事空，身后事谁管得？范钦以祖宗成法给立法：“代不分书，书不出阁。”人多了要分家，财纵少也有分财，独有藏书，决不能分家便平分，当如范家公共祖母，公认而公祭。制度定了是不？制度如纸是挂墙壁的吗？范钦或深以为：单是德教是不行的，单是言教也是行不通。范钦乃狠抓了制度建设，天一阁平时都是无言独上西楼，月如钩，寂寞梧桐深院，几把锁锁了清秋，钥匙皆分房管理，各房长子各持一锁；若不到齐，谁也开不了锁，进不了房。若违了家规呢？领亲友入阁擅开书橱者，家祭不准祭乃翁，期限是三次；设若借与外人呢？刑期就长了：三年，三年不准祭祖；若将书偷出，给卖了呢？开除家籍，永远断绝祖孙关系。

范钦将书作妻，关在闺室，不出偏室，自己儿孙想来早请示晚请安，都难，外人更不得染指焉；别人家满园春色，还略略可以出墙来，范钦却是把墙给建了严严实实盖了瓦，蜻蜓蝴蝶麻雀子，都飞不进。

书皇书帝如范钦，把书看得那紧，不也太独乐乐了是不，对书未有专制如范钦者。若说范钦将书作妻，那么祁承㸁便算是把书当姨娘。祁老也书之家花野花一并采，街头地摊见到书，便典衣当裤，都要纳之于房，“澹生堂中储经籍，主人手校无朝夕。读之欣然忘饮食，典衣市书恒不给”。说来，老祁比老范藏书经历尤曲折，藏书尤更富。当年祁老四处采购，拥书万册，不料一不小心，被一把无名火给烧了；祁老气不馁，再接再厉，节衣缩食，收入大半都用于买书了，书籍鱼贯而入，络绎不绝，累至十万余卷。这书来之不易，祁老不看管得紧吗？也是不准书脚履后花园的，读书人之如孔乙己哪得“窃书不算偷”？书影子都难让人见。

祁老范老都是老书鬼如老色鬼，书若娶归其室，再难与人面视。不过祁老思想略略解放些，他也说了，“后人但念阿翁癖，子孙益之守弗失”，千万要守贞，不让书籍改嫁，是把书当妻的意思。而祁老不如范老那般葛朗台，“亲友借观者，有副本则以应，无副本则以辞，正本不得出家园外”。富贵人家都有家乐班子是吧。妻子是正本，家乐班子是副本。白居易防守老妻与正房，也守得紧，概不外借，目不窥园；而其副本樊素与小蛮，若是好友如元稹来了，也可让她俩与元稹雪夜闭门，时闻纸窗外，芭蕉淅沥作声，而“佐一瓯茗，神气益佳”。

书如妻书如姨，也莫管得那么死，好不？刘备都说了，兄弟如手足，妻妾如衣服，咱俩关系那么好，借哥哥一衣，驱无书之寒，取精神之暖，行不行噢？范氏西晋一祖，有名范蔚者，家藏万卷，不当老妻新妾，将其书，视为明星班子，有爱之者，都可来一饱眼福，不收费，还倒贴，“远近来读者，恒有百余人”，通宵达旦以读，夜以继日与书厮磨，肚子饿了如何办？范蔚给大家准备夜宵与早点，让大家物质文明与精神文明双丰收双满足。宋之宋敏求，也是宫阙万间都作了书，家藏书富，收罗唐人诗集、先人手迹与四朝赐札尤多，却并不独霸，别人来借，舍得借，“居春明坊，昭陵时士大夫读书者，多居其侧，以便于借置故也”。今人爱买学区房，崽女读书方便焉，宋之人爱买读区房，自己借书方便，哪里的读区房？宋公住房附近哒。今人谁将图书馆或新华书店附近，当买房首选？把便于读书，作为第一选择，恐没谁有此考量。宋公借书自可敬，宋人读书尤可颂。

若说范钦将书当妻，祁老将书作姨，那么宋之宋敏求将书视为甚？想来是当子吧。孩子只能在我家里，外人要来当书媳妇，自然是可以的，书籍是自家子，借书人是自家媳，子可将媳妇引来，媳妇不可将子带走；纵将书籍当女，借书人来，那也只能是招赘，不能把女儿带出去。这或许就是宋公之藏书观吧。

范钦将书作妻，祁老将书作姨，宋公将书作子，袁枚呢？将书作女。袁枚以三百金购得南京小仓山下隋氏废园，重整山河，“因山筑基，引流为沼，莳花种竹，随夹岸而为桥，随其湍流而为舟，就势取景，所以称为随园”。随园构筑多多，书房居其要，随园地处小仓山，袁枚将其藏书处取名“书仓”，题诗云：“聚书如聚谷，仓储苦不足。为藏万古人，多造三间屋。书问藏书者，几时君尽读?”

自己读不完，何搞不让人读?皇家妃，巧笑倩兮，美目盼兮，那么漂亮的资源却是闲置；自个儿无力，也不许他人着力。袁枚却非也：“我言藏书如藏娇，毋使韩女怨旷空病腰。与其横陈高庋手不触，不如世充沉水秦皇烧。”袁枚不爱书吗?爱得哭呢，藏书如藏娇；藏在深闺永不让人识?袁枚是不想让书做旷妇的。袁枚将这些书籍按经、史、子、集四类，分亭、轩、楼、阁四处庋藏。算是爱书如爱娇娇女。书是娇娇女，能让其缦立远视而望幸焉，却不得见者三十六年?二十六年已太长了，袅袅婷婷二八余，让书归于爱书人，是最好的。乾隆三十八年，清政府开四库馆，袁枚便将书女嫁出去了一大半；平日亲朋要借要拿者，袁枚也欣然答应——这许多书不再姓袁，转了夫家姓呢，袁枚也不以为忤。女嫁了出去，人归了爱女之人家；书送了出去，产权归了爱书之人家，只要其嫁得人，又有甚不可的?“天下宁有不散之物乎?要使散得其所”（袁枚《散书记》）。

爱女嫁得其所，何不嫁?书散得其所，何不散?

读书与看书

北宋有位叫沈文通者，是《梦溪笔谈》沈括的堂兄；后人对他不很熟悉，其时却是天下闻名的。曾考进士，取了状元，因科考时节，已当了官，皇上叫他让人出他头地，别压了寒门子弟，把状元帽子让出来，取他第二名。因有这个缘故，他虽没得状元，却比状元名气更响。可惜天不假年，死得较早，刚满四十，一命归西。

沈文通过世，请名家撰墓志铭，请到了王安石，王公欣然命笔，自然也是高置措辞，褒扬有加，对一个死了的人了，叠加些好词佳句，也是个礼——花些笔墨，值几个钱？何况沈文通着实不错，为人做事，都有可道者。王安石也是不吝赞词的，其中有句云："公平居不常读书，而文辞敏丽可嘉，强记精识，长于议论，世所谓老师宿学、无所不通、通于世务者，莫之能出也。"这些句子都是好词语，是表扬他人聪明的：看，他不怎么读书，但是写出来的文章特好。尤其是会写时评，会作政论，随你大师小师、一辩二辩、教授与教授的教授，都辩他不赢。

这般夸赞，本来是蛮符合墓碑作法的。但陆游在《老学庵笔记》里透露，王公此铭发表后，物议纷纷，不是非议王公夸过头了，而是说他太贬了沈文通，主要意见落在"不常读书"上，一个状元不读书，怎么考的状元？宋朝又是历朝把读书抬得最高的，万般皆下品，唯有读书高，"梁乃状元，此语得无过乎？"你王公贬人贬得太过分了。

王公或觉得这么论人，有失厚道，正式刻碑与后来收入文集，也就改了这一句，怎么改呢？四个字里三字未改，单改了一个读字，将“读”改为“视”，“不常读书”改成“不常视书”。大家就都不作声了。

读改视，意思不一样？何搞又平了物议？原来，读书与看书，还是不一样的。读书的部位是嘴，看书的器官是眼。这是大不同的。读书是咿咿呀呀，要动嘴的。古人读书有一大胜景，叫裸体读经；多半时候，是要晨间去林间，晚间去教室，摇头晃脑，吟诗念经，这就叫作常“读书”。看书呢，古人认为不用那么认真，火车上拿本书翻翻；地铁里拿本杂志看看；蹲马桶上，“上厕阅小词”，这就叫作常“视书”。

读书用嘴，看书用眼，读书与看书，区别在这？非也。读书要咿咿呀呀，呜呜唔唔，那书就不同一般了，不是“四书”，便是“五经”，不是《大学》，便是《中庸》，不是“必背课文”，便是老师布置的要死死记住的“得分点”，反正呢，是科考，是国考，是期末考试与研究生考试，都要考的那部分。

看书呢，没那么肃穆，没那么庄严，不用洗手，不用焚香，不用捧经跪在祖宗牌位下，鞠躬如也，三拜菩萨与文曲星，跪求鲤鱼跳；看书是很随意的事，曲肱而枕，一手垫颈，一手持书，可；席地而卧，双脚跷天，双手捧书，可；坐着，蹲着，窝着，卧着，站着，走着，无可无不可。非要是书吗？也不，一本杂志，一张报纸，一张传单，一则从墙壁上戳下来的“寻人启事”与“包治妇科疑难杂症”之广告，皆可看；可笑的，可恼的，可藏的，可丢的，可要找笔记起来的，可一看就扔到下水道的，都拿来看一眼，这都叫作看书。

王安石墓评沈文通，一个“读”字通不过，一个“视”字，便封了士人嘴，便是因为读书与看书，区别真蛮大的。王公一字改，确乎寄寓有王公对沈文通一向来的意见，“荆公素轻沈文通，以为寡学”。看来，沈文通读书读得蛮发狠，看书却看得真不多。这又有什么不好理解的呢？状元解元，榜眼探花，他们读经书，那是特勤奋的，他们做老师布置的作业，比谁都努力，却也是如此而已。他们读书，意在功用，心在实用，力在致用，两耳不闻窗外事，窗内事，才闻；一生只读圣贤书，圣贤书外，不看了，自然考试成绩蛮好。考完了呢？便一本本地烧书，烧了灰，以祭奠读书岁月。

沈文通考了状元后，不大看书了，这还真道着了其实情，抱不平的士人也不好来非议王安石了。在王安石看来，读书与看书，都关乎书，其意蕴却是有大别的：读书之书，只是其敲门砖，非其养生粮；看书之书，或也是敲门砖，更是其养生粮，或还是瓜子、槟榔、茗茶与纸烟，有事没事嗑嘛，嚼嘛，含一下，抽几口，不在饱腹，只在有味。

读书的人，是可敬的；看书的人，是可爱的。在王公看来，读书与看书，都是值得上墓志铭的，不过他更在意看书。读书与看书，或都可以修身齐家治国平天下。区别是：读书，读的多有用之书，或多成无趣之人；看书，看的多无用之书，或多能成有趣之人。

胆读书

眼读书，出想象；耳读书，出宫商；鼻读书，出书香；嘴读书，出演讲；心读书，出学堂；手读书，出著作郎；胆读书，出思想。

何谓胆读书？明朝黄虞龙谓胆读书，有两条，一者是胸中无物，一者是眼底无人。无物之境，全是物焉，“无物，故河山大地，以致虫鱼花鸟，都足供笔端”。泰山不可写乎？泰山可登可写；金銮殿不可写乎？金銮殿不可进而可写，此者，黄公谓为无物；“无人，故先秦两汉，百家诸子，只是我寻常交往”。孔子是圣人，见到孔子得净手焚香，口讷讷不敢言吗？言吧，可以放言傥论；嬴政是大王，见了嬴政得三叩九拜，汗涔涔不敢出乎？出吧，可以汗出如浆。胸中无物，眼底无人，便入自由王国，“酒籍肉账，悉成佳篇；怒骂嘻笑，无非至论”。大王居圣庙，请他出来，咱俩谈谈；大人居神坛，拉他下来，对坐聊聊。

谁有这个胆呢？“昔之坡仙，今之卓老，庶几近之。”坡仙者东坡焉，黄州赤壁非三国赤壁，东坡敢写，故江上之清风，山间之明月，耳得之为声，目遇之而成色，笔描之而成《赤壁赋》；卓老者李卓吾焉，“天生龙湖，以待卓吾；天生卓吾，乃在龙湖。龙湖卓吾，其乐何如？四时读书，不知其余，读书伊何？会我者多。一与心会，自笑自歌；歌吟不已，继以呼呵。恸哭呼呵，涕泗滂沱”。

卓老四时读书，不知其余。卓老如何读书？眼读书，眼中高高隆起黄金屋，眼中款款走来颜如玉，秋水春光，冬白夏绿，读书之人睁眼处闭眼时，秦时明月，汉时飞燕，都奔眼底了，想象因此可以出奇。卓老眼读书，如此乎？君如此吧，卓老眼读书另此，“天幸生我目，虽古稀犹能视细书”，四号字，五号六号字，卓老眼睛好，视力还是一点五，夜半倚床，尚可“读子宜伴月，以寄神远”。手读书，一卷清风一叠格子，唰唰唰唰，水笔鲸吸蓝墨水的上游，如龙播雨，如坝泄洪，倾倒方格之中，新制雄文，新出文雄，宿儒硕学，手读书，便是如此；卓老手读书，如此乎？是这样的，“天幸生我手，虽古稀犹能书细字”。卓老著作等身，一书更叠一书高，手读书故也。

心读书，出学堂，用心读书啊，那读大学没问题；鼻读书，出书香，唯有书香能致远；腹读书，出气场，腹有诗书气自华；嘴读书，出演讲，口若悬河，语惊四座，可站立广场，铿锵震四方；耳读书，平平仄仄，咿咿唔唔，宫商角徵羽，享受之时，不啻聆听一场音乐会；眼鼻口耳，心肝肠腹，都可读书，而真读书妙处，却是胆读书。肚子读书，读多了，书呆子嘛，两脚书橱嘛，“夫读书论世，古多有之，或见皮毛，或见体肤，或见血脉，或见筋骨”，见了筋骨，入了读书高境吗？“纵自谓能洞五脏，其实尚未刺骨也。”如何能真刺骨，唯有胆读书，“幸天生我大胆，凡昔人之所忻艳以为贤者，余多以为假，多以为迂腐不才而不切于用；其所鄙者、弃者、唾且骂者，余皆的以为可托国托家而托身也。其是非大戾昔人如此，非大胆而何？”

胆读书，便是胸中无物，便是眼底无人；胸中无物，神物俗物，都是物；眼底无人，圣人凡人，都是人，读书便无禁区，读书便无权威。这个不能写，那个不能道，雪夜读个书，还有门上闩，仆放哨，能读甚书？子曰诗云，子曰这话不能改，诗云这字不能动，嬴政说了的，圣人道过的，都是铜浇铁铸的，都得视若神明的，那是读书？替人背书好不。“君诗之病在于有杜，君文之病在于有韩欧，有此蹊径于胸中，则终身不脱依傍两字”（顾炎武），学我者活，似我者死，每次申论都是代圣人立言，你读书取何姿势？青藤门下走狗不读书还好，不读书还能双脚站起来，做人；读书多了，双膝跪地，你做的爬虫，“断不能登峰造极”（顾炎武）。

文必秦汉，诗必盛唐，如此读书，读书无一字无来历，是什么在读？是膝盖在读，脚丫在读，非胆在读书。“天不生仲尼，万古如黑夜”，卓老不信，“莫非羲皇以上圣人，尽日燃纸烛而行也？”王夫之也不信，“六经责我开生面”，儒学要发展，孔教要进步，就不能亦步亦趋，拜服其脚下，不越雷池一步；历史无法终结，在圣人停止思考的地方，继续思考，才能开六经之生面。

郑板桥天赋了得，刻章曰“青藤门下走狗”，那是郑公青少年，先要有所依傍，虚心学习；及至皮毛学到手，郑板桥渐入壮老年，由他人皮毛渐欲转自家骨髓，庾信文章老更成，凌云健笔意纵横，自个儿“牛马走”了，他不想被一根“青藤”牵着鼻子走，其书其画独成“板桥体”。只是胡适门下走狗，鲁迅门下牛马走，不自个儿牛走马奔，而多是驴磨麦子驴打转。自个儿牛马不走，也不准他人牛马走。阁下不信，你到胡适派聚堆群里去，你说一句胡适之非试一试，看你会不会被人骂死去；到得鲁迅家门下那地方，你也只能一口一句鲁哥，一句一口迅翁，说其是，则引为知己，道其非，则乱棍打出。

这是什么读书？膝盖读书吧，绝然不是胆魄读书。膝盖读书，出爬虫；胆魄读书，出思想。胆魄读书人，入乎其内，出乎其外；李卓吾胆子大，敢于“大戾昔人”，故而卓然独立，成了吾国之思想大家；王夫之六经开生面，也先是大读昔人，后再大戾昔人，方为一代学术伟人。不用赘举，考迹古今中外大人物，其集大成者，皆胆读书之士，无有例外。

脸书与书脸

脸书是什么？是一个社交网站吧？书脸是什么，书脸是一张文化驿站吧，或者是一堵诗墙、一栏词壁，或者是一卷画册、一轴好字。芙蓉如面柳如眉，封面如面段落如眉。归来手拈梅花嗅，春在枝头已十分；今宵剩把银釭照，书在桃花脸底风吧——我说的是，一定会有一张书脸，如嗅一朵梅花，便知春十分；如持一盏银釭，便识醉颜红；如对着一件仪器吹一口气，便测出酒气有与无、浓与淡；如对着你对着他对着我吐一个词，便测出其人底蕴深与浅、文与野。

商人有商人脸，武人有武人脸，农民有一张土脸，官人有一张官脸，小把戏有一张娃娃脸，鹤发老人有一张沧桑脸，那么，读书人有没有一张书脸？有的，青青子衿，悠悠我心，但为书故，深沉沉吟，书卷气蒸眉眼侧，白面书生是书脸。

一卷窗帘拉下来，阳光暴烈不晒腚，也不晒面，书生脸便白里透红与众不同，那脸不会长成关公脸；夜无明月花独舞，腹有诗书气自华，跟谁去争呢？跟谁争都不屑吧，那脸不会长成黑公脸；平生万物原无取，消受家中水一杯，不曾酒吧拼死买醉，那脸不会长成酒糟脸；却看妻子愁不在，漫卷诗书喜欲狂，那么高兴，那么心旷神怡，不走上村头与街头找人打架去了，书生之脸便不会长成刀疤脸。

书，会让脸，低处高隆些，高处走低些；书，会让脸，凸处深沉些，凹处饱满些；书，会让脸，尖处圆润些，圆处方正些。读书人戴一副眼镜，眼镜会把高高的颧骨压低，颧骨太高，不吉，高颧骨，黄黑面皮，一双直眼，看起来好丑；眼镜会把扁扁的鼻子压高，鼻子太扁，不帅，塌得如一只猴子鼻，鼻孔朝天，一张好脸破坏了。书，改变脸色，黑脸红脸便多数长成一张白面书生脸；书，改变脸形，稍稍修正上帝设定的颧骨与鼻子走向；书，改变嘴角，改变唇吻，读了书的男士，话一出口不会是一句“娘希匹嘎”，读了书的女士，气一出嘴不会是一声“剁脑壳的”。女士樱桃小嘴唇，吐气如兰，男士舌灿莲花，润物细无声。书，让口，让鼻，让眼，让颧骨与鼻梁，安祥和移位，朝柔和改善，照精气神模样生长，向真善美方向配备。读书人，真会长成一张与诸色人等诸样工种相比有很高辨识度的书脸。

看过鲁迅的脸吧，鲁迅的脸刀砍斧削，雷劈剑耸，像极了张家界奇峰陡壁，想想，这张脸将是粗糙的，将是凌厉的，将是尖刻的，但鲁迅的脸不全是这样的，他眉宇间有一股书气，脸面上有一股书香，那坚硬的发型，也是既有一股怒发冲冠的精神气，又有一股仁爱收敛的书卷气，您看鲁迅斗牛士一张的脸像，有没有孺子牛一般面相？也如张家界峭壁，鲁迅先生面相，有书的晨霭透析，有书的暮云飞度，硬度很高的脸面，因此有了柔泽之光，甚或一种明媚之气。书卷书卷，书有时真是卷的，书把过于外露的剑气，会向内卷一卷；书把过于侧漏的戾气，会向内敛一敛。书里多牛人，书生少牛二；书里多霸气，书生少霸王。我不太喜欢陈丹青，但我喜欢他有句话明心见性，明书见容：“鲁迅先生的模样真是非常非常配他，配他的文学，配他的脾气，配他的命运，配他的地位与声名。”

书卷书卷，书会卷一卷你，敛一敛你，让你由外及内，由表及里，由身及心，由像及魂，内化为圣，魂化为灵。这是书之一功；书之二功是舒展，舒展，舒者，书也，书也是会舒一舒你，会展一展你的。有事想不通不，读一读书，人间万事皆无事；有愁不可解不，读一读书，绿蚁新醅酒，红泥小火炉，雪夜围炉读禁书，掩卷而眠，展卷而起，发现天是蓝的，草是绿的，云是白的，水在瓶里是青天样的。嘴角便嘻开了吧，眉角便松开了吧，脸上紧绷的凑成蜂窝状的皮囊，也由此脸面清圆，一一风荷举。常读书者，心无杂念，体无杂气，气血通，神气畅，面容面相自然飞扬。

读史使人明智，明智是，使人眼睛明亮，读书多的，眼睛真的澄澈，不浑浊；读诗使人聪慧，聪慧是，使人耳朵聪灵，读书多的人，耳朵真的阔达，不狭窄；演算使人精密，精密是，使人五官精美，读书多的人，眼鼻口耳眉，和谐搭配，不突兀；哲理使人深刻，深刻是，使人面相端严，读书多的人，不轻佻；道德使人高尚，高尚是，使人脸品与你人品对应，让见过你的人，感觉到你的脸品对你人品非常负责。

经常看电视的，会长一张电视脸；经常看微信的，会长一张微信脸；经常看钞票的，会长一张钞票脸；经常看书卷的，会长一张书卷脸。看微信，看电视，看钞票，看书卷，可能都会流泪，都会看成近视，却各有不同。微信电视看多了流泪，那是你身体被辐射了；看钞票看多了近视，那是你精神被污染了；读书看书看流泪了，那是你心灵生活丰富起来了，看近视了，也是因为对大千世界看得更真切了。挑灯夜读者，或西窗共读者，脸上骨骼不妄动，动必有则；面上肌肉不乱牵，牵必有方。曾国藩说："古之精相法者，并言读书可以变换骨相。"读书让一个人始终保持着面相的安定祥和，有点乱套的骨相便按照配套的面相有序移位与有效结构，便正也如曾国藩所说："书味深者，面自粹润。"

读书，当然不只是让人安定，也会随喜怒哀乐而高低起伏。看美女们读书，笑起来笑得夸张，泣起来泣得动容；笑起来时候，脸上百十肌肤都蒙络摇缀，都动态了；泣起来时候，梨花带雨，忍泪佯低面，含羞半敛眉，泪水不是腌浸人的盐水，而是心灵之玉液，滋润脸庞。看看读书女人，即使老天曾经不厚爱她，让她天生歪瓜脸，读书读啊读，面相配置不全，配置不准，配置凌乱的，比如其歪瓜脸，也是渐渐变成瓜子脸，比如其土头土脸的鹅卵石脸，也渐渐长为鹅蛋脸。读书多的，不论男女，其面相不是死相，语言有味，不再“面目可憎”，那脸是活脸，生动飞跃，神采飞扬，不但五官布局从此美观，而且其表情因此丰富多彩而甚有层次感。

以润肤品而美面容，起先一定是光鲜亮丽的；以书卷气而易面相者，起先或是暗淡菜色的。世易时移，让时间过一个世界，你再来看，一切都反转过来。润肤品换脸的，撕开其“腻子胶”，那张脸可怖死了，真像个鬼脸；书卷气改面的，打开其朝天素面，都是那么红润，那么丰满，那么精神灌注，好一张神脸。纵使是沟壑纵横，那也是文化的纵深。

上帝按你的自然状态造你一张肉脸，你按文化生态可以再造一张书脸。

读书当生光

袁枚说过一个读书故事，说的是有个老学究，夜行乡间小路，星月皆隐，时不时几点萤火，忽明忽灭，埋头走路间，忽见一人影影绰绰在前面走，老学究抵近瞧去：这不是死了好多年的阿明吗？阿明也认出了老学究。老学究胆子挺大的，明知遇到了鬼，也并不害怕，问鬼何往，鬼曰："吾为冥吏，至南村有所勾摄，适同路耳。"

老学究恰好也要去南村，人鬼结伴而行。行至一间茅屋，鬼吏突然对老学究说：轻点，轻点走，别惊扰人家。老学究问：干吗要放轻脚步？鬼吏说："此文士庐也，不可往。"咦，怪了，你如何知道这间茅棚里住了一位大学士？鬼说：人啊，白天忙得天昏地暗，人的精神涣散；到了夜晚，人睡着了，什么念头都不乱生，人的精神便归于一处，这时候啊，书读得好的，就在脑顶上大放光，"字字皆吐光芒，自百窍出，其光缥缈缤纷，灿如锦绣"。读书好与坏，光芒不一样，读得好的，光芒万丈，读得可以的，"亦荧荧如一灯，照映户牖"。鬼吏说，我到得这里，"此室上光芒高七八尺，以是知为文士"。

读书会让人自放光芒？说着说着，快到了老学究家，老学究好奇，指着自家屋宇问鬼吏："睡中光芒若何？"这个屋主人啊，哎呀哎呀，别让我说好不。老学究鼓劲，但说无妨，但说无妨。好吧，既然叫我说，我就说了啊："见君胸中高头讲章一部，墨卷五六百篇，策略三四十篇，字字化为黑烟，笼罩屋上。诸生诵读之声，如在浓雾中，实未见光芒。”

袁枚这里的鬼故事，更可以当寓言来读。老学究读书少吗？不少。环橱皆书也，环床皆书也，环桌皆书也，埋在书籍中，如埋在书山里。然则，他读那么多书，不是黑云压城，便是浓雾锁乡，读书几十年，胸无点墨，心无所悟，不是乌烟瘴气，便是乌七八糟，全无读书人该有的元神朗澈，精神明亮。

读书多，是不是读书好呢？明朝谢肇淛曾经谈过，读书人有三病，第一病是：“浮慕时名，徒为架上观美，牙签锦轴，装潢炫曜，骊牝之外，一切不知。”买了新房，宽宽展展，二三百平，盘盘焉，囷囷焉，蜂房水涡，怎么着也有套房六七八间，有些人要做装饰用，以示风雅，专辟书房；房有了，书也花钱买了，买的都是精装书，可是，一本也没读过。

谢肇淛说读书人第二病是：“广收远括，毕尽心力，但图多蓄，不事讨论，徒污灰尘，半束高阁，谓之书肆可也。”第二病跟第一病类似，都是求书多，舍得投资购书，稍有不同者，他书还是读的，并不全然当摆设，只是一个人读啊读，从不与人交流，从不与人讨论，从不把所学用于生活与社会。书读完，就完，完后把书藏诸高柜，锁起来，让书当灰尘篓子。这般人，不是读书人，不过是装书的书柜。

谢肇淛说读书人第三病是：“博学多识，矻矻穷年，而慧根短浅，难以自运，记诵如流，寸觚莫展。”这个就是我们所说的知道分子。天文地理，化学物理，医护生理，天南地北，无所不知，古今中外，无所不侃。跟人聊天，没有他所不知道的，却有一样不知道：您对这事怎么看呢？知识有一万，见识无万一。

谢肇淛所谓读书三病，一病把读书纯粹当家居装饰，给客人看；二病把读书当个人掩饰，居家外去，可以跟人吹些牛，要懂不懂，不懂装懂；三病是把读书当学者伪饰，貌似学富五车，实际上才低无斗，当了知识的纸老虎，唬人而已。患上读书三病者，“睡中光芒若何?”指定是“字字化为黑烟”，指定是“如在浓雾中，实未见光芒”。

读书三病，其实是一病：无思。一个根本不读，自然零思考；一个是读是读了一点，读后就扔，读之十，思之一，也接近零思考；一个是读了很多书，并不融会贯通，并不与实际挂钩，他之读书，纯粹是为了去吹牛皮，去卖弄知识，去赢得博学之名，纵使有一二思，依然是离及格性的思考，相去甚远。

袁枚谈读书，与谢肇淛谈读书，两人貌似各谈各的，其实殊途同归，谈的是一个事，读书要读，读要有所思。两人所说的意思，就是从不同角度，来证孔子所说的读书观点：学而不思则罔，思而不学则殆。读了那么多书，什么观点都提不出，什么见识都贡献不了，白读了。学必须有思，学而不思，好像是开花而不结果。

袁枚说，读书有光芒，光芒有等差，“上烛霄汉，与星月争辉；次者数丈，次者数尺，以渐而差”。这样等差是什么呢？读书光之等差其实是思之等差。思者，一者是思考，读一本书，读完后，要合卷想一想。这就是思考。然后，是思辨，所读其书，事实站得住脚吗？观点站得住脚吗？与历史与现实合拍吗？此比思考更进了一步。比思辨更高层次的是思想，树立自己独特的观点，更进一步是建立系统化的理论体系。

思想，思辨，思考，读书所呈现出来的光芒，是有等差的。若建立了思想体系，那可是“上烛霄汉，与星月同辉”；成不了思想家，努力当一位思想者，人见之，则其散发出来的光芒，也是“次者数丈”；思想提不出来，也可以有思辨嘛，也至少要有思考嘛，只要你读书在思考与思辨，或者说，只要读有所思，则肯定都会有光芒。

一点儿也不去思考，读书都好像读网络小说，都好像看八卦电影，什么都看了，什么都忘了，则其读书，恰如老学究，读了那么多书，都“字字化为黑烟”了。

读平常书出非常章

姚鼐是清朝桐城派三祖之一，“鼐工为古文，方康熙年间，同邑方苞名重一时，刘大櫆继之”，桐城派三驾马车，以谁为首，文无第一，不太好说的，有论是：“论者以望溪（方苞）之文质，恒以理胜，海峰（刘大櫆）以才胜，学或不及姬传（姚鼐），则文与理兼至。”方苞不曾包首，刘大櫆不曾为魁，姚鼐倒算桐城之鼎鼐，盛誉之盛誉为“中国古文第一人”、隆誉之隆誉为“中国古文的高峰”。

文学概论云，文章多生活来。这个指定是不错的，富贵生活出文章，贫穷生活更出文章，只是贫穷生活出的文章未必贫未必穷，富贵生活出的文章未必富未必贵，或者贫穷生活出的文章比富贵生活出的文章，更富更贵。姚鼐祖上曾经阔过，高祖姚文然，康熙时任刑部尚书；曾祖姚士基，曾任湖北罗田知县，均贤良清廉，辞世享名宦祠祀，不过到了姚鼐他爹，沦落为布衣，挑担扶锄，锄修地球。富贵出文章，贫穷出文章，由贫穷转富贵难出大文章，难出好文章，由富贵转贫穷出大文章，出好文章。

生活出文章，读书也出文章，没生活出不了好文章，不读书怕也出不了好文章。姚鼐文章是从生活出的，更是从读书里出的，“先生幼时家贫，体弱多病而嗜学，澹荣利，有超然之志”，饭不饱肚，而书饱腹，“衣食或不给，意淡如也”，天生一副文弱书生模样，“先生貌清而癯，如不胜衣，而神采秀越，风仪闲远，与人言终日不忤，而不可以鄙私干。自少及髦，未尝废学”。这才是读书好种子，风仪闲远，跟人讨论，从不张牙舞爪，“虽学术与先生异趣者，见之必亲”——学术与之异趣，见之必骂，读书人之杂种相；学术与之异趣者，见之必亲，读书人之标准像。

富贵皆从险中求，文章多从书中来，从甚书中来？姚公作文一生，行将老至，文章与道俱老，“乞终养故里”。青年作家好为人师，漫道学问，虽则头头是道，到底是青苹果，苹果味是有，终究青涩，不堪为种；不有积学，安有真传？仿佛武林高手、杏林老医，待到其道与人俱老，方可传得卓见。姚公老归故里，“翁覃溪学士来乞言”，老道只道家常，姚公便将毕生读书心得凝为要诀，箴言与教：“时贤皆欲读人间未见书，某则愿读人之所常见书耳。”

富贵皆从险中求，文章多从常书来。奇书当然可读，不经见之书，里面或别有洞天，收藏异珍，然则一味去寻奇门遁甲，非秘籍奥卷而不读，也是走偏了。源律师问：“和尚修道，还用功否？”师曰：“用功。”曰：“如何用功？”师曰：“饥来吃饭，困来即眠。”吃饭睡觉，是佛家之道，睡觉吃饭，是作家之道——用口头语言表达眼前风景，读平常书写出千古文章，也是作家的家常。

鲁迅曾给人开列必读书单，计有《唐诗纪事》《唐才子传》《世说新语》《唐摭言》《论衡》《今世说》等；梁启超给人开列书单，计有《诗经》《楚辞》《说文解字注》《四库全书总目提要》《世说新语》《易经》《书经》以及“四书”，还有胡适等诸公，也给人开列过人生必读书。大家叫人读书，没打诳语，偶或有一本两本“人间未见书”，多半正是在传姚公心法，“某则愿读人之所常见书”。

读人间之所常见书，自是源于其书易得，无须费心巴力，花大价钱，倾毕生精力，或可觅得一部“六十四卦”，多成书蠹，难成书家；

更是源自人间常见书，道的是人间家常、人生梦想。《金瓶梅》写的是市井人，用的是市井语；《红楼梦》虽写富贵人家，其人情物理却是人人固有的人性与人生；《三国演义》与《水浒传》，便是存在过的历史与正在发生的现实；《西游记》有点怪力乱神，也多见儿时在瓜棚底下，听爷爷奶奶讲故事，其神话者，也是人、物、神三合一，给人喝的也是三合汤。

读书只是读故事，那是白读了，读不出精髓来的，写不出经典来的。金在沙砾道在寻常，你要寻啊，吹尽黄沙始到金，筛尽寻常始悟道。姚鼐文章作得好，“其论文根极于性命，而探原于经训”，有生命者谁都有性命，买了经典者谁都看见经训，而你不成大家之姚鼐，而是无名之无奈，其中区别是，读书有无所思，“至其浅深之际，有古人未尝之言。鼐独抉其微而发其蕴，论者以为词迈于方氏（方苞），而理深于刘氏（刘大櫆）焉”。

平常书其实是富矿，前人发掘了，貌似发掘尽了，其实不然。这个不是深山开煤矿，将深山中煤挖出了，煤就资源尽矣，后人再也挖不出煤；书，不是煤，书之资源，有其无穷尽者，仁者见仁智者见智，仁智貌似已见尽，忽然时代前进了，时代有新见识了，再以新见识去发掘经典寻常书，你便独可见，寻常之书有非常，“儒者生程朱之后，得程朱而明孔孟之旨，程朱犹吾父师也。然程朱或有失，吾岂必屈从之哉，程朱亦岂不欲后人为论而正之哉?”儒学研究，到得程颐与朱熹，有谓其理发掘尽了。尽了吗？永无尽头，程朱悟儒，也是有错误的，其之错谬，你不必屈从，程朱也不霸道，不准你正之；程朱掘儒学，单只有错？他等指定有没发掘的，正是阁下显身手之时。读《红楼梦》，他读人物，你读风物，他读出来典型来，你读出典章来，横看成岭侧成峰，远近高低各不同，他的文章或读出来高峰，你换只眼，也可以作出文章来争锋。经典寻常书，或只有一本，而其中之“微”与其中之“蕴”，可有十百本，千万本，此平常书之无尽藏也，而吾与子敢思善思者得之。

姚鼐文章厉害，江苏嘉定（今上海市）王鸣盛便不服，他曾对戴震说：“吾昔畏姬传，今不畏之矣。彼好多能，见人一长辄思并之，夫专力则精，杂学则粗，故不足畏也。”姚鼐也是有失的，吾岂必屈从之哉。读书之乐趣便在于此，寻常书经典书，以自个儿眼力与眼光，可以读出自家精彩来。

千字文与万字文

一位朋友在群里抛出一问：朱自清《背影》能不能发在《民国文学》上？鄙人代为抢答：不能。这个真是抢答，群民都知道的，鄙人也晓得，抛问的兄弟，定是作了一篇“面影”，投了《清国文学》，投了《明国文学》，都是泥牛入海无消息，故而别有幽愁暗恨生，恨生文学一大问。

别说朱自清的《背影》不能发“山国文学”，不能发“水国文学”，不能发“山水国文学”，便是《古文观止》三百篇，投以“文学”命名的刊物，估计没一篇发得出来。鲁迅的可以发表吗？鲁迅绝大多数，不可以，但有些还是可以的，比如《阿Q正传》。

群里有人抢答，那是那是，《阿Q正传》是千古名篇的。

对。加十分。

这十分肯定要加的，虽然他答题不得要领。这也是现代学子的考试福利包，现代题型有选择题，有对错题，纵使兄弟无从选择，纵使兄弟一点也知道对与错，兄弟乱勾一下，兄弟乱点一下，嘿，加十分。

《阿Q正传》能发在《文学国》大刊物上，不是因为这篇是千古文，而是因其是万字文。鲁迅绝大多数文章，多是一千字、两千字、三千字的，先前还有如《一件小事》，却也没有达到《文学国》发表的起码要求：本刊不发五千字以下的作品。

若以五千字、八千字、一万字作为文学的首要条件，那么以这个硬标准硬框框来衡量五千年中国文学，有几篇可以刊发的？辛弃疾吹过牛皮，说他有一篇万字“平戎策”，不知是没发表出来，还是根本就不曾写过，姹紫嫣红，古书翻遍，只是不见。我们读到辛弃疾的，是他那些三十字、五十字、三五一百五十字的“种树书”。

“本刊只发五千字以上散文，不发副刊之类。”这话没什么问题，报纸容量小，发“豆腐块”算了；刊物容量大，必须架“预制板”。葵花子与老南瓜，各用盒子装着，各有容器，各有分工，没什么问题的。

若是“不发副刊类”，还真没什么可说的，恼人的是人家多了一个“之”，叫“副刊之类”，一个“之”也，让人万千感慨。若说“副刊类”只是一个中性词，“副刊之类”便是贬义得很了，那意思是：副刊那玩意儿。眼里头很是不屑，骨子里甚是轻蔑。

报纸自称，副刊是小精灵，报纸精魂之所在；杂志笑了，副刊是报屁股，报纸新闻之搭头。副刊类文章是甚玩意儿？八百字的高考试题嘛，千把字的中学生作文嘛。能写大文章，能拉大篇幅，委实见才气，委实见生活。好比一座大厦、一座城市，设计与建设，需要大手腕，富有大思维，但是，您不能说，在您的大商店里，不能摆放项链与手镯子；但是，您不能说，在您的大城市里，不能建设阳台与后花园。

报纸与杂志，说来不过都是一件容器，装文章的容器。既是文章容器，那么只要是文章，应该都是可以装的。以字数论英雄，等于是以姓氏论才能，某姓确实出过皇帝，皇帝都是某姓出的？能制长篇便是文学才能，也是谬矣，挖长江水来灌田，不过是多挖几锄罢了。如单说要灌旱田，引一条小溪流，足够了。如果把灌水文章当文章，文章可能有不会作的，灌水倒是大家都晓得的。

《岳阳楼记》全文共三百七十六字；《桃花源记》正文三百二十一个字，七十五个标点，合起来是三百九十六个字；苏轼《赤壁赋》六百四十四字，《后赤壁赋》四百四十九字，合起来是一千零九十三个字，老苏来个组装，凑合成一组系列散文，离五千字最低发表标准，都隔得远呢。但是，苏轼要去投“宋国文学”，应该没问题，苏轼写的是长江啊，好灌水哒。决口长江水，来灌《赤壁赋》，千字有千元，可进作协屋。

不说古文，单是现代白话文，也有很多名篇是短文，千字两千字，脍炙人口，传诸丹青，车载斗量，不知凡几，倒是八千字一万字的，此曲只应天上有，人间没有几回闻。正如不能以字数来论文章，这个也是不能以流量来论作品。作品经典性，不完全与流行性匹对，曲高和寡，是文学审美的老困局了，古今来如此，中外不例外。万字散文，一定有大气之作，一定有经典之作。能够写出万字散文来的，真佩服其文章组织能力、文气贯通能力，如果其文学才能支撑得起作品的话。

可以理解大刊爱发长篇大论，正如可以理解报纸喜欢发精短小章，载体容量之故也。反感的，是纯以篇幅长短来论文章高低。短短几百字的，有时其思想容量或装得下海洋；洋洋几百万字的，有时其作品味道也不过是一滴水。网络作家作文，千万字的都有，摆着纸面上来，让人点头的有几？让人摇头的更多。如果，副刊是小精灵，杂志笑其短缺曰是报屁股；那么，杂志是大块头，副刊可以笑其夹缠曰是裹脚布。

短制与长篇，也不知道何时形成对峙的。现在情形更多的是，写长篇的高高在上，写短篇的自惭形秽。于是，大家都拼命抻抻抻，一根橡皮筋使劲拉长为一根长皮带，只是系在水桶粗的腰上，蛮叫人着急。短制的，一滴水里见太阳；长篇的，弱水三千，味不过是一瓢，有甚奇处？

猴子笑兔子没尾巴，兔子笑猴子红屁眼，互相要取笑，都可各找对方短项，笑他三天三夜不歇气的。但，另外一种情景更动人：苍鹰羡慕孔雀有尾巴，孔雀羡慕苍鹰有翅膀。千字文与万千文，都本文学所生，不用相煎太急，可以共生共荣，惺惺惜惺惺。报纸可发大整版嘛，杂志也可拼五色锦。

篇幅长短不是要义，质量高低才是尺子。

抄袭，你也配？

呈上一首诗与阁下奇文共赏，您感觉若何？

此时立在最高山，云自无心水自闲。
昔日戏言身后事，青春不觉老来颜。
花开花落无时节，年去年来两鬓斑。
唯是相君忘未得，黄河远上白云间。

我读无名氏这诗，奇赏不已，其意境高远与浑然，还很是沉郁顿挫，感慨深沉呢，读来真有老杜风味，真真不减唐人高处。可是仔细读来，不得劲啊，最后一句好像哪里见过啊！赶紧去百度一下，嘿，这不是王之涣的《凉州词》起首吗？

再百度，不得了，这首诗没一句是自己的，全是抄袭别人的：

此时立在最高山（刘禹锡《八月十五》），云自无心水自闲（白居易《白云泉》）。

昔日戏言身后事（元稹《遣悲怀》），青春不觉老来颜（苏东坡《游龙山诗》）。

花开花落无时节（李绅《忆汉月》），年去年来两鬓斑（杜荀鹤《秋宿临江驿》）。

唯是相君忘未得（白居易《洛下闲居寄》），黄河远上白云间（王之涣《凉州词》）。

这首诗的作者，只堪是无名氏，若是署了刘诚龙，将是法庭传票接不赢，七八人摩肩接踵，络绎不绝来跟刘诚龙打知识产权官司，刘诚龙不七上八下，心情掉井底谷底去了？

但若是王安石，那他不管了，直接署上自个儿尊姓，大写自个儿大名。王安石著过一首《胡笳十八拍》，中有一节是：

燕山雪花大如席，与儿洗面作光泽。
恍然天地半夜白，闺中只是空相忆。
点注桃花舒小红，与儿洗面作华容。
欲问平安无使来，桃花依旧笑春风。

这八句里，最少有两句诗，你会感觉不对劲，“燕山雪花大如席”与“桃花依旧笑春风”，这是王安石的诗？前一句不是大名鼎鼎的诗人李白的句子，后一句呢，诗人大名鼎鼎，诗句鼎鼎大名，那是崔护的《题都城南庄》。

再去百度，下不得地啊，都是剽窃呢。次句抄的是和凝的《宫词》，次次句抄的是欧阳修《晏太尉西园贺雪歌》，然后分别是岑参的《题苜蓿峰寄家人》、杜甫的《江雨有怀郑典设》、和凝的《宫词》与张籍的《凉州词》。

惊定之后不再惊，王安石所著《胡笳十八拍》，不只是八句，一共有一百五十六句，这么多句子，没有一句不是抄袭的，不是抄别人的，就是抄自己的。有好事者做了统计，王公这首诗，“最常引述的是杜甫诗，计三十八次……其次是蔡琰十五次，再次是刘商的《胡笳十八拍》十三次，韩愈的十三次，张籍的十一次”，王安石自己的呢？他自剽自的，是九次。

只是古人并不把这般作诗手法叫剽窃，而是叫集句，古人玩这般诗词，玩得挺多的，因为王安石玩得最好，这多行的诗，全是从别人那里拿来，前无古人，暂也后无来者，故而有人说集句诗始自荆公，“曩时荆国王文公喜为之”，其实不对，“或谓集句起于王安石，非也”。比如唐代大诗人王维，也特好这一口，“维有诗名，然好取人句”，比如王维的《终南别业》：中岁颇好道，晚家南山陲。兴来每独往，胜事空自知。行到水穷处，坐看云起时。偶然值林叟，谈笑无还期。其中“行到水穷处，坐看云起时”，便是复制僧惠净之《英华集》。另一名句“漠漠水田飞白鹭，阴阴夏木啭黄鹂”，也是从同时诗人李嘉祐之诗“水田飞白鹭，夏木啭黄鹂”中直接取用来的。

若说王维诗句搁如今，会吃上知识产权官司，而王安石的《胡笳十八拍》，也要被告上法庭吗？王公这诗，一些人是决然抄不来的：无有学者，无法抄；不有坦荡胸襟者，不会抄；不有超高水平者，不成抄。不曾读过几首诗，你怎么抄？王安石熟读诗词数百首，信手拈来，是有诗学作底的；王安石抄人诗句，并非小偷小摸，他是大模大样的，他知道所有人都晓得这是抄的，他告诉大家，我这是抄大家的（不是某一人的）；关键的是，他只是抄人家句子，说来那是抄字，他抄意了吗？没有，意思与立意，立意与意境都是他自己的。他运用别人现成句子，创造性地表现蔡文姬的悲剧命运，甚至你感觉，他运用的诗句与原作者的诗句，意思不相同了，赋予了崭新的情景与意境。宋朝洪迈曾高赞：“王荆公集古《胡笳词》一章（十七拍）云：‘欲问平安无使来，桃花依旧笑春风。’后章（十八拍）云：‘春风依旧花仍笑，人生岂得长年少？’二者贴合，如出一手，每叹其精工。”

剽窃知识，抄袭文章，你也配？

才艺做减法

门下问童子，言师在嗑药，只在此堂中，进深费点脚。大师家，盘盘焉，囷囷焉，未曾有几百万几千万落，怎么着也有十几几十蜂房水涡，当然要费点脚。不过，寻隐者难遇，寻显者是一遇一着，二遇二着，十遇十着。有点拖迟，那是他老人家装×，明明隔壁房里等得火燎心急，偏偏要让你晾半晌，他踱方步出来：久等久等，上茶上茶；采访采访，开始开始。

访者设问：大师您几部作品中，若让您自我高置，您自选哪集？大师答：我最好的作品是篆刻（篆刻多雅，你不会吧，气死你）。过日，寻访者同样流程，设问：大师，外间都哄传您小说最佳，您却是曾经自许篆刻第一，您对哪方篆刻最自得？大师答：鄙人，美术第一（篆刻诚是贵，画画价更高），篆刻第二，小说第三。过日，寻访者复制流程，设问：大师，您觉得您最能传世之画作，哪幅？大师答：鄙人画画余事耶，书法方为高（撇捺一下，几千上万，热钱哪）。

大师大能，大师玩的是梁园月，饮的是东京酒，赏的是洛阳花，攀的是章台柳。大师会围棋，会蹴鞠，会打围，会插科，会歌舞，会吹弹，会咽作，会吟诗，会双陆，哪样他有不能的？大师多能，玩票无妨，并力有碍，大师您最拿手者甚？打铜锣补锅（哦嗬，大师大俗大雅）；大师您最拿手者甚？跳街舞唱歌，一二三，预备唱：六月的花儿香，六月的好阳光。

大师倾国倾城貌，大师多才多艺身。大师对貌之倾国倾城，多少有点心虚，那豁牙，那眼袋，那扁鼻子，那三四层宝塔也似的下巴，难以藏住拙的；大师最在乎给他竖大拇指的是夸他，十项全能，十全老人，多才多艺，全知全能，文韬武略，文成武德。我也会小说，会散文，会诗歌，会文选，会文论，会戏剧，会编剧，会演剧，会寓言，会童话，会篆刻，会书法，会油画，会花鸟，会桥牌，会棋牌，会字牌，会扑克牌，会雕塑，会围棋，会蹴鞠，会打围，会插科，会跟中国男足踢几脚。

大师，您那么多才多艺啊，我不怕您啦。

说这话的，是大清嘉定人王鸣盛，王大师幼奇慧，四五岁日识数百字，曾被当地人目为神童，“年十二，为四书文，才气浩瀚，已有名家风度”。著作甚多，传世之作有《十七史商榷》百卷，另有《耕养斋诗文集》《西沚居士集》等。喝足翰墨水，学问谁怕谁？王鸣盛有天赋作底，有书香作第，有勤奋作翼，他怕谁排他名头之第一？

怕姚鼐。姚鼐没他家世好，“先生幼时家贫，体弱多病而嗜学”。出身农村，您别以为天赋隔起，气其胜出翩翩浊世公子概率是蛮大，加上嗜学两字，试问天下谁能敌？姚鼐与方苞、刘大櫆并称“桐城派三祖”，而姚鼐三人行，“惜抱诗精深博大，足为正宗”。后世也是蛮认可的，隆誉为“中国古文第一人”，这么一个高高高高上云霄的作家站在作家堆里，作家们怕不怕？最怕是：排名榜上，定失龙头望，有姚鼐在，只能跑到小区院子里，去做白衣卿相。

姚鼐，我原先蛮怕他的，现在我不怕他了。这是王鸣盛背后跟戴震说的。戴震非神童，十岁才会说话，戴震却是奇才，等到十岁开窍，“过目成诵”，曾去拜师，老师先前傲慢得很，束脩要加两条才教他，“至一见，叩其所学”，师爷马上打躬作揖：哥哥，我喊你哥哥，我多加两条湖南腊肉给你，你来教我，“当今无此才，吾诚不能有所益”。

王鸣盛在什么情形下，对戴震说“吾昔畏姬传，今不畏之矣”的？是在姚鼐向世界宣布：我古文暂不去作了，我作词去。姚鼐确是心慌慌心忙忙了。昨日入城市，归来心头急，遍街大师者，都夸多才艺。他是小说家，哎呀，书法绝啊；他是散文家，哎呀，街舞妙啊；他是杂文家，巫师乐工，算掌打卦，去街头闭下眼睛就可以麻衣相法，去豪门睁开眼睛就可以十万进家。姚鼐听得这些，坐不住，站不稳，行不如风了，卧不如弓了。回家急吼吼立志，心忙忙找“唐宋词格律”，姚鼐站在山巅，借顺风而呼，以让闻者彰：从今天开始，兄弟我，要学诗学词学歌学赋，要学琴学棋学书学画，要学经学史学子学集，要学德学言学容学功（女人看家本领，他也要抢过来）。

姚鼐如此振臂大呼，向世界宣布，王鸣盛便腰杆挺，脖子梗，项高顶，舌头硬，在姚鼐面前不再毕恭毕敬，不再纳头便拜，其因是：“彼好多能，见人一长辄思并之，夫专力则精，杂学则粗，故不足畏也。”

一个人才气有几斗？天下加起来才八斗；一个人精力有几多？一天满打满算才二十四小时；一个人天赋有几何？世界六七十艺，老天不能太偏心，大家都要分一份。可是，有自谓大师之文坛串门子的小师傅与艺界跑龙套的小伙计，看到人家诗作得好，既开了研讨会，又获了贾府里的屈原奖，飞手另换文档，写诗去；见人家书法来快钱来热钱，旁边有美人磨墨，龙阳捧裤脚，丢了散文制作，持了拜师帖，扑通一声，跪下去：师父在上，且收我入室，先受我弟子一拜。

博士、博士后，是做加法来的？小学生、中学生才是做加法的，中小学生才是语数外、理化生、音体美、经史子，一样一样先加。越读是越多不，错，越读是越少，读学士，读硕士，读博士，读博士后，一项项减了科目，到最后只持某一目在手，而专力之。功课越少，功夫越深；才艺越少，才名越盛；诸位多才多艺者，最后是丘陵地带，少才少艺者，最后是桂林独秀峰。

王鸣盛那话，不晓得怎么传到了姚鼐耳中，姚鼐心头激灵，汗出如浆，脱衣解裤，到自家水龙头下，灌腊月自来水，洗了半晌脑壳，清醒了，“姚闻之，遂不作词，有多所舍弃”。不但词不作了，小说不写了，散文也不随时尚，去写甚非虚构了，以“义理、考证、辞章”为宗旨为定力，专心古文，终于成功：“桐城家法，至此乃立，流风作韵，南极湘桂，北被燕赵”，成功为“天下文章其在桐城乎”。

功课是要做加法的，功名却是要做减法的。王鸣盛懂这个，“性简素，无玩好之储，无声色之奉，晏坐一室，咿唔如寒士”。他在学问与才艺上，加法与减法也做得蛮好，加精力，加时间；减文体，减项目。故其功名也不错。不过，他还怕了姚鼐，姚鼐加法与减法，做的功课与功名之大法更好吧。

专学则精，杂学则粗，“皆为学切要之言，有志者当奉以为法”。甚法当奉，加法，尤其是减法；当奉甚法，游于艺者当奉为家法王法不二法。

得闲书者得语文

刘小叶是我发小，这个名字取得好，谐音少爷，我们都喊他少爷，有时也喊他刘少。车所长叫车所（听起来好不对头），陈局长叫陈局（喊起来也不对劲），这般简称，好像是这几年才有的事，三四十年，我们就赶了时髦，领先时尚，这么乱喊乱叫起来了。

刘少也是蛮有少爷气象，他妈十七八岁，人称小芳，嫁到铁炉冲来后，无甚奇处，做了村妇，跟我娘一样，挑粪挖土，拽耙扶锄；他爹本无奇处，也生在我们铁炉冲嘛，却当了老师，戴了眼镜，有了奇处。奇处之处，便是我家只有土，土砖土灶土墙土炕桌；他家却有书，书柜书桌书籍书呆子。我到过他家看过，楼上装书两箩筐。不算什么是吧，我现在一个柜子书，可以装三箩筐。可是，老弟啊，那时在我眼里，虽非文海，却是书山。

刘少原先跟他老爹在外地读书的，后来他爹调到三里外的百年老校教高中，他便插到我班上来了。这家伙蛮矮，对面婶婶常笑他，三副水牯牛屎高，不像后来，高了我一头，那时只有我耳朵高，坐我前座。时不时老师在讲台喂叫喂叫：刘少刘少，刘少哪儿去了？刘少躲在课桌下面去了。这厮矮是矮，坐在课凳上伸一伸，抻一抻，头露出课桌，是没问题的。老师喊了刘少，这厮从桌子底下冒出头来，毛发耸起，活像是笋子钻出地来。

最先，我也不晓得这厮在干吗，我忙我的，在课桌里玩泥巴啊，或双肘撑桌，双手捂面，明为听课，暗在睡觉，物我两忘，没去管他人瓦上霜。我不晓得这厮头掉哪里，魂归何处；老师也觉得不对劲，有回，言之不预，不教而诛，悄悄地老师走来，重重地师吼——老师做狮子吼，然后，轻轻地带走了云彩。我猛抬头，老师带走的，是刘少爷的小人书。

刘少爷回家路上，扯住我：老锅，明天我俩斢个位置，你坐前面，我坐后面。这里解释一下，刘少喊我老锅，非老哥（我到现在都没获得这般尊称呢），是我小时恶谥。我在外人面前，乖乖如羊，到了家里，汹汹若狼，对姐妹对兄弟，高声高调，恶言恶行，我娘常骂我曰：只晓得锅里争肉吃。老锅这诨名便在铁炉冲传开了；老锅外，更有恶名，叫老恶，现在回家，叔啊婶婶，伯啊奶奶，还是喊我老恶。你芳名千古，我恶名远扬。

刘少跟我来谈判，我晓得他意思，趁机提交换条件：你那书，你看了，给我看。要得要得，刘少自然满口答应，答应得飞快的。次日，我就坐了前排，身子伸得箭直。跟我大的都晓得，那时三好学生读书，是有三好相的。站有无站姿，不晓得，坐是一定有坐相的：双手反到背后，脑壳抻得脖高于颈，姿势比木雕更木雕，谁最木雕谁便是读书最认真。我不认真，老师常到我家家访，吃了我家红辣椒浸润的萝卜条，却老是说我坏话，向我爹我妈告状，说是上课东倒西歪左顾右盼，害得我常“笋子吃肉”；将我列入“双差生”（品德差，成绩差），大家都入了红小兵，而我小学到初中毕业，都没戴红领巾。

刘少这厮，因我给他做了保护伞，给他挡老师眼里无数子弹，一天七八课，课课埋脑壳，不闻老师唤他名，但见这厮课外书沙沙鸣。这厮倒也义气，他看完了后，放学便借给我。嗯，是借，不是送。果然是书非借不能读也。放学后，我娘给了我劳动任务，牧牛挣工分，我有时放野牛，随它乱跑，这牛本来是家牛的，见我放野牛，它也就做了野牛，这回朵颐了莲婶家麦苗，那回踏平了荷奶家菜园，害我挨打一顿又一顿。后来，我学了牧牛技术，牛都有牛绹的，把绳子系在树上。牛害死我，我害死牛。

牛没看了，我看书了，躲在阴地方，躲到树底成一统，管他蚊子嗡嗡。山里蚊子比家里蚊子猛恶，蚊子一生都没吸过几回血，这回有血送上嘴来，自然要吸个肚儿圆。蚊子不可怕，我也没多少血给它吃，怕的是蚂蚁子。过了七月半，看牛娃子倚田埂，过了九月半，看牛娃子靠草剁，田埂不消说，草垛是一根木头撑起，团团转转把稻草垒起来，背靠其上挺暖和的。只是有一样，那就是蚂蚁子，这些家伙，那嘴巴生了两个尖钳子，夹起肉来，拖起肉走，疼得人喊爹叫娘，我们老家有个俗语，天不怕地不怕，只怕蚂蚁夹。

自此，我在蚂蚁那里受的痛苦，远远比不上我在老师那里获得的幸福。一、我没评过三好学生，我上课姿势很三好学生。老师偶尔还去我家吃红萝卜皮，不再向我家长告状，夸我听课蛮认真了。二、老师授课，说话有时主语谓语俱全，独缺宾语，在那嗯嗯嗯，嗯不下去，我突然爆上词语，续他句子，老师盯着我，一脸笑。以前，我作文，老师常是一把叉，又一把叉，那叉鲜红，好像一把杀猪刀；现在，我作文本上，一个圈，又一个圈，那圈鲜红，好像一只红鸡蛋。我作文里，偶尔会莫名其妙蹦一句，“天下英雄，唯老师与操耳”，这句与上句不接，与下句不靠。怪死了，老师却在下面画红波浪线；某句子，主语不是我，写成洒家，老师打了个圈，好圆好圆的。

洒家这词，教科书是没得的，课外书才有。马无夜草不肥，文无词汇不采。老师把我烂作文，放到课堂上，亲自给我朗读，其欣喜为何如？多年后，人喊我作家，却是老大不为然：我经历比你丰富，我生活比你精彩，你小子倒是作家，莫非老子我是文盲？兄弟，你尽是思想，你尽是阅历，你没做成文豪，何故？没词汇焉；鄙人无他，肚里多装了几个词语而已。

有回，刘少这厮拿了一本《水浒传》，那书好看，继续给他挡老师眼神，我觉得好亏的，这回我生了野心，不想让他出借，我想霸占这书。刘少爷躲在课桌，梦入梁山水泊，我不双手反背，而是一头栽种课桌上，刘少那厮上课情形，全暴露在老师眼皮底下，老师便悄悄地来，轻轻地回，带走了一本精彩。

我又左顾右盼，我又上蹿下跳，被老师抓了现行。故例，我将留学了。这留学不是去东洋去西洋，而是关老师办公室房。先生是民办老师，放学了，要给师母插秧种豆的。故例，老师把我塞进房，一把锁给锁了。嘻嘻，我猜对了，老师将《水浒传》放了抽屉。天色苍茫，老师背影消失在乡间小路，我抽了其书，藏诸腋间，衣服裹紧，跳了窗子，回家放牛去，去了田埂下，躲在草垛阴面，蚂蚁子夹也不怕了，消受了一个长长的夏，接着消受了人生短短一个秋。不过这事，只干一回，没一而再，更没再而三，这事成本有点高，划不来，一刻时间智取这本书，累死半天了这个账：砍了一下午柴，趁夜担到刘少爷家柴垛里。这事，不曾与谁说过，一呢，做好事不留名是吧；二呢，少年孟浪羞与外人传，不便提当年勇哒。

我吃惊，我老师更吃惊，我爹我娘尤其吃惊，吃惊得嘴巴合不拢。我娘曾给我看八字，说我是拿锄头把命，这家伙居然考上了师范。我理科好差的，也能考上吃国家粮？现在明白了，得闲书者得语文，得语文者得高考，得高考者得天下。

别老想着得天下，得到了自个儿人生，也是极好的。

请名家撰推介词

作者出书，名家出语，也是书市新景观。很多著作之封底，名家挨个站列，各持话筒与喇叭，替作者吆喝，我不知道如何来形容这盛况，是领导式坐主席台？好像不像，主席台是高居前头的，何以名家排后了？是评委式坐评委席？这差可比拟，作者表现如何，三言两语，点评则个，这蛮像媒体时代的。略不太像的是，点评是老师给学生打评语，应与商业无涉，而名家给作者撰推介词，恰是站台书市，给人吆喝买卖。

我不知道别人是何感触，出版家叫我为自己的小书去请名家撰推介词，不是矫情，我真是难为情，这些大家，比领导更尊贵，却让我小子做封面男郎，让大家屈居书背后；本来是我卖书，我行商业事，我却不能按商业操作，情何以堪？即使请评委，也得封个红包嘛，现在我请名人替我站台，我回报的是大信封寄去，信封掂起来很厚，若是人民币肯定爱人，却只是一本烂书。名人情何厚，小子礼何薄也。有位朋友对我说，很多名人是很傲慢的，一般是请不动的，要请动，也往往是假声高唱：你自己撰词语，挂名家大名，自编自导，自演自唱。

商业社会不全是交易，人世间还是有温情的。

魏剑美在杂文界暴得大名，我那本《暗权力》将出时节，出版者叫我找他撰词，让这哥们出马，是容易事。二十年前，我就与他相识了，叫他来给我串场，用句娱乐界话说，那叫作友情出演，一句话过去，几个版本的推介词就来了。周湘华女士谋职一家大报，居领导层，老家湖南，出身北方大漠军营，虽至今未曾谋面，却总能让人感到其风风火火、忙忙碌碌，我想象中定是女强人的高门大嗓，打电话过去，听到玉音，却是温软清爽。她邀我与魏剑美共同开了一个“湘辣三人帮”的博客，也建了一个三人的 QQ 群，却基本上碰不到她，常常在凌晨一二点了，我早已酣睡如猪，她在那头给我发短信，QQ 留言。周湘华女士既是铿锵玫瑰，更是仗义玫瑰，啥时找她帮忙，都是满口应承，小书《暗风流》将出，请她撰词，自然不负我之渴望。大卫先生是诗人，也是杂文大家，隐约记得二十年前，我在乡下做教师爷，我们通过信，此后十多年，我工作调动了几个地方，除了在报刊名字遇名字，没咋交往，两年前勾搭上了，QQ 互挂，平时各忙各的，偶尔打招呼。请老兄，当然不费劲，在 QQ 上“商量”着办好了。倒是与陆春祥先生，联系晚，陆先生是杂文大腕，鲁迅文学奖得主，我厚着脸皮去找他，没想到，陆先生甚是热情，又打电话，又连 QQ，让我结上大好佳缘。

曾经慕名去做一些新进士子“粉丝”，或是以老办法寄纸信去诉衷情，或是以新技术发邮件去攀新贵，多半是激情单相思。小进士都是这般傲慢，大名士那将何等向人翻白眼？就我的经历，感觉恰好相反。鄢烈山先生在杂文界里，我最是服膺，我斗胆去找他，他每封邮件都回，语气相当客气，倒起礼性，称我“仁兄”，用词都是“您”，我说“您”是太“多心”了，“建议”删掉那“心”，鄢先生却从来都是“多心”的；王乾荣先生，我敬仰很久，为小书《恋爱是件奴才活》，去找他，他情意十分殷殷，让人感佩老派文人就是不一样；倒是《人民日报》大地副刊主任徐怀谦先生我曾误会过，我给去了电子邮件，等了二十来天，未见音信，我以为是徐先生懒得理睬人了，其实是大误会，他是外地出差一直没回来；《香港文汇报》张旭婕女士也是如此，她倒不是出差，去第一封邮信，没回，再去第二封，回了。不是张女士高傲，恰是其谦逊。

去“高攀”名家，倒不在高攀不上，而是其作风严谨。我最先以为，书籍推介词之类，都是广告词，美词佳句，虚吹一番。其实也不是那么回事。找名家题词，他们是很爱惜自己的羽毛的，话语都比较谨慎，当然不会臭人，将人压价；却也不大虚高。也许是曾有作家因此而改动名家推介词吧，名编向继东先生，我们湖南作者称之为湘版宋江，为文好，为人更好，我请他给我美言美言，提拔提拔，向老谦逊一过，题词来了，在题词上面特别加了一句：如果改动，请先告我。张鸣先生比较牛皮，文章写得牛嘛，他也请得动吗？有位大家脾气也大，对世界放出话来：以后作序啥的，替人到封底站台啥的，一律不来，来的也是假名的，由不得大家发火，现在假借大家写推荐语的，也滥了；张鸣先生也会烦了吗？试探着给张教授发了个邮件，未料，却接了信：掷过来几篇，先看看。台湾世新大学新闻学教授张依依女士，到底是美国名牌大学博士毕业的，著作权观念特别强，她给我推介词，一并给来一个声明：刘先生，您有修改权。这意思，我读懂了：若没她授权，一字都不能乱动的。她授权了，是因为她谦逊。

最让人感佩的是蒋子龙先生与陈忠实先生。陈忠实先生是中国作协副主席，其《白鹿原》乃文家之绝唱，斯时正有贵恙，我们辣帮准备出一套辣帮文丛（魏剑美《非常魏道》、周湘华《四十说惑》、刘诚龙《非常弱音》），周湘华女士代我们揣了冒昧，去打扰陈老，架好势去吃闭门羹的，没想到陈老十分热情，跟周美女煲了半小时电话粥，惠赐嘉誉。蒋子龙先生也是中国作协副主席，德高望重，老人家在文坛呼风唤雨时际，我还是毛头小生。我是读蒋主席的文章长大的，记得那时我读师范，蒋公的《乔厂长上任记》等一系列改革题材的小说，都是洛阳纸贵。我崇仰不已，只是既不知蒋公通联，也不知如何做“粉丝”，一直没有向他表达过心情。此次为《暗风流》，我心忐忑，拟请蒋公赐言，跟我们帮女郎周湘华提了这想法，周帮主说：没事，蒋主席不仅文章好，人亦很好，很仗义。确不虚言，蒋公不但很仗义，而且特别认真。我最初想，一是请别人拟个词，署蒋公名，这般操作多矣；二是一篇两篇小稿，让蒋公过目，随便拟一个；蒋公却是不肯，非得亲自写，也非得读大半文章，最后赐来嘉奖，一百多字，却是花了二十来天工夫才拟成的。

陈公与蒋公作风，让人满心欢喜：文坛古风存焉，斯文不曾坠落。

杂文三感

杂文二维码

说起杂文，真让人气馁。作啊作啊作杂文，作了一世，虽然没人说作杂文是做贼（别人没说，自己倒有这感觉，人家弄一篇百字新闻，都喜滋滋拿给领导看；作了一本百万字的杂文集子，见首长如见警察，得赶快逃），作家协会却说作杂文是做妾。阁下若有兴趣加入作协，作协叫你填表，你就不会何搞填房的——那表格所设置的空房只有：诗歌、小说、散文、报告文学、理论批评、外国文学翻译、影视戏剧文学、儿童文学、综合（从事文学编辑、教学、组织工作者）——问之杂文归哪儿？曰散文。

太让人气馁了，原来杂文在文学之家里，连名分都是没有的。散文是正房，杂文、小品与随笔，要算也只能算是二房（还不能称小三——如今小三风光得很）。若说杂文名号得来晚，小说好像也不是太早，影视戏剧文学不也晚？若说杂文不好分，那报告文学又如何独设？把报告文学归于散文，也合适嘛（多读现而今几篇报告文学，感觉归入小说更合适）。若说杂文主要是老头子在作，老头子在读（参加杂文联谊会，你会发现，与会人员多是老年协会的会员），那可跟儿童文学一样，立户为老童文学哒（老人多是老小孩）。

杂文归属于散文，却与散文有蛮大区别的。散文多是风花，杂文多是雪月；杂文的风采或输于散文，杂文的风力（杂文是有战斗力的）却强于散文。杂文未必有小说的情节优胜，杂文却也有小说的形象优长。杂文与诗歌不能比诗意，却可以与诗歌比含意。自然，影视文学不能当杂文来写，但杂文可以影视文学手法来表达。

杂文有理论（杂文靠理论立脚），杂文更批评（杂文更仗批评立世），奇怪的是，理论批评在文学样式里有牌位，杂文却是没有。论文学性而言，理论批评，或理论与批评，谁比杂文更强？嗯，杂文兼具散文之文，胜小说之说，比报告文学更能向世界与向历史报告百态人生、三千世界、人间万象。

不过，要说杂文自我气馁，有时也却该气馁。有时杂文也自己不争气。杂文以骂人骂世为己任，却有时还真只会谩骂、漫骂与嫚骂。老是把自己当时评，时弊类新闻的风影打门前飘来，狺狺几句，算是表态，或者汪汪发声，以示坚决；有时又像个领导，老是拿概念来吓人，套话一套一套的，腔调一板一板；有时摆上很多西餐叉子，当匕首，当投枪，以为摆了其叉子，就可以很牛气来吃牛排了，就可以西餐叉子来吃人肉了。

我的意思是说，骂，虽是杂文一个面相，却并非是杂文的识别码；正如杂文很杂，但杂不算杂文标识。杂文是要骂的，要骂弊风，要骂弊政，要骂时代弊病，要骂人心底处“私心一闪念”，但恐吓与谩骂不是战斗——愤青在网上痰喷水喷，真败坏了杂文好名声。杂文是很杂的，其杂就杂在，可以有散文之文，小说之说，影视文学之影，报告文学之向世界做报告，但与散文、小说、剧本、首长批评的尺寸是不完全重叠，不完全吻合的。杂文有自己强烈的文体特征，融合文章百体之长，成自己独一之身。恰如其人得了厅堂，却非模特；下得了厨房，却非厨娘；上得了温床，却非浪女；冲得了战场，却不当谁的炮灰。

杂文自有杂文的识别系统。其系统别于其他文体者，有二：其一是识，世界假象一重又一重，要勘得破真；世人华衮一层又一层，要穿得过布……这哪单是骂街人能入境界的？识者，肺腑的胆识之谓也，腹笥的学识之谓也，勘底的见识之谓也，表达的智识之谓也。其二是味，八股体的时评，或有见识，却没味；学院体的理论，或有学识，却没味；泼妇体的批判，或有胆识，却也没味。孔夫子谓，言而无文，行而不远——文者，味也。杂文得有味，其味就味在，选材有辣味，行文有趣味，述评有韵味，个性有风味。

要而言之，杂文之此一维是识，杂文之彼一维，是味。有识有味，是为杂文之二维码。

杂文的六度空间

文学丛林，百体俱存，若以一字说散文：情；若以一字说小说：事；若以一字说诗歌：象；杂文独立于各种文学文体，若以一字以蔽之：理。

唐朝诗人杜牧曾说："凡为文以意为主，以气为辅，以辞采章句为之兵卫。"杜牧看来，不论什么文体，只要是文章，都必须"以意为主"。意者，对散文而言，是感人心者莫先乎于情；意者，对小说而言，是以叙事来表现人间万物；意者，对诗歌而言，是以具象与意象来抵达意境；意者，对杂文而言，是从万事万物纷纭表面剥离出其核——事物蕴含的人情物理、人生事理、人间哲理。

散文可能含理，可能不含理，散文含情足称散文了。杂文一定是含理的，一定是讲理的。其他文体都可能含理，其他文体的理，可能是隐的，是不动声色的，是想说而不说的，需要读者去揣摩与理会的；杂文的理不一样，是直接说出来的，即使隐晦，也是如锥处囊中，锋芒也会侧露。忍不住要来议论，忍不住要来表达对事物的看法，杂文以此为使命。

理，是杂文第一存在。当然，理的成分有差，有的偏重情理，有的偏重事理，有的偏重哲理，有的偏重伦理，有的偏重学理，有的偏重政理，杂文总归在一个理字。读杂文，写杂文，首先要奔理而去。杂文也许是因为某一件事，引发你阅读与写作的冲动，但读写杂文，最在意的，是讲了什么道理。这理认不认同，这理高不高妙，这理合不合情，这理公不公正，决定你写这篇杂文的胜败，也决定你对这篇杂文的爱憎。

读写杂文，要把理作为核心，要看其理新不新鲜，要看其理达没达到事情的本质，然后看他用什么事实来证明其理，这事实能不能证明其理；然后再来看其推理的文理，文章都是有思路的，杂文作家思维逻辑，也是应该揣摩的。

寻一篇好杂文，具体而言，可以从六度中去寻。一、角度。理有八方，事有百面，从何处下手？写杂文，最忌面面俱到，最好是开口小点，从一个侧面下笔，见微知著，以小见大。二、深度。浅薄是杂文大忌，杂文要点拨人，要开人茅塞，那么必须努力发掘事物中的深意来，就事论事是不行的，要就事论理。三、鲜度。要么是新材料，要么是新见识，人云亦云，可以免开尊口。四、温度。有人把杂文比作匕首与投枪，好像不把人刺成刺猬，他心头不爽，似乎杂文是专以谩骂为能事的，这个其实是对杂文的误解，杂文批评人，杂文讽刺人，应该带着悲悯情怀，带着人性温度。五、曲度。很多人以为好文章是开门见山，很多人以为杂文更是直捣黄龙府。而文章更妙的审美是，文似看山不喜平。杂文，如果看了开头就知其尾，那么文章就了然无趣。文章思路，不能直通通的，可以来些小说般的悬念，文章观点也可以曲径通幽，先此论而后转彼论，让读者读到后头，顿生豁然开朗之叹，文章就成功了。当然，也不能太多的曲里拐弯，绕来绕去，让人不知所云，绝非好杂文。六、味度。杂文是要有杂文味的，杂文味以风趣俏皮的语言出味，杂文以嬉笑怒骂的文风而出味。

杂文先寻事，再寻理，事中寻理；杂文先寻文，再寻味，文中寻味。一路寻觅去，可以寻到一篇好杂文来。

治杂文若烹小鲜

对文学定义千千万，对文学比喻有万万千，我喜欢的是，文学是精神食粮。这说法确无经国之大业有气派，但我喜欢：米麦是物质食粮，不吃，肚子会饿死的；文学是精神食粮，不吃，脑子会饿死的。说来很壮人气是吧？也让人气馁，米麦粮食是农民做出来的，做文学粮食的，莫非也是农民？升初中升高中，升到知识分子水平，还是一个农民。就活计言，种田园与种版面，本来没区别。

据说杂文是文学之一种，那么，杂文是什么粮？如何食？这不是首要问题。我想的一个问题是，杂文究竟者何？曾有谓，杂文是投枪是匕首，这个有点吓人，终日荷戟，那副头上长角样子，人见人怕；或谓，杂文是银针是手术刀，这个也是杂文家高自期许：来来来，你有病，天不知，我知，我来给你打一针。你真把你当士大夫啊。

我觉得杂文是精神食粮，这个定义好，药补不如食补嘛，杂文不是给人开药方，而是给人补营养，食疗是自煮而然增加对这个社会各种病毒的免疫力。不过问题还是来了，文学样式蛮多，谁是主粮，谁是杂粮？打开作协表格，杂文是不入菜单的，可见其不是主菜，也非大菜，四菜一汤都没排上。那是冷盘？杂文冷是冷，不是桌上头盘啊。

我以为杂文是拌饭菜，您那里叫什么，我不晓得，我这还叫送饭菜。大盘小盘，大碗小碗，吃了个肚儿圆，却还没吃饭，看到满桌油腻腻的，吃不下，便喊一声老板：来碗送饭菜。店小二应声而来，或一碟酸豆角，或一碟萝卜皮，或一瓶霉豆腐，或一小碗老干妈炒猪肉。

这不是小看杂文，这是看到了杂文大功用，精神主食粮，诸菜不够用场了，杂文端了上来，杂文来压轴，杂文好争气啊。不论什么菜系，都是讲究色香味形的，杂文居文学满汉全席，其胜出者何？

杂文以味胜。杂文当然要讲究文采，也就是色；杂文当然要讲究意义，也就是香；杂文要讲究起承转合，也就是形。这些是各类文本都有的，那么杂文如何独存？我以为就是我们所说的杂文味。有人说，杂文是思想文本，我觉得这个有点高抬了。不是谁都可以说是思想者思想家的。人类科技层出不穷，人类思想出完了——至少几十百年，没见人类出了什么新思想。杂文，顶多是思考文本。

材料各有不同，烹法各有擅长。鄙人而言，常在史书间剁点肝啊割点肉啊，炒盘小杂碎。从小说里借点故事叙述，从散文那里弄点文采点缀，从诗歌那里学点意义表达，从现实那里扒点新鲜食料，从小品文那里剽点幽默技术，加些甜点，加些酸气，加点苦料，加点湖南辣椒，同炒，杂文便出口味了。

要言之是：杂文味，杂加文，便出味。

图书在版编目(CIP)数据

风吹来 / 刘诚龙著. －－ 北京：中国文史出版社，2021.7

（政协委员文库）

ISBN 978－7－5205－2638－8

Ⅰ. ①风… Ⅱ. ①刘… Ⅲ. ①散文集－中国－当代 Ⅳ. ①I267

中国版本图书馆 CIP 数据核字(2020)第 240141 号

责任编辑：薛未未

出版发行：中国文史出版社
社　　址：北京市海淀区西八里庄路 69 号院　邮编：100142
电　　话：010－81136606　81136602　81136603（发行部）
传　　真：010－81136655
印　　装：北京新华印刷有限公司
经　　销：全国新华书店
开　　本：720×1020　1/16
印　　张：19.75　　字数：180 千字
版　　次：2021 年 7 月第 1 版
印　　次：2021 年 7 月第 1 次印刷
定　　价：66.00 元